KB243009

판클라치온 4
최영채 판타지 장편 소설

초판 1쇄 찍은 날 § 2004년 2월 19일
초판 1쇄 펴낸 날 § 2004년 2월 29일

지은이 § 최영채
펴낸이 § 서경석

편집장 § 문혜영
편집 § 장상수 · 서지현
마케팅 § 정필 · 강양원 · 이선구 · 김규진 · 홍현경

펴낸곳 § 도서출판 청어람
등록번호 § 제1081-1-89호
등록일자 § 1999. 5. 31
어람번호 § 제1-0458호

주소 § 경기도 부천시 원미구 심곡1동 350-1 남성B/D 3F (우) 420-011
전화 § 032-656-4452 팩스 § 032-656-4453
http://www.chungeoram.com
E-mail § eoram99@chollian.net

ⓒ 최영채, 2003

값 8,000원

ISBN 89-5831-012-X 04810
ISBN 89-5505-885-3 (SET)

영채 판타지 장편 소설

환룡린천오

과격무쌍!! 바람의 파이터!!
바람같이 달려들어 번개처럼 관절을 꺾고 뼈를 뽑는다

4

킬라우림 대회

도서출판
천어람

거대하고 웅장한 성의 후면에 위치한 훈련장.

바닥에는 전신 알바도네가 적들을 향해 거대한 바스타드 소드를 휘두르며 그의 용맹을 마음껏 떨치는 모습을 갖가지 색의 돌들을 이용해 거대한 모자이크로 장식되어 있었다.

수백 명의 기사들이 동시에 훈련을 한다고 해도 여유가 있을 정도로 넓은 훈련장을 지금은 겨우 몇 사람만이 차지하고 있었다.

휘익~

한 대의 화살이 날카로운 파공성을 내며 눈 깜짝할 사이에 허공을 가르며 날아갔다. 그리고 그 모습을 지켜보는 50대쯤으로 보이는 사내 넷이 있었다.

잠시 후 50미터쯤 떨어진 표적판 근처에 서 있던 기사 하나가 푸른

색의 깃발을 열심히 흔드는 모습이 보였다.

"명중입니다. 후후후, 세월이 흘러도 폐하의 활 솜씨는 여전하시군 요."

"그러게 말입니다."

"휴우~ 다행히 창피는 면한 모양이군. 이제는 활줄을 당기기도 힘 에 부치는군."

긴 한숨과 함께 퀘헤리건이 활을 내려놓자 근처에 있던 근위 기사단 장 켈리거 타니아노가 공손하게 활을 받아 들었다.

"아닙니다, 폐하. 그 뛰어나신 활 솜씨는 비록 세월이 흘렀다지만 예 전에 비해 조금도 줄지 않으셨사옵니다."

"후후후. 타니아노 단장, 칭찬이 듣기 좋은 것은 사실이지만 과한 칭 찬은 오히려 욕이 되는 법이네."

"절대 그렇지 않사옵니다, 폐하."

"폐하, 저도 타니아노 단장의 말이 맞다는 데 100코렌을 걸겠습니 다. 폐하의 활 솜씨는 이미 킬라우림에서도 증명이 되지 않았습니까?"

40대 후반이나 50대 초반쯤으로 보이는 사내가 켈리거의 말을 거들 고 나서자 퀘헤리건은 난처한 표정을 짓고는 도움을 청하듯 그들을 지 켜보고 있던 근처의 사내들에게 고개를 돌렸지만 그들 역시 켈리거의 말에 찬성을 하는 듯 웃음과 함께 고개를 끄덕이고 있었다.

"폐하, 저도 리에니의 말이 맞다고 생각합니다."

"후후후. 폐하, 그만 승복하시는 것이 좋을 것 같습니다."

"이럴 수가! 내 편은 한 사람도 없다니. 이 배신자들."

난감한 표정으로 켈리거와 동생들을 바라보던 퀘헤리건은 입맛을 다시며 두 손을 번쩍 들었다.

"제기랄…… 졌다, 졌어. 항복할 테니 이쯤에서 그만 봐주면 안 되겠냐?"

"푸하하하!"

"하하하!"

호쾌한 사내들의 웃음소리가 주위에 울려 퍼졌다.

잠시 후 그들은 시종들이 마련한 테이블에 앉아 주스를 마시며 담소를 나누었다.

부드러운 눈길로 동생들을 바라보던 쾌헤리건은 지나가는 말투로 입을 열었다.

"아렌시스, 아이들은 요즘 어떻게 지내고 있는지 아느냐?"

"일단 현 상태만 보면 저희 때와 크게 다르지 않습니다."

제국 총리인 아렌시스의 대답을 들은 쾌헤리건은 뭔가 미흡함을 느끼는 듯 동생의 얼굴에서 눈을 떼지 않았다.

"현재까지 입수된 정보로 판단해 보면 아직까지는 아쉬드 전하께서 다른 두 분 전하에 비해 여러 면에서 확실히 앞서 나가고 계십니다. 아쉬드 전하의 진영에 참가한 왕자님의 수나 동원된 군자금, 또 고용된 용병들의 수만 봐도 확실히 차이가 납니다. 하지만 주네티 전하의 진영도 만만치 않습니다. 아쉬드 전하에 비하면 조금 열세인 것이 사실이지만 차근차근 확실하게 세를 불려 나가고 있습니다. 문제는……."

아렌시스가 말꼬리를 흐리자 그 이유가 무엇 때문인지 짐작이 가는 듯 귀족원장 리에니와 내무대신 토르스트는 고개를 끄덕였다.

"문제는 헤르난 전하이십니다."

"헤르난이 문제다? 계속해 보게."

아렌시스가 말꼬리를 흐린 이유를 아는지 모르는 것인지 퀘헤리건의 태도는 애매모호하기만 했다.

"다른 두 분 전하에 비해 모든 면에서 열세인 것은 더 이상 말씀드리지 않아도 잘 알고 계실 테니 그 부분은 생략하겠습니다. 그러나 킬라우림까지는 이제 세 달밖에 남지 않았음에도 불구하고 그분의 진영은 별다른 변화가 보이지 않습니다. 헤르난 전하의 외할아버지가 되는 조세프 후작이 그의 친척이나 형제들을 찾아다니는 것은 통상적인 수준에 불과하니 더 이상 말씀드리지는 않겠습니다만 헤르난 전하께서 대체 뭘 계획하고 계시는 것인지 전혀 파악이 안 되고 있습니다."

아렌시스의 말에 퀘헤리건은 그저 희미한 미소만 머금고 있을 뿐 무슨 생각을 하고 있는 것인지 도저히 그 내심을 파악하기 힘들었다.

"귀족원에서는 아쉬드 녀석에 대해 어떻게 판단을 내리고 있는지 알고 싶군."

퀘헤리건이 화살을 자신에게로 향하자 리에니는 기다리고 있던 사람처럼 입을 열었다.

"아쉬드 전하는 여러 가지 면에서 석년의 폐하와 닮은 점이 많으신 분입니다. 강력한 리더십, 저돌적인 추진력, 그리고 냉혈한적인 잔인함까지도 꼭 닮으셨습니다. 실제 그분 진영에 참가한 사람들 가운데 절반은 그분께서 황제의 자리에 오르실 분이기 때문에 모여든 사람들이지만 나머지 절반가량은 그분이 황제가 되신 후 혹시 당할지도 모를 후환이 두려워 참가한 사람들입니다. 아이러니하게도 평소 그분의 잔인하고 저돌적인 성품 때문에 사람들이 모여들었다고도 볼 수 있습니다."

"후후후, 나를 닮았다니…… 아버지로서 기뻐해야 할 일인지 아니면 아쉬워해야 할 일인지 모르겠군."

"예? 폐하, 그게 무슨 말씀이십니까?"

"만약 그 녀석이 나와 닮았다면 과거 내가 승계 전쟁에서 저질렀던 잘못을 그대로 답습할 것이 아닌가? 물론 그때에는 그것이 최선이라 생각했기 때문에 그런 결정을 내릴 수밖에 없었지만 지금 와서는 많은 아쉬움이 남는군."

퀘헤리건의 말에 그의 동생들은 아리송하다는 표정을 짓긴 했지만 어렴풋이 그가 무슨 말을 하고 싶어하는 것인지 알 것 같기도 했다.

잔인무도한 냉혈한이라고 불리는 퀘헤리건은 승계 전쟁 당시 자신에게 대항하는 모든 세력을 월등히 앞선 전력으로 철저하게 파괴했다. 아군의 피 한 방울을 적의 피 몇 동이로 받아낼 정도로 무자비했기에 퀘헤리건의 존재는 같은 편에 선 자들에겐 무한한 믿음을 주었지만 그와 적이 되는 자들에겐 저주에 가까운 재앙이 아닐 수 없었다.

당시 2년 동안의 승계 전쟁을 치르면서 제국 내 용병들은 거의 씨가 마를 정도로 치열한 전투를 끝도 없이 치러야만 했다. 전쟁이 끝났을 때 세 왕자의 진영에 참가했던 15간 명의 용병 가운데 목숨을 부지한 용병은 겨우 2만 명에 불과했다. 그나마 몸을 움직일 만한 부상자까지 포함한 숫자이니 승계 전쟁 동안 얼마나 많은 사람이 죽고 다친 것인지 파악도 안 될 지경이었다.

다치고 죽은 사람은 용병과 애꿎은 국민들만이 아니었다.

퀘헤리건에 적대 관계에 있었던 귀족과 왕자들 역시 그의 살수에서 벗어날 수 없었다.

　　과거에는 승계 전쟁을 치른 후 전쟁에 참가했던 왕자들 대부분 목숨을 부지했던 것에 비해 퀘헤리건 대에서는 살아남은 왕자들의 수가 겨우 일곱에 불과했다.

　　지금 이 자리에 있는 네 명을 제외한 나머지 세 명은 현재 렌타로스 분지에 갇혀 있는 신세였다. 그러나 아렌시스와 두 명의 동생들이 퀘헤리건에게 세 명의 목숨을 살려달라고 간곡히 부탁하지 않았다면 트레슈나 제국 사상 처음으로 승계 전쟁에서 적대 관계에 있던 형제를 모두 죽인 황제로 기록될 뻔했다.

　　퀘헤리건의 조금 전 말은 아마도 당시 자신의 처사를 후회하기 때문에 아쉬드가 그런 전철을 밟지 않기를 바라는 마음에서 나온 말 같았다.

　　"그럼 아직까지 누구의 편에 설지 결정을 내리지 못한 아이들은 없는가?"

　　"아직 다섯 분 정도가 결정을 내리지 못한 것 같습니다."

　　"그래? 과거에는 강한 자만이 살아남을 수 있다고 생각했지만 요즘은 살아남는 자가 강한 것이란 생각이 자꾸 드는군."

　　퀘헤리건의 말장난 같은 말에 동생들은 어리둥절한 표정을 감추지 못했다.

　　"참, 듣자 하니 요즘 흑장미성에 재미난 자들이 나타났다고 들었는데 자네들도 혹시 그 소문을 들어봤는가?"

　　"도그 슬레이어와 티오네스의 미소 말입니까?"

　　이번에 입을 연 사람은 내무대신을 맡고 있는 토르스트였다. 그의 말에 아렌시스가 입을 열었다.

"나도 그 이름을 듣긴 했는데 대체 누군데 그런 괴상한 이름으로 불리는지 궁금했다. 아는 것이 있으면 어디 이야기를 좀 해봐라."

"나도 마찬가지요. 귀족원에서도 흑장미성을 주시하고 있었지만 이름만 들어봤을 뿐 실체를 확인하지는 못했소. 토르스트, 빨리 이야기 좀 해봐라."

"후후후, 아렌시스 형님은 혹시 나에게서 이야기를 듣고 나서 아쉬드 전하께 알려 드릴 생각 아니십니까?"

"무슨 소리! 내가 아쉬드 전하께 관심이 있는 것은 사실이지만 그렇다고 공정성을 잃지는 않는다는 것을 너도 잘 알고 있지 않느냐?"

"농담입니다, 농담. 그러니까 지금으로부터 약 2개월 전쯤 우연히 사석에서 조세프 후작을 만난 적이 있습니다. 그렇지 않아도 헤르난 전하의 현재 근황이 궁금해서 그에게 물어봤더니 뜻밖에도 조금은 이상한 대답을 하더군요."

"이상한 대답이라니?"

"얼마 전 헤르난 전하의 진영에 한 용병이 참가했는데 그 용병은 조세프 후작이 지금껏 살아오면서 보아왔던 어떤 자보다 무례하고, 건방지고, 또 재수없게 생긴 작자라고 했습니다."

토르스트의 말에 사람들의 얼굴에는 황당함만이 가득했다. 하지만 그런 사람들의 반응을 즐기기라도 하듯 토르스트의 말투는 느긋하기만 했다.

"하지만 다음 말이 저를 더욱 황당하게 만들더군요. 다름 아닌 헤르난 전하께서는 그자 때문에 더욱 강해지실 거라는 말이었습니다. 겨우 용병 하나 때문에 헤르난 전하께서 강해지시다니…… 제가 믿을 수 없다고 하자 조세프 후작은 씨익 웃으며 건방지기가 하늘을 찌르기는 하지만 어떤 상황에서도 믿을 수는 있는 자라고 하더군요. 해서 은밀히 조사를 해볼 양으로 이름을 물었더니 그가 바로 '도그 슬레이어'라고 했습니다."

토르스트의 설명은 사람들로 하여금 더욱 궁금증을 불리일으켰다.

"그리고 그 도그 슬레이어라는 사내의 연인이 바로 티오네스의 미소라 불리는 여인입니다. 정체가 하프 엘프라고도 하고 인간이라고도 하는데, 정말 대단히 아름다운 여인이었던 모양입니다. 평생 여자에게 관심을 보이지 않으셨던 헤르난 전하께서 처음 만나는 순간 그녀를 자신의 것으로 만들고 싶다는 생각을 하셨을 정도로 말입니다."

이번 역시 사람들은 토르스트의 설명에 궁금함을 더할 뿐 전혀 가슴 시원함을 느낄 수 없었다.

"나참, 무슨 설명이 그러냐? 기껏 설명을 듣긴 했다만 대부분 피상적인 것뿐이지 않느냐? 그런 것 말고 그 도그 슬레이어란 자의 실력을 알 수 있는 증거 같은 것은 없냐?"

아렌시스의 말에 다른 사람들도 마찬가지 생각인 듯 고개를 끄덕였다.

"글쎄요, 그자나 티오네스의 미소라 불리는 여인에 대한 소문은 무성하지만 정작 그들 두 사람을 만났다는 사람은 거의 없는지라 저 역시 정확한 것은 모르고 있습니다. 다만 불의 용병왕이라고 불리는 로고스 크리스토퍼가 인정할 정도의 실력을 가지고 있다고 하더군요."

"불의 용병왕 크리스토퍼가 인정할 정도라면 소드 마스터에 근접한 실력을 가진 모양이군."

"저희가 판단하기에도 용병 세계를 3분하고 있는 크리스토퍼의 눈에 들 정도면 아직 소드 마스터에 이르지는 못했어도 상당히 근접한 실력을 가지고 있다고 판단이 됩니다. 다만 그런 실력을 가지고도 여태까지 알려지지 않았다는 것이 이상해 조사를 하고는 있지만 아직까지는 이렇다 할 사실을 알아낸 것이 없습니다."

토르스트의 말에 쿼헤리건은 잠시 뭔가를 곰곰이 생각하는 표정을 짓다가 곧 원래 표정으로 되돌아갔다.

"헤르난에게 그런 용병이 찾아온 것이 과연 행운이 될지 불행이 될지는 두고 보면 알 일. 헤르난 녀석만큼은 나도 그 속을 짐작할 수 없으니 앞으로 어떻게 될지는 시간만이 해결해 주겠지."

"하지만 다른 두 분에 비해 헤르난 전하께서 너무 열세이신데 그냥 두고 볼 생각이십니까?"

"왕자들의 승계 전쟁에는 허락된 자가 아니면 어느 누구도 관여할 수 없다는 것을 잊었는가?"

"그렇지만 차이가 나도……."

"그것 역시 헤르난, 그 아이가 극복해야 할 일. 킬라우림 대회가 끝나기 전까지 일단 두고 보도록 하자. 그 아이가 그런 열세를 과연 어떻게 극복할 것인지 솔직히 궁금하기도 하구나."

쿼헤리건의 말에 그의 동생들은 황제가 뜻밖으로 헤르난에게 관심이 많다는 것을 깨닫고는 약간은 의문인 듯 잠시 그의 얼굴을 바라보았다.

지금껏 소문으로는 쿼헤리건이 자신과 성격이 비슷한 장남 아쉬드에게 관심이 많다고 알려졌다. 거다가 자신들이 보기에도 그렇게 보였고 또 그런 줄 알고 있었다.

"리에니, 로즈 검증단에 일러 군부의 개입을 철저하게 감시하도록 하거라. 또 그 아이들이 애초에 함께하기로 신청한 교단 이외의 다른 교단들의 개입 역시 막도록 지시하거라."

"알겠습니다, 폐하."

"타니아노 단장, 제국 내 모든 정규, 사설 기사단장들에게 철저히 중립을 지키도록 내 이름을 빌어 통보하도록 하게. 알겠나?"

"반드시 엄정 중립을 지키도록 통보하겠습니다, 폐하."

켈리거의 말에도 쾌헤리건의 표정은 풀릴 줄 몰랐다.

"그 아이들이 어떤 선택을 하든 나나 너희들은 그냥 지켜보기만 해야 한다는 것을 잊지 마라. 그리고 아렌시스, 다시 한 번 이야기하지만 내 명령을 어기고 이번 승계 전쟁에 끼어드는 자는 그가 설사 내 아내들이라 해도 제국의 율법으로 다스릴 것임을 제국 전체에 똑똑히 알리도록 해라."

"명심하겠습니다, 폐하."

쾌헤리건의 싸늘한 말에 그의 동생들과 켈리거는 대답을 하면서도 몸을 떨지 않을 수 없었다.

이런 경우에 적용되는 제국의 율법이란 남녀노소, 빈부귀천을 막론하고 무조건 교수형이었기 때문이다. 그것도 단순한 교수형이 아니었다.

다른 죄를 짓고 교수형을 당한 경우 보통 2, 3일 정도 시체를 방치해 두었다가 교수대에서 내려지지만, 승계 전쟁에 허락되지 않은 자가 참가하다 적발될 경우 즉시 교수형에 처해지게 되고 그 시체는 승계 전쟁이 끝날 때까지 교수대에 방치해 두는 것이 트레슈나 제국의 율법이기 때문이다.

고개를 든 그들 네 사람의 눈에 보인 퀘헤리건은 과거 냉혈한이라 불렸던 당시의 모습 그대로였다.

*　　　*　　　*

"여기가 트레슈나 제국의 수도인 폰테인인가 보군."

"정말 대단한 규모를 가진 도시군요. 지금까지 본 도시 가운데 가장 거대하고 아름다운 도시예요."

쟌과 셀은 크고 화려한 건물들로 가득한 거리를 바라보며 탄성을 터뜨리지 않을 수 없었다.

제국의 수도답게 보이는 모든 건물들은 하나같이 화려했고, 거리를 가득 메우고 있는 사람들의 의복 역시 겨울철이라는 것을 믿을 수 없을 정도로 화려하고, 또 호화스러워 보였다. 하지만 두 사람은 정작 사람들의 시선이 자신들에게 쏠리고 있음은 전혀 깨닫지 못하고 있었다.

마치 여신이 환생한 것처럼 보이는 셀의 아리따운 자태는 지나가는 사람들의 시선과 발길을 묶기에 충분했다. 동시에 왜 저런 미녀 곁에 쟌처럼 평범해 보이는 인간이 서 있는 것인지 이해를 하지 못했다. 하지만 두 사람은 한 가지 일 때문에 그런 사람들의 시선을 전혀 느끼지 못하고 있었다.

두 사람이 폰테인 시에 온 이유는 제로가 남긴 유물에 대한 단서를 찾기 위해서였다.

일반적으로 정보 길드는 도시의 후미진 곳이나 뒷골목에 위치하고 있었다. 하지만 이렇게 화려하고 깨끗해 보이는 도시에 과연 다른 도시처럼 지저분한 뒷골목이나 인적이 드문 후미진 곳이 있을지 의문이었다.

어쨌든 정보를 얻기 위해서는 관례적으로 술집을 찾는 것이 제일 좋을 것 같아 일단 술집부터 찾기로 했다.

얼마나 헤매고 다녔을까?

두 사람은 제법 깨끗하고 커다란 3층짜리 술집을 발견할 수 있었다.

'흘러가는 강물' 이라는 제법 운치있는 이름을 가진 술집 문을 열고 들어서니 우선 꽤나 넓은 홀이 눈에 들어왔고, 줄지어 배치된 테이블에는 손님들로 거의 차 있었다. 하지만 지금껏 보아왔던 여느 술집처럼 귀가 따가울 정도로 소란스럽지는 않았다.

분위기만 보면 술집이라기보다는 격조있는 식당을 찾아온 것이 아닌가 하는 착각이 들 정도였다.

쟌은 여느 술집처럼 바텐더나 주인이 있는 카운터를 찾았지만 술집 어디에도 카운터는 보이지 않았다. 그가 잠시 망설이고 있을 때 그에게 다가오는 사람이 있었다.

20대 초반으로 보이는 여인이었는데 흰색 와이셔츠에 검은색 조끼, 그리고 무릎 아래까지 오는 검은색의 플리츠스커트를 걸치고 있었는데 웨이트리스의 복장으로는 상당히 점잖은 것이었다. 게다가 예절 교육을 철저히 받았는지 웨이트리스의 행동에선 품위가 느껴질 정도였다.

"저희 '흘러가는 강물' 을 찾아주셔서 진심으로 감사드립니다. 혹시 예약을 하셨습니까?"

"아니에요, 우리는 이곳이 처음이라……."

"그러셨군요. 그럼 잠시만 기다려 주시겠습니까? 예약 상황을 확인해 보고 빈 좌석이 있다면 곧 안내를 해드리겠습니다."

공손한 어조로 양해를 구한 웨이트리스는 재빨리 입구 쪽에 놓여 있던 작은 테이블로 가서는 뭔가를 확인하고 곧 다시 돌아왔다.

"다행히도 빈 좌석이 있군요. 하지만 계단 쪽이라 조금 시끄러울지도 모르는데 다른 자리를 알아봐 드릴까요?"

"상관없소."

쟌의 대답에 웨이트리스는 두 사람을 곧 좌석으로 안내했다. 계단 쪽이라고는 하지만 실제 계단과는 거리가 약간 떨어져 있어 사람들이 왔다 갔다 해도 신경이 쓰일 정도까지는 아니었다.

두 사람이 자리에 앉자 웨이트리스는 곧 메뉴판을 공손히 내밀었다.

잠시 메뉴판을 살피던 쟌은 곧 셀에게 메뉴판을 건넸다.

"난 흑맥주로 하지. 셀은?"

"전 와인으로 하겠어요."

"흑맥주와 와인. 잠시만 기다려 주십시오."

정중하게 고개를 숙인 웨이트리스는 곧 주방 쪽으로 사라졌고, 잠시 실내를 훑어보던 쟌은 눈살을 찌푸리며 곧 다시 고개를 돌렸다.

"쟌, 왜 그런 표정을……?"

"조용해서 좋긴 좋은데 술집이 너무 조용하니까 왠지 거북한 생각이 드는군."

"하긴 저도 이렇게 조용한 술집은 처음이에요. 과연 이곳에서 정보를 얻을 수 있을지 모르겠어요."

"일단 두고 보자고."

조금 전 사라졌던 웨이트리스가 쟁반에 두 잔의 술잔을 받쳐 들고 와서 소리도 않은 채 내려놓고는 돌아가려고 했다.

"잠깐."

"무슨 일이십니까, 손님."

"잠시 물어볼 것이 있소."

"말씀하십시오, 손님."

"혹시…… 이곳 폰테인 시에 정보 길드가 있소?"

쟌의 질문에 웨이트리스의 얼굴이 가볍게 굳어졌다.

"어떤 정보를 알아보려 하시는 것인지 여쭤봐도 되겠습니까, 손님?"

"어떤 물건에 대한 행방을 알기 위해서요."

"물건? 그럼 그 물건이 정상적으로 유통되는 물건인가요?"

웨이트리스의 뜻하지 않은 질문에 쟌은 빤히 그녀의 얼굴을 쳐다보았다.

"그건 무슨 이유에서 묻는 거요?"

"정상적으로 유통되는 물건이라면 굳이 정보 길드를 찾을 필요도 없지 않나요? 그저 정보 길드를 찾으실 정도라면 귀한 물건이라는 이야긴데 그런 물건이라면 보석이나 귀중품을 취급하는 가게를 찾으면 충분히 알 수 있을 테니까 말입니다."

"일반적인 보석상에서 취급하는 물건이 아니오. 상당히 고가일 뿐더러 세상에 하나밖에 없는 물건이 대부분이기 때문이오."

“그렇다면 찾으시는 물건이 하나가 아닌가 보군요.”

“그렇소.”

쟌의 대답에 잠시 생각을 하던 웨이트리스가 곧 빙그레 미소를 지었다.

“만약 손님들께서 찾으시는 물건이 고가에다 희귀한 것이라면 ‘진실의 눈’ 이라는 가게로 한번 가보세요. 그곳의 주인이신 카바닌님은 뛰어난 세공 솜씨를 가진 분으로도 명성을 날리고 계시지만 세상 누구보다 보석이나 골동품에 대해 해박한 지식을 가진 분이시기도 해요. 들리는 말로는 제국에 존재하는 도든 보물과 귀중품을 감정하셨다고 하니 아마 손님들께서 찾으시는 물건에 다한 정보 역시 얻으실 수 있을 거예요.”

웨이트리스의 대답에 셸은 심장의 고동 소리가 갑자기 커지는 것을 느끼며 입을 열었다.

“미안하지만 그 ‘진실의 눈’ 이란 가게가 어디에 있는지 가르쳐 줄 수 있나요?”

“물론이에요, 손님. 하지만 그분에게 무엇을 물어보시려면 엄청난 상담료를 부담하셔야만 할 겁니다. 게다가 성격마저 좀 괴팍하다고 알려져서 그분을 찾는 사람이 지금은 거의 없는 형편이거든요.”

“아무리 상담료가 엄청나다고 하더라도 우리가 원하는 정보를 얻을 수만 있다면 상관없어요.”

“잠시만 기다려 주십시오, 손님. 제가 간단하게 약도를 그려 가지고 오겠습니다. 그럼……”

양해를 구한 웨이트리스는 다시 문가 쪽에 놓인 테이블로 가서 뭔가를 열심히 적더니 곧 다시 다가왔다.

"여기 있습니다, 손님."

"정말 고마워요."

웨이트리스가 내민 종이를 받아 든 셸은 감사의 인사를 하면서 자리에서 일어났다. 그리고는 그녀의 손에 25코렌짜리 금화를 쥐어주었다.

"잠시만 기다려 주십시오. 곧 거스름돈을……."

"아니에요. 술값을 제외한 나머지는 당신이 가지도록 하세요. 좋은 정보를 얻은 대가예요."

"손님, 이러시면 안 됩니다. 저희는 정해진 술값 이외에는 받지 않습니다. 그러니……."

"쟌, 빨리 가요. 왠지 그곳에 가면 정보를 얻을 수 있을 것 같은 예감이 들어요. 어서요."

"알았어, 알았다고."

셸의 재촉에 쟌도 곧 자리에서 일어나 거스름돈을 돌려주겠다는 웨이트리스를 뒤로하고 술집을 빠져나왔다. 그리고는 조금 전 건네받은 약도를 보고 '진실의 눈'이라는 가게를 찾아 발걸음을 재촉했다.

웨이트리스가 그려준 약도가 비교적 정확해 두 사람은 쉽게 가게를 찾을 수 있었다.

막상 가게에 도착하고 보니 자신들의 예상이 형편없이 빗나가 금방이라도 허물어질 것 같은 2층짜리 허름한 건물이었다. 건물의 사방 벽에 금이 간 것은 고사하고, 얼마나 오래전에 지어진 건물인지 벽면이 부스러져 움푹 파인 곳도 곳곳에 보였다.

양 옆의 건물들은 대리석 등을 마감재로 썼기 때문인지 외관도 깔끔

했고, 6, 7층에 달하는 전면 유리창을 모두 스테인드글라스를 부착해
화려하게 장식되어 있어 '진실의 눈'이란 간판이 붙은 건물은 더 더욱
이 거리와 어울리지 않아 보였다.

"어째 기분이 이상한데?"

"뭐가 말인가요?"

"이런 건물에 그렇게 대단한 인물이 있을 거라고는 왠지 믿어지지
않아서 말이야."

"후후후, 사람을 겉모습만으로 판단해서는 안 된다고 렌죠 씨에게
쟌이 말하는 것을 들었는데 내가 잘못 들은 건가요?"

셀의 말에 쟌은 어색한 미소를 지으며 하늘을 쳐다봤다.

"내가 뭐라고 했어? 아까 웨이트리스에게 들은 것만 봐서는 꽤나 고
집스럽고 독선적인 인간 같아서 조심하자는 거지."

쟌의 딴소리에 미소를 짓던 셀은 크게 심호흡을 하고는 허름한 건물
에 어울리는 뒤틀린 나무 문을 열고 가게 안으로 들어섰다.

삐이걱~

창문이 없어 상당히 어두우리란 예상과는 달리 천장에 매달린 꽤나
큰 마법등이 실내를 환하게 밝히고 있었다. 그리 넓지 않은 실내에는
두 개의 커다란 진열장이 양쪽 벽에 위치하고 있었고, 진열대에는 고풍
스러운 물건들이 보기 좋게 진열되어 있었다.

중앙의 작은 진열대 너머에는 앞머리와 윗머리가 훌떡 벗겨진 노인
하나가 병든 병아리처럼 고개를 연신 꾸벅거리며 졸고 있었다.

하얗게 새어버린 머리, 검붉은 안색, 주독이 들어 확연하게 안색과
구별이 가는 딸기코, 침이 허옇게 말라붙은 입가 등을 보면 웨이트리스

가 말한 명성 자자한 보석 전문가와는 전혀 연관이 없어 보였다. 게다가 그렇지 않아도 작고 왜소해 보이는 몸이 조느라 웅크린 탓인지 더욱 볼품없어 보였다.

희망에 가득 찼던 셀의 얼굴도 노인의 모습을 발견하고는 급격히 굳어졌다. 애써 마음을 추스른 셀은 조용하고 차분한 음성으로 입을 열었다.

"저어~ 혹시 카바닌님이 아니신가요?"

셀의 물음에도 노인에게서는 규칙적인 숨소리만 들릴 뿐 어떤 대꾸도 들리지 않았다.

그 모습에 쟌의 눈썹이 물결을 치듯 꿈틀거렸다. 하지만 자신들의 입장을 생각해서인지 애써 화를 눌러 참는 기색이 역력했다.

"말씀 좀 묻겠어요. 혹시 카바닌님 아니신가요?"

셀의 다시 한 번 공손하게 물었지만 돌아온 것은 노인의 쌕쌕거리는 숨소리뿐이었다. 그런 노인의 반응에 셀은 실망감을 감추지 못했고, 그런 셀의 모습을 본 쟌의 입가에는 드디어 비릿한 미소가 지어졌다.

그렇지 않아도 요즘 자신이 가르치고 있는 용병들이 너무나 고분고분하게 변해 자신의 지시를 충실히 이행하는 터라 몸을 풀 기회가 한동안 전혀 없었다. 물론 그렇다고 졸고 있는 저 노인이 자신의 몸 풀이 상대란 말은 아니지만 셀을 실망시켰다는 이유 하나만으로 한동안 고생하도록 고통을 주는 것을 망설일 쟌이 아니었다.

"흐흐흐, 이왕이면 무덤에서 편히 잘 수 있도록 내가 친절히 도와주지."

스르릉~ 번쩍!

검이 검집에서 뽑혀 나오는 순간 노인의 머리를 향해 맹렬한 속도로 떨어졌다.

갑작스러운 쟌의 행동에 셀은 스스라치게 놀라 그를 제지하려고 했지만 이미 칼날은 노인의 머리를 향해 떨어지고 있었다. 칼날이 노인의 머리에서 약 40센티미터쯤 떨어졌을 때 노인의 왼손에 끼고 있던 낡은 구리 반지에서 갑자기 푸른 빛이 터져 나왔다.

팡!

가죽공이 터지는 듯한 소리와 함께 칼날이 맥없이 튕겨 나왔지만 뜻밖에도 쟌은 예상이라도 했다는 듯 웃고 있었다.

"호오~ 몸을 보호해 주는 마법의 힘이 있는 반지로군 그래. 그럼 어디 얼마나 훌륭한 물건인지 성능 테스트나 해볼까? 차앗!"

우렁찬 기합 소리와 함께 쟌의 왼손이 힘차게 앞을 향했고, 그의 손목에 감겨 있던 유성추가 무서운 속도로 풀려 노인에게로 날아갔다.

이미 쟌의 첫 번째 공격 때 약간의 충격을 받은 노인은 더 이상 자는 척을 할 수 없었다.

그가 막 자리에서 일어났을 때 태어나 간 한 번도 본 적이 없는 괴상한 무기가 자신의 얼굴을 향해 날아드는 것을 발견하고는 자신도 모르게 눈을 질끈 감았다.

물론 자신에게는 상대의 공격을 감지하고 저절로 실드를 펼치는 마법 반지가 있었지만 쟌과 자신과의 거리는 2미터에 불과했다. 아무리 마법 반지가 4클래스의 실드를 자동으로 펼친다 하더라도 얼굴로 날아드는 무기에 대한 두려움이나 죽음에 대한 본능적인 공포심마저 느끼지 않게 만들어주는 것은 아니었다.

파파팡!

대체 무엇이 실드와 부딪치며 소리를 낸 것인지 눈에 보이지도 않은 채 연속해서 터져 나오는 소음에 노인은 자신도 모르게 감았던 눈을 떴다. 그리고 비릿한 미소를 지으며 자신을 노려보고 있는 쟌의 얼굴을 발견하고는 다시 눈을 감지 않을 수 없었다.

자신이 본 그의 얼굴은 도저히 인간의 얼굴이 아니었다.

신전에서 프리스트들이 인간을 타락과 탐욕의 화신으로 만든다고 침을 튀겨가며 떠들어댔던 악마보다 더 소름 끼칠 정도로 무시무시한 얼굴이었다.

게다가 실드에 뭔가가 부딪칠 때마다 요란하게 울리는 소음도 소음이었지만 소음보다 그를 더 괴롭힌 것은 바로 충격이었다. 물리적인 공격이야 마법 반지가 막아준다고 하지만 그 충격만은 육체의 힘으로 고스란히 막지 않으면 안 되었다.

노인의 얼굴이 식은땀으로 범벅이 되어가는 모습을 보면서도 쟌은 잠시도 공격을 멈추지 않았다. 조금도 지치지 않는 쟌의 모습에서 노인은 결국 그의 손에 자신이 죽게 될지도 모른다는 공포를 느꼈다. 그런 생각 탓인지 쟌의 얼굴이 더욱 무시무시해 보였다.

"자, 잠깐!"

"호오~ 드디어 입을 여셨군. 하지만 막 열이 오르기 시작했으니까 대화는 조금 있다가 하자고, 영감."

쟌이 다시금 칼을 높이 쳐들자 노인은 사색이 되어서 뒷걸음질을 쳤다. 하지만 무정한 벽은 노인의 발길을 붙잡고 늘어졌다. 그런 노인의 눈에 안타까운 눈길로 자신을 바라보는 눈부신 미녀가 보였다.

노인도 비록 나이를 먹었다고는 하지만 남자인지라 평소 같으면 당연히 그녀에게 관심을 보였을 것이다. 하지만 지금 그가 보인 관심은 그녀가 이 빌어먹을 인간과 동행이라는 점과 안타까워하는 그녀의 표정으로 보아 혹시 자신을 이 위기에서 구해줄지도 모른다는 생각 때문이었다.

"레, 레이디, 날 살려……."

노인의 말에 셸은 마치 그 말을 기다렸다는 듯이 검을 내려치려는 쟌의 앞을 가로막고 나섰다.

쟌과 노인 사이의 거리는 불과 2미터. 하지만 셸은 마치 한줄기 바람처럼 두 사람 사이로 파고들었다. 마치 쟌의 공격을 보지 못한 사람처럼 말이다.

갑작스런 셸의 행동에 쟌은 그야말로 기절할 듯이 놀라며 내려치는 검을 멈추려고 애를 썼다. 하지만 내려치는 기세는 도저히 한순간에 멈출 수 있는 것이 아니었다.

이를 악문 쟌은 호흡을 멈춤과 동시에 억지로 양손의 팔목을 비틀어 검을 옆으로 흘렸다.

우두둑!

요란스러운 소리와 함께 셸과 노인 사이에 있던 진열장이 완전히 박살이 났고, 쟌이 들고 있던 검은 바닥을 간단히 파고들었다.

노인은 눈앞에서 칼날이 스치고 지나가 자신 앞에 있던 진열장을 간단하게 박살 내는 것을 보고는 놀란 가슴을 쓸어내려야 했다. 하지만 노인을 더욱 놀라게 만든 것은 눈앞에 서 있는 셸이었다.

쟌과는 2미터란 거리를 두고 있던 자신도 너무나 놀라 소름이 오싹 끼칠 정도로 공포스러운 상황이었는데, 대체 셸은 저런 무식한 놈을 어떻게 믿고 자신의 앞을 가로막고 선 것인지 의문이 아닐 수 없었다.

"셸!"

"잠깐만. 쟌, 잠깐만 기다려 주세요."

쟌의 외침에 입을 여는 셸의 음성은 조금 전과 비교해 너무나 평온하기만 했다. 방금 자신의 얼굴을 살벌한 칼날이 이슬이슬하게 스치고 지나갔다는 사실을 아는지 모르는지 그저 자신이 하고 싶은 말만을 하고 있었다.

쟌이 검을 회수하는 모습을 본 셸은 천천히 몸을 돌려 황당하다는 표정을 짓고 있는 노인에게 말을 건넸다.

"카바닌님이신가요?"

"그, 그렇소이다, 레이디."

"묻고 싶은 게 있어서……."

"묻고 싶은 것이 있으면 물어보시오. 뭐든 대답하겠소이다. 그러니……."

카바닌이 협조하겠다는 표정을 짓자 셸은 몸을 돌려 쟌에게 미소를 지으며 양해를 구했다.

"쟌, 잠시만 기다려 주실래요?"

"뭘 하려고?"

"우리가 왜 여기 왔는지 설마 잊은 건 아니겠지요?"

"쩝, 성질이 나는 바람에 잠시 잊고 있었군. 미안."

쟌이 입맛을 다시며 검을 옆구리에 차자 셀은 그제야 다시 몸을 돌렸고, 그때까지 숨을 몰아쉬고 있던 카바닌은 찔끔하는 표정으로 셀을 쳐다봤다.

"보물에 대해서 잘 아신다고 하기에 묻고 싶은 게 있어서 왔어요."

"어디 말씀을 해보시오, 레이디."

"또 들으니까 트레슈나 제국에 있는 구한 보물들에 대해서도 거의 다 알고 계신다고 들었는데…… 정말 그러신가요?"

그 말을 들은 카바닌은 대체 두 남녀가 무슨 일로 자신의 가게를 찾아왔는지 그 이유를 짐작하기 힘들었다. 하지만 호시탐탐 자신을 노려보고 있는 파충류 같은 쟌과 눈이 마주치는 순간 황급히 대답을 했다.

"무, 물론이오. 적어도 제국 내에 알려진 보물 가운데 9할 이상은 내 감정을 거쳤소이다. 그리고 그런 보물들은 대부분 기억하고 있소이다."

"정말 대단하시군요. 제가 오늘 이렇기 카바닌님을 찾아온 이유는 꼭 찾고 싶은 물건이 있기 때문이에요. 혹시 제국에 있는 보물 가운데 물건 자체에 마법이 걸린 물건이 있나요?"

셀의 질문이 잘 이해가 되지 않는지 카바닌은 고개를 갸웃거리다가 곧 입을 열었다.

"무슨 물건인지는 모르겠지만……."

"제가 찾고 있는 물건은 한 가지가 아니에요. 신상도 있었고, 목걸이, 반지, 팔찌, 투구, 갑옷 등등 려러 가지 물건들이 있어요."

"그럼 마법구를 말하는 거요? 마법검 같은?"

"아니오, 그런 게 아니라······."

잠시 난감한 표정을 짓던 셀은 곧 결정을 내렸는지 조금은 신중한 태도로 입을 열었다.

"지금부터 제가 하는 이야기는 카바닌님만 알고 계셔야 해요. 만약 다른 사람에게 이 이야기를 발설하거나 엉뚱한 욕심을 낸다면 카바닌 님을 용서하지 않겠어요. 아마 지금 제가 드린 말을 명심하시는 것이 좋을 거예요."

비록 여전히 부드럽고 푸근한 음성이었지만 카바닌은 그녀의 말을 절대 무시할 수 없었다. 또 과연 어떤 물건을 찾기에 저렇게 조심을 하는 것인지 호기심이 생겼다.

"알겠소. 내 반드시 비밀을 지킬 테니 어디 말을 해보구려."

"제가 찾고 있는 물건은 과거 제로라는 대도(大盜)가 한때 소유했던 물건이에요."

"제로의 물건?"

"그래요. 카바닌님도 잘 알고 계시겠지만 제로는 상당한 마법 실력을 가지고 있는 것으로도 잘 알려져 있어요. 지금 제가 찾는 물건은 그가 가지고 있던 물건 가운데 마법의 기운이 깃들어 있는 물건이에요."

"그럼 공격 마법이나 방어 마법이 걸려 있는 물건이 아니면서 마법의 기운을 가지고 있는 물건을 찾는단 말이오?"

"그래요. 혹시 카바닌님이 기억하고 있는 귀중품이나 보물 가운데 그런 물건이 있었나요?"

"잠깐 생각할 시간을 좀 주시오."

곰곰이 생각에 빠져 있는 카바닌을 셀은 초조한 마음으로 바라보고 있었다.

"그런데…… 무슨 이유로 그 물건들을 찾는 것인지 알 수 있겠소?"

"그건…….""

"그 물건들 속에는 어마어마한 보물이 숨겨져 있는 지도가 숨겨져 있지."

쟌의 말에 카바닌의 눈은 당장 탐욕으로 번들거렸다. 하지만 쟌과 눈이 마주치는 순간 카바닌은 헛바람을 들이키며 황급히 고개를 숙여야만 했다.

"후후후. 하지만 그 보물에 욕심은 내지 않는 것이 좋을 거야, 늙은이. 임자가 따로 있으니까 말이야. 이 소문이 만약 사람들 사이에 퍼진다면 아마 헤르난 왕자가 늙은이를 제일 먼저 포를 떠서 씹어 먹으려고 할 테니까 말이야."

헤르난이란 말에 카바닌의 얼굴은 당장 변했다.

"그렇다면 귀하들은 헤르난 전하께서 보내신?"

"당연하지. 요새 헤르난 왕자가 어떤 처지인지 소문을 들어서 잘 알고 있겠지? 군자금이 모자라 사방에서 긁어 모으느라 꽤나 열을 올리고 있는데 이런 상황에서 늙은이가 허튼수작을 하려고 했다는 것을 알게 된다면 아마 곱게 죽기는 힘들 거야. 그렇지 않겠어?"

비릿한 미소를 지으며 입을 여는 쟌의 태도에 카바닌은 잔뜩 긴장한 얼굴로 침을 삼켜야만 했다.

자신도 헤르난과 그의 진영에 있는 사람들이 군자금이 모자라 꽤나 고통을 당하고 있다는 소문을 들어본 적이 있었기 때문이다. 이런 상황에서 만약 저 청년의 말처럼 자신이 엉뚱한 짓을 했다가 발각이라도 나는 날이면 자신 혼자의 목숨으로 끝날 일이 아니라는 것을 능히 짐작할 수 있었다.

헤르난에게 있어 자신 같은 평민의 목숨은 그야말로 한 마리 파리보다 못하다는 것을 누구보다 잘 알고 있었다.

"무, 물론이오."

"어디, 아는 대로 이야기를 해보라고. 누가 알아? 일이 잘 처리되면 늙은이에게 크게 한몫을 뚝 떼어줄지 말이야."

"자, 잠깐만 기다려 보시오."

말을 마친 카바닌은 곧 몇 권의 장부를 꺼내어 살피기 시작했다. 얼마간의 시간이 지나고 나서야 드디어 카바닌이 입을 열었다.

"제로가 어떤 물건을 소유했었는지 알 수는 없지만, 그래도 대륙 전체에 이름을 날리던 그가 노렸을 만한 물건은 그리 많지 않았을 것 같소. 우선 황제의 검으로 유명한 이글리시아스를 들 수 있는데, 그 검은 단 한 순간도 황제 폐하의 집무실을 벗어난 적이 없으니 일단 제외를 하고…… 이슐리트 교단이 보유하고 있는 현자의 지팡이는 어떻소?"

"현자의 지팡이? 물론 교단의 아티펙트에도 제로의 유물이 없는 건 아니지만 그 현자의 지팡이에 마법의 기운이 어려 있는 것이 확실한가요?"

"물론이오. 그건 내 눈으로 직접 확인을 했으니 틀림없소."

"또 기억나시는 물건은 없나요?"

"가이야의 눈물이라고 불리는 '대지의 눈' 이라는 목걸이가 있소이다. 상당히 귀한 보석으로……."

"일전에 살펴볼 기회가 있었지만 그 목걸이에는 아무것도 없었어요."

"그럼 바리타스 왕국의 레피온 교단에서 코관하고 있는 레피온 신상은 어떻소? 내가 봤을 때 그 물건은 교단의 물건답게 신성력도 가지고 있었지만 마법의 기운도 분명히 느낄 수 있었소이다."

"말씀하신 물건도 이미 살펴봤어요."

셀은 대답을 하면서도 안타까운 생각이 들었다.

만약 조금만 더 일찍 카바닌을 만났다면 벌써 제로의 유물을 찾았을지도 모른다는 생각 때문이었다. 하지만 지금이라도 이렇게 정보를 얻을 수 있으니 얼마나 다행인지 모른다.

셀의 대답에 카바닌은 기다렸다는 듯이 근 입을 열었다.

"그럼 스스로 신성한 물을 만든다는 '엠브라시스의 물병' 은 어떻소? 또 짐승의 접근을 저절로 알리는 '목동의 북' 은?"

"엠브라시스의 병? 목동의 북?"

"들어보지 못했소? 엠브라시스의 병이나 목동의 북은 제국 전체에 널리 알려진 보물 중의 보물이오. 물론 값어치만 따지면 더 비싸고 값진 물건들이 훨씬 더 많소. 하지만 가력이 깃들어져 있거나 적어도 마법의 힘이 깃든 물건 중에서 그래도 강력한 마법이 베풀어져 있는 물건은 그리 많지 않소. 물론 '세계의 나침반' 도 있고, '환상의 샘물' , '붉은 저주' , '목마름의 나무' , '저주의 건틀렛' 등등 많은 물건들이 있긴 하오만."

말을 하면서 카바닌은 셀과 쟌의 눈치를 봤다.

"몇 가지 물건은 들어봤고 또 접해볼 기회도 있었어요. 하지만 그 물건들에는 제로의 손길이 닿지 않았어요.”

셸의 대답에 카바닌의 얼굴이 조금은 딱딱하게 굳어졌다.

“그럼 레이디는 그 물건들을 모두 확인해 봤다는 말이오?”

“모두는 아니지만 대충은 확인해 볼 기회가 있었어요.”

“제국과 바리타스 왕국에서 활동하던 블랙 케이프를 제외하면 그 물건들을 볼 기회가 없었을 텐데……”

카바닌의 의문에 셸이 대답하려는 순간 쟌이 먼저 입을 열었다.

“미안하게 됐군. 내가 바로 그 블랙 케이프야.”

“저, 정말이오?”

“왜? 내가 블랙 케이프라면 안 될 이유라도 있나?”

“그, 그런 건 아니지만……”

“내가 원하는 대답이나 어서 해봐.”

쟌의 너무나 태연한 대답에 카바닌은 의심스러워하는 기색이 역력했지만 곧 입을 열었다.

“헤르난 왕자님의 부하가 블랙 케이프라면 누구든 이상하게 생각을 할 거요. 그리고 내가 보기에 당신은 절대 블랙 케이프가 아니오.”

“흥! 세상에 절대라는 것은 없다는 것을 아직 모르는 모양이군. 그보다 셸, 어디로 먼저 갈 거야?”

쟌의 물음에 곰곰이 생각을 하던 셸은 곧 대답했다.

“일단은 ‘목동의 북’ 부터 살펴보는 것이 좋을 것 같아요.”

“그래? 위치는?”

쟌의 물음에 카바닌은 신중한 태도로 입을 열었다.

“목동의 북은 트레슈나 제국 북쪽에 사는 테레비닌 족의 보물로 야생 말이나 양, 산양들을 불러 모으는 힘을 가지고 있는 아주 신비한 물건이라고 알려져 있소. 야생 동물의 신인 비오네스의 힘이 실려 있는 물건이라고 알려져 있는데, 사악한 마음을 가진 자는 그 소리를 듣는 것만으로도 목숨을 잃는다는 말도 있소."

"위치가 어디냐고 내가 물었잖아."

"…폰테인 시에서 약 200킬로미터쯤 북쪽으로 가면 히메네스 산맥의 지류인 오므넨 산맥이 있소. 테레비닌 족은 오므넨 산맥 중에서도 가장 깊은 골짜기인 푸른 계곡에 사는 종족이오. 하지만 굉장히 배타적이고 호전적인 종족이라 그들과 만나려건 상당히 조심을 해야만 할 거요."

"그건 내가 알아서 할 일. 정확한 위치부터 말해 봐."

쟌의 말에 카바닌은 기다렸다는 듯이 재빨리 그에게 한 장의 양가죽으로 만든 지도를 내밀었다.

쟌은 몇 번 지도를 살펴보다가 셀에게 내밀었다.

꼼꼼히 지도를 살펴보던 셀은 곧 입을 열었다.

"오므넨 산맥으로 가야겠어요. 같이 가주실래요?"

"당연하지. 그럼 혼자 갈 생각이었어?"

쟌의 대답이 기쁜지 셀은 환한 미소를 지었다.

"설사 그들을 만난다고 하더라도 목동의 북을 보기란 쉽지가 않을 거요. 그들도 일 년에 한 번 제사를 지낼 때만 그 목동의 북을 꺼낸다고 하니까 말이오. 게다가 그들은 몬스터가 출몰하는 산에 사는 부족이라 상당히 호전적인데다가 타인이 마을 가까이 접근하는 것조차 꺼리는 사람들이오. 잘못하다가는 목숨조차 부지하기 힘들 테니 어지간 하면 포기를 하는 것이 좋을 거요."

"아무리 힘들어도 꼭 찾아야만 해요, 무슨 일이 있어도."

카바닌의 말에 대꾸를 하는 셀의 얼굴이 조금은 굳어 있었다.

"여기가 오므녠 산맥이 틀림없는 것 같은데… 대체 그 빌어먹을 푸른 계곡은 어디에 있다는 거지?"

짜증이 잔뜩 섞인 쟌의 말에도 아랑곳없이 셸은 지도를 살펴보기에 여념이 없었다.

쟌이 짜증을 낼 만도 한 것이 두 사람이 이곳에 도착한 것이 벌써 엿새 전이었다.

히메네스 산맥의 지류라는 말만 듣고 작은 산 몇 개가 이어진 작은 산맥을 생각하고 온 오므녠 산맥은 적어도 규모 면에서 보기엔 다른 산맥과 전혀 다를 것이 없었다. 오히려 히메네스 산맥보다 더욱 산세가 험하고 골짜기도 깊어 보이는 것이 혹시 오므녠 산맥이 주산맥이고, 히메네스 산맥이 지류가 아닌가 하는 생각이 들 정도였다.

　"우리가 며칠 전에 지나온 대협곡이 있잖아요. 아무래도 그곳 안쪽이 푸른 계곡 같아요."

　"대협곡? 그 뱀처럼 긴 협곡 말이야? 하지만 셸이 실프를 보냈을 때 아무것도 발견하지 못했다고 했잖아."

　"그때 좀 더 멀리까지 보내봤어야 했는데 아무래도 협곡 안쪽에 푸른 계곡이 있는 것 같아요."

　셸의 말에 곰곰이 생각을 하던 쟌은 곧 고개를 끄덕였다.

　자신이 생각해 봐도 푸른 계곡이 있을 만한 곳은 그곳밖에 없었다. 하지만 협곡까지 내려가는 길도 만만치 않을 뿐더러 협곡 안의 모습은 정말 대협곡이라는 말에 걸맞게 과연 저런 곳에 인간이 살 수 있을까 의심이 갈 정도로 험난하기 이를 데 없었다. 하지만 지난 엿새 동안 그곳 외에는 모두 수색을 해봤으니 이제 남은 곳은 그곳뿐이었다.

　지도를 살펴보던 셸은 추위를 느끼는 듯 재빨리 지도를 말안장에 걸려 있던 작은 배낭에 집어넣고는 손을 호호 불었다. 하얀 입김이 공기 중으로 퍼져 나가는 모습을 바라보던 쟌은 재빨리 그녀의 안장에 얹혀져 있던 하얀 망토를 꺼내서는 그녀의 어깨에 둘러주었다.

　가까이, 혹은 멀리 보이는 오므넨 산맥의 준령들의 머리에는 하얀 만년설이 덮여 있었다. 트레슈나 제국의 가장 북쪽 지방이라 해도 건조한 날씨가 계속된 탓인지 겨울임에도 눈을 보기가 쉬운 일이 아니었다. 그러나 겨울철에 몰아치는 삭풍은 불과 한두 시간 만에 사람이든 동물이든 꽁꽁 얼려 버릴 정도로 차가웠다.

　간단히 여장을 꾸린 두 사람은 지체없이 며칠 전 지나왔던 대협곡을 향해 말을 몰았다.

두 사람이 협곡에 도착한 것은 만 하루가 지나서였다.

칼날처럼 날카로운 암석들이 즐비한 곳을 지나 협곡의 입구에 들어선 두 사람은 그제야 자신들이 위에서 보던 것보다 협곡의 규모가 더욱 거대하다는 것을 알 수 있었다.

협곡의 양쪽 벼랑까지의 거리가 거의 2킬로미터에 가까웠고 협곡의 끝은 꾸불꾸불한 벼랑에 가려 보이지도 않았다.

풀 한 포기 자라지 않는 삭막한 길을 두 사람은 어깨를 나란히 한 채 말을 몰아갔다.

잔뜩 경계하면서 길을 간다는 것은 의외로 사람을 지치게 만드는 일이었다. 그렇지 않아도 지난 며칠 동안 한시도 쉬지 않고 테레비닌 족이 산다는 푸른 계곡을 찾느라 신경을 썼던 두 사람은 몸이 물먹은 솜처럼 늘어지는 것을 느끼면서도 좀처럼 쉴 생각을 하지 못했다.

마침내 두 사람이 야영하기로 결정한 곳은 벼랑에서 조금 떨어진 곳이었다. 한데 문제는 불을 피울 만한 것이 주위에 아무것도 보이지 않는다는 것이었다. 그곳은 살아 있는 것이라고는 두 사람과 두 마리 말뿐인 그야말로 허허벌판이었다.

그래도 한 가지 다행인 점은 그곳이 바람의 영향을 거의 받지 않아 야영을 하기에 그리 힘들지 않다는 것이다.

혹시 하는 마음에서 준비해 온 나뭇더미를 쌓아 불을 지피며 쟌은 을씨년스러운 주위를 훑어보며 못마땅하다는 표정을 지었다.

"젠장. 바로 위에는 산투성이인데 여긴 왜 풀 한 포기 없는 거야? 정말 이런 황량한 협곡 안쪽에 푸른 계곡이라는 게 있긴 있는 거야?"

쟌의 투덜거림에 셀은 빙그레 미소를 지었다.

"아까 실프를 협곡 안쪽으로 보내봤어요. 실프의 말로는 이 협곡의 가장 안쪽에서 사람들을 봤다고 했는데, 아마도 그들이 테레비닌 족인 것 같아요. 내일 조금만 더 가면 푸른 계곡을 찾을 수 있을 것 같아요."

쟌은 자신이 너무 투덜거렸다고 생각했는지 곧 표정을 풀며 입을 열었다.

"그래도 여긴 바람이 불지 않으니 오늘 밤 지내기는 괜찮을 것 같은데. 협곡 밖하고는 완전 딴판이야."

"괜히 저 때문에 쟌까지 고생하는 것 같아 미안해요."

"무슨 말을 그렇게 해! 그리고 셀의 일이 곧 내 일인데 고생은 무슨 고생을 한다고 그래? 앞으로는 그런 말 하지 마."

조금 흥분한 듯 말하는 쟌의 모습에 셀은 그저 미소를 지어 보일 뿐이었다.

"먼저 자. 난 명상을 좀 할 테니까."

"아니에요. 불침번은 실프에게 맡기면 되니까 쟌도 오늘 저녁은 푹 쉬도록 하세요."

"아니, 그러지 않아도 돼. 명상을 하면 육체의 피로뿐만이 아니라 정신적인 피로까지 풀 수 있으니 신경 쓰지 않아도 돼. 실프로 불침번을 세우려면 계속해서 마나를 공급해 주어야 하잖아. 그렇지 않아도 며칠 동안 그 빌어먹을 계곡을 찾느라 셀도 지친 상태인데 실프에게 마나까지 공급했다가는 아마 내일 아침에는 일어나지도 못할 거야. 그러니 불침번은 나에게 맡기고 푹 쉬도록 해."

"하지만 쟌이 불침번을 서는데 어떻게 나만 잠을 잘 수 있겠어요?"

"정말 괜찮다니까 그러네. 그러니 내 말대로 어서 자. 정 피곤하면 새벽에 깨울 테니까 말이야."

쟌이 한사코 자신을 재우려고 하자 셀은 어쩔 수 없이 고개를 끄덕여야 했다.

"알았어요. 그럼 내가 먼저 잘 테니까 새벽에 꼭 깨워야 해요."

"알았으니까 어서 자도록 해. 쪼옥~"

미안해하는 셀의 뺨에 가볍게 입을 맞춘 쟌은 평평한 곳을 찾아 셀이 잘 자리를 마련해 주었다. 그리고는 가부좌를 틀고 앉아서는 지그시 눈을 감았다.

잠시 그 모습을 바라보던 셀은 곧 자리에 누웠지만 금세 잠들 수는 없었다.

모닥불 빛에 비치는 쟌의 모습은 평소와는 달리 근엄하기 이를 데 없었다. 게다가 얼마나 가늘게 숨을 쉬는지 언뜻 보면 시체라고 착각을 한다 해도 할 말이 없을 지경이었다.

그런 쟌의 모습을 보면서 셀이 잠 속으로 빠져들 때 쟌은 전신의 근육을 이완시키며 오로지 호흡에만 모든 신경을 집중했다.

몸에서 영혼이 이탈하는 듯한 느낌.

쟌은 그 느낌을 다시 한 번 느끼려고 틈이 날 때마다 명상에 상당한 시간을 투자했지만 당시와 같은 느낌은 좀처럼 느낄 수 없었다.

숨을 천천히 한 번 들이키다가 멈추었다가 다시 천천히 내뱉을수록 영혼은 점점 자유로운 상태가 됨을 느낄 수 있었다. 동시에 아랫배에서부터 뜨거운 기운 하나가 천천히, 상당히 느린 속도로 온몸을 타고 돌아다니는 것을 느낄 수 있었다.

그동안 수도 없이 명상을 했지만 이렇게 뜨거운 기운을 생생하게 느낀 것은 처음이었다. 기이한 열기가 혈관을 타고 돌면서 지독한 고통과 함께 한 번도 경험한 적 없는 상쾌함을 동시에 느낄 수 있었다.

팔다리를 느린 속도로 돌아다니던 뜨거운 기운은 아랫배로 몰려들었다가 폭발적인 힘으로 척추를 타고 머리로 몰려 올라왔다.

과거의 기억을 잃어버려 지금 자신에게 일어나는 이 상황이 무엇인지 알 수는 없었지만 본능적으로 상당히 중요한 순간이란 것을 깨달을 수 있었다. 더욱 호흡에 신경을 집중시키고 있을 때 척추를 타고 올라온 뜨거운 열기는 머리를 향해 치솟았다.

쾅!

실제 그런 소리가 들린 것은 아니지만 쟌의 귀에는 그런 소리가 들린 것 같은 착각이 들었다. 동시에 머리가 터져 나가는 것이 아닐까 하는 충격과 통증을 느껴야만 했다.

격심한 고통을 쟌이 억지로 참고 있을 때 주춤했던 뜨거운 기운은 아랫배에서 솟구친 뜨거운 기운과 합세해 다시 한 번 머리를 향해 무서운 속도로 몰려갔다.

쾅!

순간 쟌은 정신이 아득해짐을 느꼈다. 이를 악문 쟌은 필사적으로 정신을 차리려고 애를 썼지만 극심한 충격으로 인해 정신을 차리기가 쉽지 않았다.

고통을 견디다 못해 깨문 입술에는 하얀 이가 깊숙이 박혀 있었고, 그곳에서 적지 않은 선혈이 입가를 타고 흘러내렸지만 쟌은 전혀 그런 사실을 깨닫지 못하고 있었다.

이를 악물고 아랫배에 힘을 주는 순간 하나로 합쳐진 뜨거운 기운은 성난 파도처럼 머리를 향해 무서운 속도로 몰려갔다. 극심한 고통을 직감한 쟌은 자신도 모르게 어깨를 움찔하는 순간 그의 귓전에는 지금까지와는 비교도 안 되는 하늘이 무너지는 듯한 엄청난 소리가 들려왔다.

쾅!

동시에 쟌은 지금과는 달리 항상 답답하던 머리 속으로 뜨거운 기운 가운데 일부가 스며드는 것을 느끼며 상쾌해짐을 느꼈고, 자신의 몸 일부가 육체를 이탈하는 기이한 느낌을 다시 한 번 느낄 수 있었다.

무한한 자유로움을 느끼는 순간 쟌은 자신이 바람뿐인 공간에 있음을 깨달았다. 그리고 이전과 마찬가지로 붉고, 푸르고, 검고, 하얀색을 띤 갖가지 바람들이 공간을 가득 데우고 있는 것이 보였다.

너무나 무질서하게 움직이는 바람들의 모습을 지켜보던 쟌은 잠시 어지러움을 느꼈지만 인내심을 가지고 그 움직임을 지켜봤다. 잠시의 시간이 지나고 쟌은 어느새 자신이 그 바람들과 섞여 하나를 이루고 있음을 깨달을 수 있었다.

이 기분을 뭐라고 표현해야 좋을까?

태어나 한 번도 경험해 보지 못한 무한한 자유?

지금까지 자신을 구속하고 있던 온갖 생각과 감정으로부터 탈출?

자신의 몸 주위에는 부드럽고 다스한 기운이, 그리고 그 기운 밖에는 날카롭고 거친 기운이 맹렬한 속도로 회전하고 있었다. 또 위쪽에는 뜨거운 기운이 자신을 보호하고 있었고 아래쪽은 차가운 기운이 자신을 떠받치고 있었다.

온갖 바람으로부터 보호를 받으면서 쟌은 마치 자신이 바람 자체가 된 것 같은 기분을 느꼈다. 자신이 손을 한 번 까닥 하면 시원한 바람이, 팔을 크게 젓는다면 폭풍이 일어날 것 같은 생각이 들었다.

그렇게 한껏 자유스러움을 느끼던 쟌은 문득 자신의 발경 자세가 너무 딱딱하고 격식에 얽매어 있다는 생각이 들었다.

물론 무술에 형(形)과 식(式)이 따르지 않을 수 없지만, 지금처럼 무리하게 진각을 밟으며 온몸을 한껏 비틀었다가 상대에게 타격을 주는 것이 아니라 그저 어깨와 팔을 살짝 비틀어주는 것만으로도 상대에게 충분히 타격을 줄 수 있다는 생각이 든 것이었다. 극단적으로는 그저 손목을 가볍게 비틀어주는 것만으로도 상대방에게 이전보다 훨씬 커다란 타격을 줄 수 있을 것 같은 생각이 들었다.

더 나아가 약간의 스피드를 더해준다면 격공장(隔空掌)까지 가능할 것 같다는 생각도 들었다.

마음을 차분하게 가라앉힌 쟌은 조금 전 생각한 대로 허공을 향해 빠르게 손을 뻗어보았다. 가볍게 공기 층에 파동이 생기기는 했지만 그저 그뿐이었다. 하지만 쟌은 실망하지 않은 채 다시 한 번 손을 뻗었고, 무리하게 힘이 들어갔던 어깨와 팔의 근육에 힘을 빼고 같은 동작을 반복했다.

처음 살랑이던 공기 층이 시간이 지날수록 출렁이는 움직임이 빨라지더니 어느 순간부터 '쉭' 하는 소리와 함께 그 움직이는 공기의 양이 급격하게 빨라지며, 또한 늘어나는 것을 느낄 수 있었다.

얼마나 그렇게 연습을 했을까? 마침내 '쐐액' 하는 날카로운 소리와 함께 손을 앞으로 뻗어지는 순간 몸 안에 있던 뜨거운 기운이 손바닥을 통해 허공으로 날아가는 것을 확실히 느낄 수 있었다.

그 기쁨은 이루 말할 수 없었다.

'아~ 이것이 바로 스승님께서 말씀하시던 격공장이구나! 스승님, 드디어 그렇게 염원하시던 격공장을 못난 이 제자가 이루었습니다!'

당장에라도 터질 것 같은 격렬한 환희가 가슴을 채우는 중에도 유난히 늙어 보이는 노승의 모습이 떠올라 가슴이 아파왔다. 그러는 사이 쟌은 어느새 자신의 몸으로 돌아왔음을 의식할 수 있었다.

눈을 뜨고 보니 조금 전 흘린 눈물로 뺨이 흠뻑 젖어 있었지만 쟌은 신경도 쓰지 않았다.

"스승님……."

주름투성이 얼굴에 인자한 미소를 짓고 있는 노승 반허의 얼굴이 떠올랐다. 동시에 그와 함께 보냈던 어린 시절의 일들이 기억났다.

일본 순사에게 대들다가 목숨을 잃은 아버지에 대한 기억도 났고, 먹고 살기 위해 부잣집 하녀로 들어갔지만 일 년도 안 되어 도둑으로 모함을 받아 그 벌로 멍석말이를 당해 허므하게 목숨을 잃은 어머니에 대한 기억도 났다.

도둑년의 자식이라는 이유로 어린아이임에도 불구하고 온갖 구박과 모욕, 멸시를 당하다 야반도주를 한 일이며, 3일을 꼬박 굶다가 결국 음식 동냥을 했던 일, 각설이 패거리에게 걸려 그야말로 죽지 않을 정도로 얻어맞던 일, 살기 위해 그들과 싸웠던 일, 그러던 과정에서 스승인 반허와 만났던 일, 그와 함께 지리산 피아골 세신암(洗身庵)에서 무술을 익히며 보냈던 일도 모두 기억났다. 하지만 비격이라는 무술을 익힌 후 무슨 일이 있었기에 자신이 대한제국이 아닌 이런 곳에서, 그것도 과거의 기억을 모두 잃은 채 지내고 있는 것인지 의문이 아닐 수 없었다.

되찾은 기억이 대략 18살 때까지여서 자신이 기억을 잃게 된 동기인 나머지 기억을 되찾고 싶은 마음이야 말할 필요도 없지만 조급하게 서두르지는 않았다. 조급해한다고 해결이 될 문제도 아니고, 일부의 기억을 찾은 것만으로도 답답했던 마음이 상당히 풀어졌기 때문이다.

감았던 눈을 뜨고 보니 언제 눈을 뜬 것인지 셸이 자신을 바라보고 있는 모습이 눈에 들어왔다. 황급히 눈물을 닦은 쟌은 어색한 미소를 지으며 입을 열었다.

"언제 일어났어?"

"조금 전에요. 그런데 무슨 일이 있나요?"

"아, 아니, 아무 일도 없어."

쟌의 대답에 셸은 부드러운 미소를 짓기는 했지만 왠지 힘이 빠진 듯 보였다. 그런 셸의 모습에 쟌은 당황하지 않을 수 없었다.

"셸, 정말 아무 일도 아니라니까. 그러니까……."

"무슨 일이 있는지는 모르지만 쟌에게 아무런 도움도 못 되는 제가 너무나 한심스럽게 느껴지는군요."

"그렇게 생각할 필요 없다니까 그러네. 실은… 잃었던 기억 가운데 일부를 찾았어."

"예? 어떻게요?"

쟌의 말에 셸은 이해가 되지 않는지 그렇지 않아도 커다란 눈을 더욱 크게 뜨고는 한참을 끔뻑거렸다. 그런 셸의 모습에 쟌은 그동안 자신에게 있었던 일을 설명해 주었다.

　　찬찬히 설명을 듣던 셀은 평소 이상하게만 보였던 쟌의 명상으로 잃었던 기억 가운데 일부를 되찾았다는 말에 놀라움을 금할 수 없었다. 그리고 보니 이전의 쟌과는 어딘지 모르게 달라 보였다.

　　그렇다고 얼굴이나 체격이 바뀌었다는 것은 아니지만 난포하고 개구졌던 분위기가 조금은 차갑고 냉소적으로 변한 것 같았다. 게다가 기억을 되찾았다는 말에 자신도 모르게 스캔 스펠로 쟌의 몸을 살펴봤을 때 평소와는 달리 상당히 많은 마나가 그의 몸에, 특히 아랫배에 몰려 있는 것을 확인할 수 있었다.

　　자신이 확인한 정도의 마나량이라면 일전에 쟌이 겨룬 적이 있었던 불의 용병왕 로고스와 비슷하거나 조금 상회할 것 같았다. 어떻게 하룻밤 만에 잃어버린 기억 가운데 일부를 찾고, 또 저렇게나 많은 마나를 몸 안에 축적할 수 있었는지 셀의 상식으로는 이해가 되지 않았다. 하지만 쟌이 기억 가운데 일부를 되찾았다는 사실에는 진심으로 기뻐했다.

　　"쟌, 잃었던 기억을 일부라도 찾았다니 정말 다행이에요."

　　"고마워, 셀."

　　진심으로 기뻐하는 셀의 모습에 쟌은 흐뭇한 기분이 들었다. 꺼져 가는 모닥불을 다시 피운 쟌은 수프를 끓이기 위해 작은 솥을 올려놓았다.

　　"이왕 일찍 일어났으니 아침 식사라도 하는 게 어때?"

　　"아침은 제가 준비할게요."

　　"아니, 내가 할 테니까 셀은 좀 더 쉬고 있어."

　　"아니에요. 밤새 불침번을 서느라 고생했으니 제가 식사 준비를 하는 동안이라도 잠시 눈을 붙이도록 하세요. 준비가 되면 제가 깨워 드릴게요."

"아니야, 정말 피곤하지 않아."

"제가 미안해서 그래요. 그러니 아침 식사 준비는 제가 하도록 해주세요. 만약 이것마저 하지 않는다면 제가 쟌에게 미안해서 견딜 수가 없어요."

쟌은 정말 피곤을 느끼지 못했지만 미안해하는 셀의 얼굴을 발견하고는 어쩔 수 없이 뒤로 물러나야만 했다.

"잠시라도 눈을 붙이세요."

셀의 은근한 압력에 어쩔 수 없이 자리에 누운 쟌은 그녀를 안심시키기 위해 눈을 감았다. 하지만 지난 며칠 동안의 피로가 쌓인 상태에서 모닥불의 온기가 느껴지자 자신도 모르게 스르르 잠이 들어버리고 말았다.

아차 하는 마음에 눈을 뜨자 자신의 얼굴을 바라보고 있던 셀과 눈이 마주쳤다. 미안한 마음에 자리에서 일어나 앉은 쟌은 어색한 웃음을 지었다.

"내가 얼마나 잤지?"

"한 시간도 못 잤어요. 좀 더 눈을 붙이도록 하세요."

"아니, 충분히 잤어."

"그럼 식사를 하도록 하세요."

식사 준비를 하는 셀의 모습을 잠시 쳐다본 쟌은 자리에서 일어서서는 몸을 이리저리 움직이며 뭉친 근육을 풀었다.

쟌과 셀이 대협곡의 끝에 이른 때는 말을 달린 지 꼬박 닷새가 지나서였다. 두 사람 모두 설마 대협곡이 이렇게 깊을 줄은 상상도 못했다.

그곳에서 두 사람이 발견한 것은 2월이라는 계절에 전혀 어울리지 않는 푸른 초원과 짙은 녹음이 우거진 계곡이었다.

"그 늙은이가 푸른 계곡이라고 할 때 설마 하는 생각을 하기는 했지만 설마 2월에 이렇게 푸른 풀들을 볼 수 있을 줄은 상상도 못했군."

"저도 놀랐어요. 2월에 이렇게 푸른 풀들을 보려면 샤프란 왕국 최남단이나 그 아래 지역에서나 볼 수 있는데 설마 이렇게 북쪽에서, 그것도 겨울철에 볼 수 있으리라고는 생각도 못했어요."

"미소 짓는 것을 보니 기분이 좋은 모양이군."

쟌의 말에 잠시 어색한 표정을 짓던 셀은 곧 다시 미소를 지으며 고개를 끄덕였다.

"하프 엘프라고 해도 저에게는 엘프의 피가 흐르니까요. 이렇게 풀과 숲을 만나면 저도 모르게 마음이 놓여요."

"후후후, 어쩔 수 없이 셀은 엘프인 모양이군."

"후후후, 그런가 봐요."

두 사람의 입가에는 비슷한 미소가 떠올라 있었다.

잠시 셀의 얼굴을 보다 고개를 돌린 쟌의 눈에 산기슭에 눈처럼 뿌려져 있는 흰 점들이 들어왔다. 잠시 눈을 찌푸려 시력을 집중시킨 쟌은 그 흰 점들이 천천히 움직이는 것을 곧 발견할 수 있었다.

"저기 저거… 혹시 양 떼 아니야?"

쟌의 손가락이 가리키는 곳으로 고개를 돌린 셀은 계곡의 중심으로 이동하는 양 떼를 곧 발견할 수 있었다.

"맞아요. 양 떼가 틀림없어요."

"그래? 그럼 우리가 푸른 계곡을 찾긴 제대로 찾아왔다는 말이군. 어떻게 할까?"

"예? 어떻게 하다니요?"

셀의 반문에 쟌의 입가에는 쓴웃음이 지어졌다.

"솔직히 우리 입장이 드러내 놓고 당당하게 찾아갈 수 있는 입장은 아니잖아. 아무래도 몰래 찾아가 슬쩍 해야만 할 것 같은데 말이야."

"하긴 그 영감님 말씀이 테레비닌 족은 배타적이고 호전적인 종족이라고 했으니 우리의 방문을 반기지 않겠지요."

대답하는 셀의 얼굴 역시 그리 밝지 않았다. 아마도 어떻게 하면 '목동의 북'을 찾아야 할지 쉽게 결정을 내릴 수 없었기 때문이다.

"어떻게든 되겠지. 미리부터 걱정한다고 일이 잘 풀리는 것은 아니잖아. 일단은 테레비닌 족이 산다는 곳으로 가 어떤 인간들인지나 알아보자고."

현재로서는 별 뾰족한 수가 없었기 때문에 셀은 곧 고개를 끄덕이고는 말을 몰아 산기슭으로 향했다.

짙은 녹음으로 우거진 산은 막상 산기슭에 도착하고 보니 보통 험준한 것이 아니었다. 만약 인간들이 이 산에 살고 있다면 작은 길이라도 뚫려 있는 것이 자연스러운 일인데 과연 테레비닌 족이 살고 있기는 한 것인지 정말 의문이 아닐 수 없었다.

말을 끌고 갈 것인지를 잠시 망설이고 있던 두 사람의 귀에 희미하게 금속끼리 부딪치는 소리가 들려왔다.

"셀, 저 소리 들리지?"

"예, 게다가 오크 소리도 들리는 것 같은데요?"

"오크? 그럼 누군가를 습격하는 소리 아니야? 더구나 오크는 절대 혼자 다니지 않잖아."

"말은 이곳에 두고 어서 가보죠."

근처의 나무에 말 고삐를 묶은 쟌은 빠른 동작으로 금속성이 들린 곳으로 달려갔다.

약 10분쯤 산을 거슬러 올라가던 쟌은 곧 금속성이 들린 진원지에 도착할 수 있었다. 막상 도착하고 보니 숲 속의 꽤나 넓은 공터는 이미 아수라장으로 변한 지 오래였다.

약 30여 마리의 오크들과 일곱 명의 목등들이 피 튀기는 싸움을 벌이고 있었고, 지면에는 이미 서너 마리의 오크들과 두세 명의 목동들이 쓰러져 있었다. 수적으로 열세인 독동들은 서로의 등을 마주한 채 둥글게 모여 오크들을 상대하고 있었지만 하나같이 크고 작은 부상을 입고 있어 언제 쓰러져도 이상하지 않을 정도였다.

"셀은 이곳에 있어."

셀이 도착하자마자 쟌은 그녀의 대답을 들을 사이도 없이 장내로 뛰어들었다.

"조심하세요, 쟌!"

쟌의 뒷모습을 보며 셀이 소리를 질렀지만 쟌은 이미 목검에서 진검을 뽑아 들고는 오크들을 향해 달려들고 있었다.

중상을 입어 겨우 서 있던 목동을 향해 글레이브를 휘두르려던 오크는 뒤에서 들린 셀의 고함 소리에 깜짝 놀라며 황급히 돌아서 글레이브를 쳐들었다.

챙!

"케엑!"

쟌의 검은 글레이브를 단숨에 갈라 버리고는 오크의 머리 한쪽을 덤으로 날려 버렸다. 오크의 몸이 지면에 닿기도 전에 이미 쟌은 그 옆에 있던 오크의 머리를 날리고 있었다.

오크들이 쟌의 존재를 발견했을 때는 이미 여덟 마리가 목숨을 잃은 후였다. 당황한 오크들이 뒤로 물러섰을 때 그들의 수는 이미 10여 마리로 줄어들어 있었다.

"취익! 테레비닌… 인간… 취익… 꼭… 복수… 한다!"

한 오크의 말이 끝나자마자 오크들은 우르르 숲 속으로 사라졌다. 그 모습을 보고서야 필사적으로 서 있던 목동들은 그 자리에 쓰러지듯 주저앉았다. 그러나 40대 초반으로 보이는 한 사내는 이를 악물고 그 자리에 서서 쟌을 쳐다봤다.

"도, 도와줘서 가, 감사하오."

"괜찮으니 일단 상처부터 살피도록 하시오."

사실 중년 사내는 전신에 난 크고 작은 상처들로 인해 서 있는 것이 기적일 정도였다. 특히 옆구리에 난 상처는 너무나 깊어 만약 손을 뗀다면 당장에라도 내장이 흘러내릴 정도였다.

10대 후반에서 40대 초반까지로 보이는 사내들은 자신이 가지고 있던 응급약을 꺼내 치료하기 시작했지만 대부분은 응급약으로 치료가 불가능할 정도로 깊은 상처였다.

"셀, 이 사람들 좀 도와주겠어?"

쟌의 말에 셀은 서둘러 자신이 가지고 있던 두 병의 힐링 포션을 목동들에게 건넸고, 정신을 잃고 쓰러져 있던 목동들은 마법으로 치료를 했다. 하지만 부상당한 사람들의 수가 적지 않았고, 셀이 마법을 익혔다고는 하지만 아직 5클래스의 유저 수준이었기에 여러 사람을 한꺼번에 치료할 수 있는 6클래스의 힐링은 사용할 수 없는 처지였다. 시간이 걸리더라도 한 사람씩 상처를 치료하는 큐어를 쓸 수밖에 없었다.

물의 하급 정령인 운디네를 소환해 목동들의 상처를 깨끗이 씻은 후 연속해서 큐어를 베풀어준 탓에 셀의 안색은 얼마 지나지 않아 창백하게 변했다.

그 모습을 쟌은 안타까운 심정으로 바라보고 있을 뿐이었다. 혹시 있을지 모를 오크들의 기습을 염려하면서도 쟌은 셀에게서 눈을 떼지 않았다.

셀이 목동들에게서 물러섰을 때는 그렇지 않아도 하얗던 그녀의 안색이 한 점의 핏기도 찾아보기 힘들 정도로 창백하게 변한 후였다. 재빨리 그녀에게 다가간 쟌은 그녀를 부축해 나무 밑으로 데려다 주었다.

"괜찮은 거야? 안색이 아주 안 좋아."

"괜찮아요, 쟌. 마나의 소모가 너무 급격해서 그래요. 그냥 조금만 쉬면… 조금만 쉬면……."

하지만 셀은 말조차 끝마치지 못하고 급격한 마나 사용으로 인한 탈진으로 기절하고 말았다. 조심스럽게 셀을 바닥에 눕히는 쟌의 모습을 지켜보던 중년 사내는 미안한 표정을 지으며 다가왔다. 그러나 그의 상태도 그리 좋아 보이지는 않았다.

복부를 질끈 동여맨 헝겊은 이미 흥건히 피가 배어 나와 있었는데, 그래도 조금 전 셀이 큐어로 지혈을 해주었기에 정신을 잃지 않을 수 있었다.

"레이디는 괜찮은 거요?"

"급격하게 마나를 사용한 탓에 탈진한 것뿐입니다. 잠깐 쉬면 곧 나을 겁니다."

"저희 일행을 대신해 진심으로 감사드리겠소이다. 덕분에 목숨을 건질 수 있었소."

"그저 약간의 도움을 드렸을 뿐입니다."

쟌의 담담한 대답에 잠시 머뭇거리던 중년 사내는 어렵게 입을 열었다.

"저어… 부탁이 있소이다."

"말씀하십시오."

"미안하지만 이 뿔피리를 좀 불어주겠소?"

말과 함께 내민 중년 사내의 손에는 검은색을 띤 한 뼘 정도의 길이에 급격하게 꺾여진 모양을 한 작은 뿔피리가 들려 있었다. 모양을 보니 목동들이 흔히 사용하는 뿔피리였다.

"그냥 불면 됩니까?"

"길게 두 번을 불고 조금 있다가 다시 두 번을 불면 되오."

중년 사내의 말에 고개를 끄덕인 쟌은 깊게 숨을 마시고는 힘차게 뿔피리를 불었다.

뿌~우~웅~

뿌~우~웅~

보기보다 중후한 소리가 뿔피리에서 터져 나왔고, 산울림이 되어 마치 수십 명이 연이어 뿔피리를 분 것 같은 착각을 일으키게 했다. 잠시 시간을 둔 쟌은 다시 힘차게 뿔피리를 불었다.

뿌~우~웅~

뿌~우~웅~

두 번째 뿔피리 소리가 울려 퍼지고 약 20분 정도가 지났을 때였다. 쟌의 귀에 상당히 많은 숫자의 무엇인가가 자신들이 있는 곳을 향해 달려오는 소리가 들려왔다.

쟌이 긴장한 채 진검을 뽑아 들자 중년 사내도 덩달아 긴장한 얼굴로 주위를 둘러보았다. 풀숲이 흔들리는 소리와 함께 시커먼 그림자 몇이 공터에 모습을 드러냈고, 동시에 쟌은 폭발적으로 앞으로 나서며 검을 휘둘렀다.

그 모습을 발견한 중년 사내가 다급하게 입을 열었다.

"멈추시오! 우리 편이오!"

중년 사내의 외침에 쟌이 손을 멈췄을 땐 공터로 모습을 드러낸 청년의 목에서 한 뼘도 떨어지지 않은 곳에 진검이 있었다. 재빨리 검을 회수한 쟌은 청년의 얼굴이 창백하게 변한 것을 발견하고는 상대에게 미안한 생각이 들었다.

"미안하오. 오크들이 역습을 하기 위해 되돌아온 줄 알았소."

"괘, 괜찮소이다."

하지만 청년의 얼굴은 대답과는 달리 전혀 괜찮아 보이지 않았다.

하기야 자신의 목을 향해 시퍼런 칼날이 날아드는 광경을 속수무책으로 바라보아야만 했던 처지니 멀쩡하다면 그것이 오히려 더 이상할 것이다.

"이봐, 척! 이게 뭐야? 겨우 오크 몇 마리 때문에 이렇게 박살이 난 거야?"

그 말을 던지며 다가오는 사람은 턱수염과 콧수염을 짧게 기른 40대 초반의 사내였다. 전체적으로 진중해 보이는 인상이었지만 그 입에서 나오는 말투는 상대의 기분을 거슬리게 만들기에 충분했다.

"나렉! 말조심해!"

상대의 반응이 예상보다 격렬하자 나렉은 머리를 긁적이다 동족과는 다른 복장을 한 한 쌍의 남녀를 곧 발견하곤 눈에 이채를 띠었다.

"이들은 누구지?"

"우리 목숨을 구해준 생명의 은인!"

딱딱하게 답변을 하는 척의 태도에 뿔피리 소리를 듣고 모여든 목동들은 영문을 알 수 없어 그저 서로의 얼굴만을 바라볼 뿐이었다.

"그러니까 뭐냐, 저 검은 머리 청년과 저기서 푹 자고 있는 미녀께서 우리 동료들을 구해주셨다 그런 말인가?"

"맞다."

나렉의 말에 척이 고개를 끄덕이자 뿔피리 소리를 듣고 모여든 목동들은 하나같이 어지러운 장내의 모습을 바라보며 멍청한 표정을 지을 뿐이었다. 게다가 하루 종일 한마디도 하지 않는 것으로 유명하던 척이 벌써 몇 마디나 한 것 때문에 주위에 있던 목동들은 어리둥절함을 감추지 못하고 있었다.

뿔피리 소리를 듣고 모여든 목동들은 동료들 곁에서 꼼짝도 하지 않고 있는 쟌의 모습에 긴장감을 풀 수 없다가 그가 셀 곁으로 걸음을 옮긴 후에야 쓰러져 있던 동료들에게 다가갈 수 있었다. 하지만 그들이 할 수 있는 일은 아무것도 없었다. 동료들의 상처는 이미 치료가 끝난 상태였기 때문이다.

이게 어떻게 된 일이냐는 눈빛으로 나렉이 자신을 쳐다보자 척은 그녀가 마법으로 자신들을 치료했다는 사실을 알려주었다. 척의 대답에 나렉은 놀란 기색이 완연한 눈으로 피곤한 기색이 역력한 셀을 바라보았다.

셀의 호흡이 조금씩 진정되는 것을 느낀 쟌은 여전히 창백한 그녀의 얼굴을 보며 안쓰러운 마음을 금할 수 없었다.

"이제 정신이 좀 들어?"

힘겹게 눈을 뜬 셀은 걱정스러운 눈길로 자신을 바라보고 있는 쟌의 모습에 부드럽게 미소를 지어주었다.

"괜찮아요, 쟌. 이제 조금만 더 쉬면 괜찮을 거예요."

목소리에 비록 힘이 없기는 했지만 비교적 또렷하게 들린 대답에 쟌은 겨우 마음을 놓을 수 있었다.

"레이디께서 정신을 차리신 겁니까?"

"아! 예, 다행히도 정신을 차리긴 했지만 좀 더 휴식을 취해야 움직일 수 있을 것 같습니다."

"아니에요, 쟌. 잠깐만 기다려 즈세요."

셀이 말과 함께 몸을 일으키려 하자 척은 손사래를 치며 황급히 입을 열었다.

"아닙니다, 레이디. 좀 더 쉬십시오. 저희들도 이동할 준비를 하려면 시간이 좀 걸릴 것 같습니다. 그러니 그때까지 휴식을 취하십시오. 저희가 준비가 되면 알려 드리겠습니다."

척의 말에 쟌은 고개를 갸웃거렸다.

"무슨 말입니까? 저희는 셀이 힘을 되찾는 대로 길을 떠나려고 합니다만……."

"그게 무슨 말씀입니까? 저희의 목숨을 구해주신 생명의 은인인데 어떻게 그냥 보낼 수 있단 말입니까? 저희 마을로 가서서 잠시라도 쉬었다 가셔야 저희들의 마음도 편해질 것 같습니다. 그러니 저희 마을로 가시지요."

자신의 말에 쟌이 심사숙고하는 모습을 보이자 척이 다시 한 번 입을 열었다.

"은혜를, 그것도 생명을 구해주신 분들을 이대로 보내 드릴 수는 없습니다. 제발 저희들이 약간이라도 은혜를 갚을 수 있도록 해주십시오."

"은혜랄 것도 없습니다. 곤란한 상황에 처한 사람을 돕는 것은 당연한 일입니다. 게다가 상대는 몬스터들이니 은혜니 뭐니 말할 필요도 없는 일이 아닙니까?"

"아무리 당연한 일이라 하더라도 도움을 받은 사람 입장에서는 결코 단순한 일이 아닙니다. 그러니 저희와 함께 마을로 가서서 잠시라도 쉬었다 가주십시오."

척의 계속된 권유에 쟌은 어쩔 수 없다는 듯 입을 열었다.

"그럼… 잠시만 기다려 주십시오."

양해를 구한 쟌은 산 아래를 향해 달려 내려갔고, 그 모습에 영문을 몰라 하던 사람들은 그가 두 마리의 말을 끌고 오는 모습을 보고서야 고개를 끄덕였다.

셀을 부축해 말에 태운 쟌은 자신이 직접 말 고삐를 잡았다. 그 모습을 지켜보던 척은 그제야 동료들의 부축을 받으며 앞장섰고, 그 뒤를 쟌이 말 고삐를 잡은 채 걸음을 옮겼다.

산양들과 함께 이동을 한 탓인지는 모르지만 마을까지 몇 킬로미터 밖에 되지 않는 거리를 거의 두 시간이 지나서야 도착할 수 있었다. 다행히도 셀은 곧 체력을 회복할 수 있었지만 부상자들을 위해 말을 내놓아야 했다.

비교적 상처가 심한 두 사람을 말에 태운 지 거의 한 시간이 지나서야 마을에 도착할 수 있었다.

그들 마을은 약 100여 채의 허름한 가옥들이 밀집해 있는 형태였는데, 중앙의 공터를 중심으로 원형의 형태를 갖추고 있었다. 목동들과 쟌이 도착했을 때 마을의 중앙에는 10여 명의 검을 든 사내들과 머리가 허옇게 센 노인 하나가 반가운 얼굴로 그들을 맞이했다.

"촌장님."

"어서들 오게. 그렇지 않아도 어떻게 된 일인가 걱정하고 있던 차였네."

"오크 놈들의 기습이 있었습니다. 저희들도 힘껏……."

척의 보고를 촌장이 듣고 있는 동안 검을 뽑아 들고 있던 사내들은 재빨리 부상자들을 부축해 각자의 집으로 향했다.

"…저희들이 극심한 부상과 탈진으로 막 포기를 하려는 순간 저기 저분들이 나타나 저희를 구해주셨습니다. 남자 분은 오크들을 간단히 도륙해 쫓아버리셨고, 여자 분은 마법으로 저희들을 치료해 주셨습니다. 만약 저 두 분이 제때 나타나지 않으셨다면 저희들은 오늘 단 한 명도 살아오지 못했을 겁니다."

"이렇게 고마울 데가 있나."

"게다가 여자 분은 치료 마법으로 저희들을 치료하느라 기절까지 하셨습니다. 은혜도 보답할 겸 또 레이디께서 휴식도 취하셔야 했기 때문에 마을로 모셨습니다."

"잘했네, 척. 자네도 부상이 심한 듯하니 이만 가서 치료를 받도록 하게. 저분들은 내가 모시도록 하지."

"그럼 부탁드리겠습니다, 촌장님. 내일 두 분을 찾아뵙겠습니다."

쟌과 셀에게 인사를 한 척은 다른 목동들의 부축을 받아 자신의 집으로 향했다. 그 모습을 잠시 바라보던 촌장은 곧 쟌에게로 고개를 돌렸다.

"저희 부족 젊은이들의 귀한 목숨을 구해주신 것을 로젠 부족을 대표해 진심으로 감사드리는 바이오."

"아닙니다. 다행히 근처를 지나가고 있었기 때문에 미력하나마 도울 수 있었습니다."

평소와는 달리 너무나 공손한 쟌의 태도에 셀은 어색함을 느껴야만 했다. 그리고 왠지 천방지축이던 과거의 모습이 그리워졌다.

"우선 두 분께서 쉴 곳을 마련해 드리겠습니다. 자세한 이야기는 저녁에 나누도록 하시지요. 하지만 워낙 궁벽한 곳이라 쉴 곳이 두 분의 마음에 들지 모르겠습니다."

"상관없습니다. 그렇지 않아도 오랫동안 노숙을 해서 좀 편히 쉬었으면 했었는데…… 촌장님의 호의에 감사드립니다."

"별말씀을. 제럴드, 이분들께 쉴 곳을 안내해 드리도록 하게."

"알겠습니다, 촌장님. 두 분께서는 저를 따라오시지요."
30대 후반쯤으로 보이는 청년 하나가 대답을 하고는 쟌과 셸을 안내해 휴식을 취할 장소로 향했다.

셸이 침대에 누워 눈을 감는 것을 보고서야 쟌은 그 앞에서 가부좌를 튼 채 눈을 감았다.

되찾은 기억이 어린 시절과 스승인 반허 대사에게 비격을 전수받았을 때의 기억이었기에 비격의 모든 수법을 기억할 수 있었다. 반허 대사가 창안한 비격이라는 무술은 타격기(打擊技)가 주를 이루는 대부분의 여타 무술들과는 달리 관절기(關節技)까지 포함되어 있어 처음 비격을 배울 때 꽤나 고생을 해야만 했었다.

비격이 어느 정도 경지에 이르렀을 때 스승의 명으로 누군가를 돕기 위해 하산을 한 것까지는 기억이 났지만, 그가 누구인지 전혀 기억이 나지 않았다. 답답한 마음을 감출 수 없는 것은 사실이지만 오히려 그런 마음이 기억을 되찾는 데 방해가 될 것 같아 억눌러야만 했다.

차분하게 기분을 가라앉힌 쟌은 다시 호흡에 신경을 집중했다. 들이마시고 내쉬고, 다시 들이마시고 내쉬고…….

모든 신경을 호흡에 집중했지만 며칠 전에 느꼈던 것처럼 영(靈)과 육(肉)이 분리되는 느낌은 느낄 수 없었다. 그러나 단전호흡을 통해 움직이는 마나의 양이 늘어난 것은 물론 속도 역시 눈에 띄게 빨라진 것은 확실히 깨달을 수 있었다.

단전호흡을 조용히 마친 쟌은 새근거리며 잠들어 있는 셀의 모습을 잠시 동안 물끄러미 바라보고는 곧 밖으로 나왔다.

두 사람이 휴식을 취하는 집은 마을과 산기슭이 연결된 곳에 위치한 곳이라 왕래하는 사람도 없었다.

잠시 주위를 둘러보던 쟌의 눈에 수령이 수백 년은 됨 직한 우람한 떡갈나무가 보였다. 고개를 들어 확인을 하니 대략 5미터쯤 되는 높이에 어른의 팔뚝 굵기만한 나뭇가지 드리워져 있는 것이 보였다.

평소라면 나무에서 조금 떨어진 곳에서부터 달려와 지면을 박차고 나무의 중간 부분을 박차야 겨우 닿을 수 있는 높이였지만 지금은 왠지 제자리에서 뛰어오르는 것만으로도 충분히 닿을 것 같다는 생각이 들었다.

호흡을 가다듬은 쟌은 그대로 지면을 박차며 허공으로 몸을 날렸다. 믿을 수 없게도 쟌의 몸은 그대로 허공을 가르며 나뭇가지를 향해 수직으로 치솟았다. 마치 보이지 않는 거대한 손이 쟌의 몸을 허공으로 들어 올린 것처럼 너무나 간단히 솟구쳤다.

팍! 우지직~

쟌의 발길질에 어른 팔뚝만큼 굵은 나뭇가지가 너무나 간단하게 부러져 나갔다.

쿵!

쟌과 부러진 나뭇가지는 누가 먼저라고도 할 것도 없이 지면으로 떨어졌고, 쟌은 설마 자신이 나뭇가지를 부러뜨릴 수 있을 것이라고 생각하지 않았는지 놀란 표정을 감추지 못하고 있었다.

자신이 어떻게 5미터 높이의 나뭇가지를 부러뜨릴 수 있었는지 그 대답이 발에 쓰여져 있는 것처럼 한동안 자신의 발을 쳐다보다가, 팔을 잠시 가슴 앞까지 거두어들였다가 떡갈나무를 향해 살짝 비틀며 힘껏 내뻗었다.

순간 뜨거운 기운이 가슴에서 팔을 통해 밖으로 힘차게 몰려 나갔다. 그러나 쟌은 떡갈나무와 분명 1미터 이상 떨어져 있었기 때문에 아무런 일도 일어나지 않아야 정상이었다. 하지만 결과는 달랐다.

펑!

폭죽 터지는 듯한 소리와 함께 떡갈나무의 껍데기가 사방으로 날아갔다. 그리고 쟌의 팔과 일직선에 해당되는 곳에는 손바닥 모양으로 움푹 파인 홈이 새로 생겼다.

분명 자신의 행동으로 인해 생긴 결과라는 것을 알면서도 쟌은 그 위력에 놀라고 있었다. 재빨리 떡갈나무에서 3미터 정도 떨어진 곳으로 물러선 쟌은 다시 한 번 마나를 손으로 보내며 떡갈나무를 향해 힘껏 손을 뻗었다.

슉! 펑!

조금 전과는 달리 날카롭게 바람을 가르는 소리와 함께 마나가 나무로 날아가 부딪치는 것을 느낄 수 있었다. 비록 조금 전처럼 확실하게

장인(掌印)이 새겨진 것은 아니지만 이번에도 나무껍질이 산산조각이 나며 손 모양의 홈이 파였다.

다시 2미터 뒤로 물러선 쟌은 신중하게 떡갈나무를 향해 손을 뻗었다.

슉!

비록 날카로운 소리가 들리기는 했지만 지금까지와는 달리 나무에는 아무런 손상도 없었다. 예상과 달리 떡갈나무가 멀쩡했음에도 불구하고 실망하지는 않았다.

가까운 거리에서는 마나가 흩어지지 않았지만 타격 거리가 멀어지면 멀어질수록 마나가 급격히 흩어져 5미터 밖의 적에게는 아무런 타격도 줄 수 없다는 것을 깨달았기 때문이다. 하지만 그것은 아직까지 마나를 다루는 실력이 모자라기 때문이지 격공장의 한계가 불과 3미터밖에 되지 않는다는 것은 아니었다.

팡팡팡~

팡파파팡~

쟌의 주먹에 의해 압축된 공기가 터져 나가는 소리가 들리는가 싶더니 이번에는 쟌의 다리가 허공을 가로지름과 동시에 요란한 소리가 울려 퍼졌다. 쟌의 오른발은 순식간에 주위를 향해 10여 차례나 뻗었다 거두어들여졌다. 하지만 쟌의 주먹이 뻗어졌다가 발이 거두어질 때까지 걸린 시간은 그야말로 눈 깜빡할 사이에 불과했다.

단전호흡의 효능이야 이전부터 알고 있었지만 요 며칠 사이 쟌이 깨닫게 된 것은 자신이 스승의 경지를 뛰어넘었다는 것이었다. 어떻게 해서 뛰어넘은 것인지 설명할 수는 없지만 스승이 평생 이루고자 했던 격공장을, 비록 불완전한 상태이긴 하지만 자신이 이룬 것이다.

기쁜 마음이야 이루 말할 수 없었지만 자신이 왜 이런 곳에 있는 것인지, 어떻게 하면 자신이 살던 대한제국으로 돌아갈 수 있는 것인지 새로운 걱정거리가 생겼음을 깨닫고는 긴 한숨을 내쉬었다.

쟌이 잠시 동안 멍하니 떡갈나무를 바라보며 서 있을 때 셀이 모습을 드러냈다.

"쟌, 왜 쉬지 않고 나와 있어요?"

"응? 셀이었구나. 혹시 나 때문에 깬 거야?"

"아니에요. 그렇지 않아도 일어나려고 했는데 마침 무슨 소리가 들리기에 나와봤어요. 또 쟌도 안 보이고 해서."

"찌뿌둥해서 몸 좀 풀려고 나왔어. 생각할 것도 좀 있고."

쟌의 곁으로 다가온 셀은 그제야 발밑에 떨어져 있는 커다란 나뭇가지가 뭔가 강력한 타격에 의해 부러진 것임을 눈치 챌 수 있었다. 게다가 떡갈나무 줄기에 선명한 손자국이 새겨져 있는 것 역시 발견할 수 있었다. 애써 시선을 거둔 셀은 쟌의 얼굴을 유심히 바라보았다.

"쟌, 왠지 얼굴에 걱정이 가득한 것 같아요. 별 도움은 되지 않겠지만 걱정거리가 있다면 저에게도 말해 주세요."

"아니야. 정말 아무 일도 없다니까 그러네. 잃었던 기억도 비록 일부지만 찾았고, 덕분에 지금보다 훨씬 강해졌는데 무슨 걱정이 있겠어. 걱정하지 않아도 돼."

과장된 동작으로 대답하는 쟌의 행동에 무슨 말을 하려던 셀은 그냥 고개만 끄덕일 뿐이었다.

"그럼 쟌의 어린 시절에 대해 이야기해 줄래요?"

"어린 시절?"

반문하는 쟌의 얼굴이 갑자기 어두워졌다. 그런 쟌의 태도에 셀은 순간 자신의 질문이 잘못되었다는 것을 느꼈다. 막 셀이 입을 열려는 순간 쟌의 입이 먼저 열렸다.

"미안해, 셀. 그 이야긴…… 지금 하고 싶지 않아. 나중에, 나중에 해줄게."

"아니에요. 오히려 내가 미안해요."

자신이 괜한 이야기를 꺼냈다는 생각에 셀은 미안해 어쩔 줄 몰라 했다. 그런 셀의 모습에 쟌은 부드러운 미소를 지어 보이며 그녀를 껴안았다.

"괜찮아, 셀. 난 괜찮으니까 미안해하지 마. 너무 어두운 이야기라 지금 꺼내고 싶지 않을 뿐이야. 나중에 내 마음이 진정되면 그땐 제일 먼저 이야기해 줄게."

"아니에요. 해주지 않아도 돼요. 내 호기심 때문에 쟌이 상심하는 모습은 보고 싶지 않아요. 정말이에요, 쟌."

"괜찮다니까. 그러니 그런 걱정은 하지 않아도 돼."

셀의 머리를 가만히 쓰다듬으며 쟌이 입을 열자 셀은 더욱 그의 품으로 파고들고는 그의 허리에 두른 팔에 힘을 주었다.

그들이 잠시 그런 모습으로 있을 때 그들 쪽으로 다가오는 발자국 소리가 들렸다. 고개를 돌리고 보니 자신들을 이곳으로 안내해 주었던 사내였다. 제럴드라고 했던가?

"왜 나와 계십니까? 혹시 불편하신 점이라도……."

"아닙니다. 충분히, 그리고 편하게 잘 쉬었습니다. 잠시 몸을 풀려고 나왔습니다."

"레이디께서는……?"

"저도 편히 잘 쉬었어요. 체력도 거의 회복했고요."

"편하게 쉬셨다니 다행이군요. 혹시 시장하실지 모른다고 촌장님께서 두 분을 모셔오라고 하셔서 이렇게 왔습니다."

제럴드의 말에 쟌과 셀은 자신도 모르게 서로의 얼굴을 쳐다봤다. 아닌 게 아니라 제럴드의 말을 듣는 순간 그제야 자신들이 어제 아침 식사 이후 아무것도 먹은 것이 없다는 것을 깨달은 것이었다.

"그리고 보니 상당히 시장하군요."

"잘됐군요. 그럼 절 따라오시지요."

쟌의 대답에 제럴드는 빙그레 미소를 짓고는 앞장서서 걸음을 옮겼고, 두 사람은 그의 뒤를 따라 마을 중심으로 향했다.

막상 도착하고 보니 무슨 행사가 있는지 공터를 중심으로 조금 떨어진 곳에 테이블이 놓여 있었고, 많은 사람들이 갖가지 음식들을 늘어놓고 있었다.

연회석의 중앙에 앉아서 지시를 내리던 촌장은 다가오던 쟌과 셀을 발견하고는 일어나 반갑게 맞이했다.

"어서 오십시오. 그래, 저희가 마련해 드린 곳이 마음에 드시던가요?"

"물론입니다, 촌장님. 덕분에 편히 쉴 수 있었습니다."

"편히 쉬셨다니 다행이군요. 이쪽으로 앉으시지요."

촌장이 손으로 가리킨 곳을 보니 연회석의 중앙 부분이었다. 자리에 앉은 쟌은 혼란스럽게 움직이는 사람들을 보며 고개를 갸웃거렸다.

"무슨 일이 있습니까?"

"실은 마을에 작은 행사가 있습니다. 아마 흔히 볼 수 있는 행사는 아니니 훌륭한 구경거리가 될 겁니다."

"구경거리?"

쟌이 영문을 몰라 반문을 했지만 촌장은 그냥 미소만 지을 뿐 아무런 대답도 해주지 않았다. 그러는 사이 장내는 정리가 되었고, 공터 주위에 마련되어 있던 테이블에는 마을 사람들이 빙 둘러앉았다.

근처에 앉은 사람과 뭔가를 열심히 토론하는 사람들도 보였고, 촌장 곁에 앉은 쟌과 셀의 모습을 힐끔거리는 사람들도 있었다. 또 테이블에 마련된 음식을 슬쩍하려다가 어른들에게 걸려 혼이 나는 아이들의 모습도 보였고, 지그시 눈을 감은 채 행사가 시작되기를 기다리는 어른들의 모습도 보였다.

모든 준비가 끝난 것을 확인한 촌장이 자리에서 일어나자 소란스러웠던 장내에 일순간 정적이 찾아왔다.

"여러분도 이미 알고 있다시피 얼마 후면 우리 테레비닌 족 최대의 축제인 라이룽겐 축제가 시작되오. 당연히 우리 부족도 제일 강한 용사를 뽑아 진정한 테레비닌이 되기 위한 시험에 도전할 것이오. 해서 야생동물과 목동의 신이신 비오네스께서 지상에 남기신 '목동의 북'을 반드시 우리 마을로 가져오게 할 것이오."

"와~"

"비오네스의 북을 우리 마을로!"

"테리비닌 족 최강의 부족은 우리 로젠 부족이다!"

"최강의 용사를 뽑아라!"

마을 사람들이 일제히 환호성을 터뜨리자 촌장의 얼굴에는 흐뭇해

하는 미소가 떠올랐다. 촌장이 손을 들자 장내의 소란은 금세 가라앉았다.

"누가 우리 부족을 대표해 비오네스의 북을 가져오겠는가? 용기가 있는 자는 나서라!"

촌장의 말이 끝나기를 기다렸다는 듯 20여 명의 청년과 사내들이 공터의 중앙으로 뛰어나왔다. 하지만 그들의 손에 들려 있는 것은 산양을 몰 때 사용하는 굵은 나무 지팡이와 허리에 차고 있는 대거가 전부였다.

촌장의 말에 뛰어나온 사내들의 모습을 바라보고 있던 쟌은 어떤 방식으로 싸우던 그들이 상대와 겨루기 위해 나왔다는 것을 쉽게 짐작할 수 있었다. 하지만 무엇보다 쟌의 귓전을 자극했던 말은 이들이 테레비닌 족의 부족 가운데 하나라는 것이었다.

그런 쟌의 심정을 알았는지 셀 역시 흥분한 얼굴을 감추지 못한 채 사내들을 바라보고 있었다.

"일 대 일로 상대할 자신의 상대를 지목하라!"

촌장의 말이 떨어지자마자 사내들은 일제히 한 명씩 상대를 지목했다. 하지만 한 사내 곁에만 단 한 사람도 서지 않았다.

그 사내는 쟌도 본 적이 있는 나렉이라는 사내였다. 나렉은 그런 상황을 당연하다는 듯이 받아들이고 있었다. 결국 나렉은 첫 싸움을 부전승으로 통과하게 되었고, 첫 싸움은 준비가 된 사람들부터 시작되었다.

그들의 대결을 싸움이라고 표현을 해야 될지는 모르겠지만, 막상 싸우고 있는 사람들은 살벌하기 이를 데 없었다. 우선은 굵은 나무 지팡이를 들고 싸움을 시작했지만 결국에는 허리에 차고 있던 대거를 뽑아 들고 상대에게 마구 휘두르기 일쑤였다.

잔은 그런 모습을 보며 그들이 단 한 번도 체계적인 훈련을 받아본 적이 없다는 것을 확신할 수 있었다. 그런 탓인지 조금이라도 체계적인 훈련을 받은 사내들의 일방적인 승리가 계속되었고, 대부분의 사람들은 그런 모습을 당연하다는 듯이 받아들이고 있었다.

"역시 크리스는 강해."

"아냐, 카이넨이 더 강하다니까."

"무슨 소리를 하는 거야? 당연히 데사니가 강하지!"

"자식들이 웃기고 있어. 나렉이 있는데 어떻게 그 따위 소리를 하는 거지?"

마지막에 들린 음성에 앞서 떠들던 사내들은 일제히 꿀 먹은 벙어리처럼 아무런 말도 하지 못했다.

"빌어먹을, 척이 부상만 당하지 않았더라도 우리 부족 최고의 용사는 척이 되었을 텐데……. 젠장, 몇 년 동안 고생해 왔는데 하필이면 용사 선출이 있는 전날 오크들의 습격을 받아 부상을 입다니… 아마 누구보다 분한 사람은 척일걸."

푸념과 같은 누군가의 말에 나렉을 두둔하던 사내까지 입을 다물고 일제히 고개를 끄덕였다.

중앙 공터에 눈길을 주고 있던 잔은 척이란 사내가 의외로 마을 사람들에게 인정받고 있다는 것을 깨달았다. 자신이 보기에도 이들 가운데에서는 척의 실력이 가장 뛰어난 것 같았다.

빠르게 승패가 갈렸고, 결국 남은 사람은 나렉과 카이넨이란 20대

중반의 청년이었다. 잠시 서로를 노려보던 두 사람은 곧 상대를 향해 무섭게 나무 지팡이를 휘둘렀다.

딱! 딱! 딱!

쉴 새 없이 나무끼리 부딪치는 소리가 장내에 울려 퍼졌고, 사람들은 두 사람의 대결에서 눈을 떼지 못했다.

쟌 역시 두 사람의 대결을 지켜보았지만 나렉에 비해 카이넨은 그저 힘만 앞세워 무식하게 휘두를 뿐 일정한 격식이 없었다. 그에 반해 나렉은 전투 경험이 많은지 간간이 반격을 할 뿐 제대로 된 공격은 하지 않고 있었다

쟌이 파악한 나렉의 실력으로는 카이넨이 최초 공격을 했을 때 이미 끝낼 수 있었다. 그럼에도 대결이 지금껏 계속된 것은 나렉이 공격을 자제했기 때문이었는데, 나름대로 추측컨대 아마도 자신의 실력을 마을 사람들에게 과시하려는 속셈 때문인 듯 보였다. 쟌이 보기에 나렉의 실력은 대륙에서 흔히 볼 수 있는 용병들의 실력에서 크게 벗어나지 않았기에 나렉의 유치한 행동에 쓴웃음밖에 지어지지 않았다.

나렉이 카이넨을 상대로 여유있게 놀고(?) 있을 때 상처 치료 때문에 쉬고 있을 줄 알았던 척이 어느새 나타나 촌장과 조용히 대화를 나누는 모습이 보였다.

쟌과 셀은 척이 왜 쉬지 않고 나왔을까 의아해하기는 했지만 굳이 묻지는 않았다.

"와~"

"역시 나렉이야!"

"하기야 척을 제외하고 누가 나렉의 상대가 되겠어?"

"그거야 그렇지만…… 척만 불쌍하게 됐군."

예상대로 나렉이 우승을 하자 사람들은 대부분 당연하다는 듯 받아들였지만 부상으로 척이 대결에 참가하지 못한 것을 아쉬워했다.

당당한 표정으로 촌장 앞에 선 나렉은 득의만면한 얼굴로 자신의 권리를 주장했다.

"촌장님, 제가 카이넨을 이겼습니다. 저를 마을 제일의 용사로 인정해 주시고, 저에게 용사의 증표를 주십시오."

나렉의 주장에 사람들이 당연하다는 듯이 고개를 끄덕이자 촌장은 천천히 자리에서 일어섰다. 소란스러움이 가라앉기를 기다린 촌장이 천천히 입을 열었다.

"승리를 축하하네, 나렉. 하지만 자네에게 용사의 증표를 주기 전에 할 말이 있네. 자네는 라이룽겐의 달이 떠오를 때 용사를 뽑는 대회에 뜻밖에 일로 참가를 할 수 없는 경우 평생 동안 출전할 기회를 잃긴 하지만 단 한 번 대리인을 내세울 수 있다는 것을 알고 있나?"

촌장의 뜻하지 않은 말에 나렉은 어리둥절한 표정을 짓긴 했지만 곧 고개를 끄덕였다.

"물론입니다."

"척이 대리인을 내세웠네."

"네? 대리인이요? 척이 말입니까?"

"그렇네."

촌장의 말에 마을 사람들은 의문을 참지 못하고 곁에 있던 사람들과 의견을 나누었다. 하지만 마을에서 가장 강한 척이 평생의 기회를 포기하고 내세운 대리인이 누구인지 아무도 알지 못했다.

“대체 척이 내세운 대리인이 누굽니까?”

“척이 내세운 대리인은…….”

말꼬리를 흐린 촌장은 천천히 고개를 돌려 쟌을 바라보았다.

느닷없이 촌장이 자신을 쳐다보자 쟌은 영문을 몰라 눈만 끔뻑일 뿐이었다.

“척은 자신의 목숨을 구해준 저 청년을 자신의 대리인으로 내세웠네. 물론 저 청년의 허락이 있어야겠지만 말이네.”

“염치없는 부탁이지만 부디 저를 대신해 나렉을 상대해 주십시오. 이유는 잠시 후 제가 설명을 드리겠습니다.”

촌장의 말이 끝나자마자 곁에 서 있던 척이 쟌을 향해 허리를 숙였다. 쟌이 고심하자 곁에 있던 셀이 부드러운 미소를 지으며 입을 열었다.

“쟌, 이유는 모르겠지만 그래야만 하는 사정이 있는 모양이에요. 저분을 도와주시는 것이 어때요?”

셀마저 척을 거들고 나서자 쟌은 어쩔 수 없다는 듯 고개를 끄덕였다.

“알았어. 그럼 그렇게 하지.”

쟌이 자신의 목검을 들고 공터의 중앙으로 나서자 마을 사람들은 호기심 어린 눈으로 쟌을 바라보았다. 지금껏 대리인을 내세운 경우가 전혀 없었던 것은 아니지만 그렇다고 해도 마을 사람 가운데 대리인을 내세우는 경우가 대부분이었다. 지금처럼 외부인에게 대리전을 부탁하는 경우는 용사를 선출하는 대회를 시작한 후 단 한 번도 없었다.

“안 되오! 그에겐 자격이 없소이다!”

쟌을 저지하고 나선 사람은 조금 전 나릭과 결승전에서 겨루었던 카이넨이었다.

"그게 무슨 말인가?"

"우리는 용사를 선출하는 대회에 처음부터 참가해서 계속해서 싸웠소. 애초에 척이 대리인을 내세울 생각이었다면 처음부터 대리인을 출전시켰어야 옳소. 물론 척이 참가를 했다면 결승전까지 갔을 것이란 것을 모르지는 않지만, 이제 와서 대리인을 내세워 나릭과 싸우게 한다는 것은 너무 불공평하단 말입니다. 그리지 않소, 여러분?"

"맞아! 이제 와서 나릭과 싸우게 한다는 것은 너무 뻔뻔해!"

"그러게 말이야."

자신의 예상과는 달리 마을 사람들이 웅성대기 시작하자 척은 당황한 표정을 감추지 못했다.

카이넨의 말에 사람들이 동조하는 기색을 보이자 쟌은 그렇지 않아도 귀찮은 생각이 들었는데 잘됐다는 생각에 자신의 자리로 돌아가려고 했다. 하지만 카이넨의 마지막 말 때문에 자신의 생각을 바꾸었다.

"저따위 떠돌이 용병을 어떻게 믿을 수 있단 말이오? 재수가 좋아 오크들이 물러날 때 나타나……."

"내가 그대를 혼내주면 저자와 싸울 자격이 있는가?"

"혼내? 네가 나를? 푸하하하!"

카이넨이 웃음을 터뜨렸고, 마을 사람들도 워낙 차이나는 두 사람의 체격에 쟌이 카이넨을 혼내줄 수 있다고는 생각하지 않았다.

"내가 이자를 이기면 나와 싸워주겠소?"

"자네가 카이넨을 이긴다면."

나렉이 고개를 끄덕이자 쟌은 자신에게 비웃음을 던지고 있는 카이넨에게 말을 건넸다.

"쨔샤, 미친놈처럼 웃지만 말고 어디 덤벼봐. 큰소리친 놈치고 진짜 실력있는 놈은 드물거든."

2미터가 넘는 키에 전신이 근육덩어리인 카이넨에 비해 보통 키에 근육질도 아닌 쟌은 카이넨의 단 한 번의 공격도 막아내지 못할 것 같았다. 그럼에도 불구하고 쟌이 도발을 하자 카이넨은 불같이 분노를 터뜨리며 들고 있던 몽둥이를 휘두르며 달려들었다.

그 모습에 쟌은 코웃음을 치며 간단히 옆으로 피해 버렸다. 동시에 발을 들어 카이넨의 옆구리를 걷어찼다.

설마 상대가 발길질을 할 줄은 몰랐기에 카이넨은 한 걸음 뒤로 물러섰다. 하지만 쟌의 공격은 끝난 것이 아니었다.

계속해서 하반신으로 날아오는 쟌의 발을 발견한 카이넨은 그의 다리를 부러뜨릴 속셈으로 힘껏 몽둥이를 휘둘렀다.

그 모습에 사람들이 걱정스러운 탄성을 터뜨렸다.

금방이라도 부러질 듯 보였던 쟌은 어느새 무릎을 굽혀 카이넨의 공격을 흘리고는 재차 다리를 뻗어 그의 얼굴을 걷어찼다. 그 동작이 얼마나 빨랐는지 사람들이 보기엔 카이넨의 몽둥이가 쟌의 다리를 통과한 듯 보였다.

퍽!

쟌의 발길에 얻어맞은 카이넨은 비틀거리며 뒤로 물러났지만 그의 예상과는 달리 쟌은 더 이상의 공격을 하진 않았다.

"주둥이만 산 놈이군. 너 따위에게 무기를 사용한다는 것은 너무 잔인한 일이니 발만 사용하도록 하지. 그래,도 안 되겠지만 말이야."

쟌이 가소롭다는 듯 말하자 카이넨의 얼굴은 금방이라도 터질 것 같은 활화산처럼 변했다.

"이 오크가 씹다가 뱉어버릴 놈이 감히 누구에게 헛소리를 하는 거야! 오늘 네놈의 다리몽둥이를 모즈리 부터뜨려 주마! 어디, 그때도 지금처럼 큰소리를 칠 수 있는지 두크 보자!"

"두고 보긴 뭘 두고 봐. 두고 보자는 놈치고 제대로 된 놈을 난 본 적이 없어."

쟌의 말에 카이넨은 더 이상 참지 못하고 풍차처럼 몽둥이를 휘둘렀고, 쟌은 종잡을 수 없는 발걸음으로 상대의 공격을 피했다. 금방이라도 카이넨의 공격에 당할 듯 위태의태해 보였지만 쟌의 얼굴에는 상대를 조롱하는 듯한 비웃음이 계속 걸려 있었다.

카이넨은 치미는 분노를 참지 못해 미친 듯이 공격을 퍼부었지만 쟌은 유유히 상대의 공격을 피하고 있었다.

잠시 카이넨의 공격을 피하기만 하던 쟌은 틈을 발견했는지 그대로 발을 뻗어 그의 옆구리를 공격했다. 단순한 쟌의 공격에 카이넨은 그대로 뒤로 물러서며 공격을 피하려 했다. 하지만 쟌의 공격은 그렇게 단순한 것이 아니었다.

인간의 다리라고는 믿을 수 없는 각도에서 꺾여 날아드는 쟌의 발은 그야말로 공포라고 하지 않을 수 없었다. 올려치고, 후려치고, 내리찍고, 창처럼 찔러 들어오는 쟌의 발은 흡사 수십 개로 나눠지며 무자비하게 날아들었다.

한번 몰린 카이넨은 좀처럼 수세에서 벗어나지 못하고 있었다. 치미는 분노야 말할 필요도 없지만 수세에서 벗어나려고 할 때마다 쟌은 귀신처럼 알아내 공격을 퍼붓는 것이었다.

자신의 화를 참지 못해 마구잡이로 몽둥이를 휘두르며 달려들던 카이넨은 순간 관자놀이에 날카로운 통증을 느끼며 걸음을 멈췄다. 바로 그때 카이넨은 턱에 엄청난 충격과 함께 눈앞이 하얗게 변하는 것을 느끼며 뒤로 날아가고 있었다.

2미터가 넘는 카이넨의 우람한 덩치가 175센티미터를 조금 넘는 쟌의 발길질에 날아가는 모습은 누가 봐도 눈을 의심하게 만드는 것이었다. 게다가 눈알이 돌아갈 정도로 현란하게 움직이는 발길질은 단 한 번도 본 적이 없기에 사람들은 자신들의 눈앞에서 벌어진 광경을 도저히 믿을 수 없었다.

기절한 카이넨을 광장에서 데리고 나가기 위해 몇 사람이 동원되고서야 장내는 정리될 수 있었다.

쟌이 카이넨을 상대하는 모습을 지켜보던 나렉은 속으로 찜찜한 생각이 드는 것을 피할 수 없었다. 대체 어떻게 손보다 발이 더 빠르고 정확하게 움직일 수 있단 말인가?

지금껏 몬스터와도 싸워보았고 떠돌이 용병들과도 싸워보았다. 하지만 쟌과 같은 상대는 한 번도 만나본 적이 없었다.

손보다 발을 더 자유롭게 사용하다니…… 골똘하게 생각을 하던 나렉은 문득 트레슈나 제국의 너클 파이터가 생각났다.

"그대는 너클 파이터인가?"

"내가 너클 파이터이든 아니든 그게 뭐 그리 중요하지? 당신은 그저 나와 싸워서 이기면 그만 아닌가?"

쟌의 말에 고개를 끄덕인 나렉은 들고 있던 나무 지팡이를 치켜들고는 입을 열었다.

"무기를 들게."

"참! 싸우기 전에 한 가지 양해를 구하지. 내가 지금 상당히 피곤하거든. 그래서 빨리 끝내려고 하니까 당신도 이해를 해주었으면 고맙겠군."

쟌의 말에 나렉의 눈꼬리가 하늘로 치솟는 순간 쟌은 어느새 그의 품 안으로 뛰어들고 있었다. 동시에 쟌의 오른손이 나렉의 복부에 닿았다고 느껴지는 순간 폭음이 들렸다.

펑!

나렉은 복부에 둔중한 통증을 느끼는 순간 자신의 몸이 허공으로 붕 떠올라 뒤로 날아가는 것을 깨달아야만 했다. 막고 자시고 할 시간적 여유도 없었다. 중심을 잡지 못한 나렉은 몇 바퀴나 지면을 구르고서야 겨우 일어설 수 있었다.

방금 자신에게 무슨 일이 일어난 것인지 전혀 깨닫지 못한 나렉은 그저 멍한 표정으로 쟌을 바라보고만 있을 뿐이었다. 그리고 당한 당사자가 어찌 된 영문인지 모르는데 그것 지켜보던 사람들이 알 리 만무했다.

유일하게 내막을 알고 있는 사람은 셀뿐이었다. 또 막연하게 쟌의 승리를 점치고 있던 척만이 쟌의 승리를 당연하게 받아들이고 있을 뿐이었다.

"비겁하다!"

난데없는 나렉의 말에 쟌은 황당하다는 표정을 지었다.

“뭐가 비겁하다는 거지?”

“그대는 마법사가 아닌가? 용사를 선발하는 신성한 시합에 마법을 사용하는 것은 부당한 일이다!”

“마법? 내가 마법을 사용했다고? 푸하하하!”

나렉의 대답에 쟌은 배꼽을 잡고 웃었다. 그 웃음 속에는 상대를 조롱하는 기색도 완연했다.

갑자기 웃음을 그친 쟌은 무겁게 가라앉은 눈으로 나렉을 쳐다보았다. 돌변한 쟌의 태도에 찜찜한 생각이 들긴 했지만 자신의 판단을 확신하는 듯 나렉 역시 쟌을 노려보았다.

“무식하면 용감하다더니…… 꼭 당신을 위해 만들어진 말인 것 같군. 딱 한 번만 공격을 더 하지. 만약 귀하가 내 공격을 막아내거나 설사 공격을 당했다고 하더라도 쓰러지지 않는다면 이번 대결은 내가 진 것으로 하지. 어때? 응하겠는가?”

쟌의 말에 나렉은 속으로 회심의 미소를 지었다. 하지만 겉으로는 분노한 표정을 지었다.

“대체 날 뭘로 보고 그 따위 말을 하는 것인가? 어디 공격을 해봐라!”

말을 꺼내면서도 나렉은 조금 전처럼 쟌이 갑작스레 접근할까 봐 잔뜩 긴장하고 있었다.

“준비가 됐나? 그럼 공격하지.”

말을 마친 쟌은 허리에 차고 있던 목검이 흔들리지 않도록 왼손으로 잡고는 길게 숨을 들이마셨다. 그리고는 몸의 중심을 약간 뒤로 두고는 몸을 잔뜩 웅크렸다. 마치 한 마리 맹수가 먹이를 노리기 전의 모습과 똑같았다.

그 모습을 지켜보던 나렉은 마음 한구석에 먹구름이 몰려드는 것을 느끼며 몽둥이를 잡은 손에 더욱 힘을 주었다.

상대와 호흡을 동조시키던 쟌은 나렉이 막 숨을 들이키려는 순간, 왼발로 지면을 박차며 그대로 나렉에게 달려들었다. 동시에 왼손으로는 허리띠를 잡아 목검이 뽑히기 쉽게 만들었고 오른손으로는 목검의 손잡이를 잡자마자 그대로 뽑아 힘껏 찔렀다.

목검이 노리고 날아든 곳은 나렉의 명치.

쟌이 움직인다고 느끼는 순간 나렉 역시 쟌의 머리 부분을 향해 힘껏 몽둥이를 내려쳤다.

"컥!"

찢어질 듯이 눈을 커다랗게 뜬 나렉은 도저히 믿을 수 없다는 표정을 짓고는 마치 통나무가 쓰러지듯 그대로 앞으로 꼬꾸라졌다.

쿵!

나렉이 쓰러지는 소리를 듣고서야 정신을 차린 마을 사람들이 황급히 그에게 달려갔다. 게거품을 물고 쓰러져 있는 나렉의 모습을 본 사람들은 그가 숨을 쉬지 않자 중상을 입었다고 생각하고는 그를 치료하기 위해 난리법석을 부렸다. 하지만 숨이 멎어버린 나렉을 치료할 수 있는 사람은 아무도 없었다.

사람들의 소동이 자신의 예상보다 커지자 쟌이 나서서 그를 일으켜 앉히고는 등에 무릎을 대고 힘껏 뒤로 젖혔다.

우두둑~

"후우~"

섬뜩한 소리와 함께 나렉이 다시 숨을 쉬자 마을 사람들은 그제야 안도의 한숨을 내쉬었다.

"잠시 휴식을 취하면 별 이상 없을 거요."

쟌의 말에 서너 명의 사내들이 나서 그를 자신의 집으로 옮겼고, 다른 사람들은 각자 자신의 자리로 돌아갔다.

"우리 마을의 용사는 저기 쟌 가이야로 결정이 되었소. 그가 우리 마을 대표해 라이룽겐 축제에 참가할 것이오."

촌장의 선언에도 마을 사람들은 침묵을 지킬 뿐 환호성은커녕 박수조차 치는 이가 없었다. 사람들의 냉랭한 태도에 머쓱해진 쟌은 곧 자신의 자리로 돌아왔다. 그런 쟌에게 척은 정중하게 사과를 했다.

"마을 사람들의 무례한 태도를 용서하시기 바랍니다."

"아니오. 이방인인 내가 우승을 했으니 저들의 태도는 어쩌면 당연한 것 아니겠소?"

뜻밖에도 별로 기분이 상하지 않았는지 쟌의 음성은 조금 전과 별 차이가 없었다. 속으로 안도의 한숨을 내쉰 척은 곧 입을 열었다.

"역시 가이야님은 내 예상대로 대단한 솜씨를 가진 분이시군요. 무엇 때문에 제가 가이야님께 결승에 참가하도록 부탁한 것인지 잠시 후에 설명을 드리겠습니다."

척의 말에 쟌은 고개를 끄덕였다. 그러는 동안 마을 사람들이 보는 앞에서 촌장은 쟌에게 라이룽겐 축제에 참가할 자격을 증명하는 목동의 뿔피리를 건네주었다. 산양의 뿔로 만든 뿔피리에 묶여 있던 줄을 풀어 쟌이 목에 걸자 그제야 사람들은 쟌을 라이룽겐 축제에 참가할 용사로 인정하는지 한 사람 두 사람 박수를 치기 시작해 곧 대부분의 사람들이 박수를 쳐주었다. 그러면서 그가 '목동의 북' 혹은 '비오네스의 북'을 자신들의 마을로 가져와 주기를 진심으로 바랐다.

"이왕 이렇게 된 거, 목동의 북이나 꼭 가져오기를 바라오!"

"오랜 세월 동안 탄생하지 않은 테레비닌이 되길 진심으로 바라겠소!"

"비오네스께 우리 로젠 부족이 있음을 꼭 알려주시오!"

짝짝짝~

"자자, 우리 로젠 부족을 대표할 용사도 선출이 되었소. 비록 그가 이방인이라고는 하지만 척과 마을의 청년들을 구해주어 우리와 상관없는 사람이라고 할 수도 없소. 이젠 그가 우리 부족을 대표하는 용사로 라이룽겐 축제에서 우승자가 되어 묵동의 북을 우리 마을로 가져오기만 바랄 뿐이오. 이방인 쟌 가이야여, 부디 우리의 염원을 이루어주기 바라오. 이 늙은이의 간절한 소망이오."

촌장의 말에 자세한 내막을 알 수는 없지간 쟌은 될 수 있으면 그의 부탁을 들어주고 싶었다.

"꼭 그렇게 하겠다고 장담드릴 수는 없지간 최대한 노력해 보겠습니다."

"고맙소이다."

쪼글쪼글하고 험한 일로 굳은살투성이인 촌장의 손을 마주 잡는 순간 쟌은 문득 늙은 사부의 모습이 떠올랐다.

"자아~ 이제 라이룽겐 축제에 참가할 용사가 선출되었음을 축하하며 이 밤을 즐깁시다! 다 함께 건배!"

"건배!"

“건배!”

촌장의 힘찬 선창에 마을 사람들은 일제히 자신의 잔을 하늘 높이 치켜들고는 단숨에 마셨다. 그리고는 미리 준비한 음식을 먹고, 이날을 위해 담가두었던 술을 마셨다. 옆 사람과 대화를 나누는 사람, 노래를 부르는 사람, 춤을 추는 사람, 다른 이에게 연신 술을 권하는 사람 등등.

마을 사람이 모두 나와 왁자지껄 떠들고 노는 모습은 왠지 보는 사람의 마음까지 흥겨워지게 했다.

쟌이 멍하니 마을 사람들이 노는 모습을 지켜보자 셀이 조용히 말을 건넸다.

“쟌도 나가서 사람들과 어울려 춤을 추며 즐겨봐요.”

“춤?”

대꾸하는 쟌의 얼굴에는 어색해하는 표정이 역력했다.

“실은 난 춤 못 춰.”

“예?”

“배운 적이 없거든.”

난처한 표정을 짓는 쟌의 모습을 본 셀은 빙그레 미소를 지었다. 자신이 그를 만나 후 이렇게 곤란해하는 모습은 한 번도 본 적이 없었다.

난처한 표정을 감추지 못하고 있던 쟌을 구해준 사람은 바로 척이었다.

“저희 마을 축제가 즐거우셨는지 모르겠군요.”

“아니오, 오랜만에 느껴보는 흥겨운 시간이었소.”

“즐거우셨다니 다행이군요. 괜찮다면 시간을 좀 내주시겠습니까?”

"그렇게 하지요."

척을 따라간 곳은 마을 중앙 공터에서 조금 떨어진 곳에 위치한 움막집 같은 작은 나무 집이었다. 집 안으로 들어서니 직접 만든 듯 보이는 조악한 침대와 탁자, 그리고 네 개의 의자가 집 안을 장식하는 가구의 전부였다.

쟌과 셀에게 자리를 권한 척은 할 말을 정리하는 듯 고심하는 표정이 역력했다.

"두 분은 테레비닌 족에 대해 아십니까?"

"제국의 북동쪽에 있는 오므넨 산맥에 사는 유목 민족이라고 알고 있소이다."

"그래도 가이야님은 다른 사람에 비하면 많이 아시는 편이시군요. 유목 민족인 테레비닌 족이 이곳 오므넨 산맥에 둥지를 튼 것은 거의 1,000년 전의 일입니다. 저희 부족을 지칭하는 테레비닌은 '먼 길을 떠나는 자' 혹은 '홀로 황야를 걷는 자'란 뜻을 지닌 말입니다. 어디에도 소속되지 않고 자유롭게 사는 것이 우리 테레비닌 족의 최대 특징입니다. 하지만 문제는 부족이 정착을 하면서부터 시작되었습니다."

척의 말에 테레비닌 족의 역사가 의외로 오래된 것을 깨닫게 되었지만 나중의 말은 언뜻 이해가 되지 않았다. 유목 생활을 하는 것보다는 한곳에 정착하는 것이 생활하기 훨씬 편할 것이란 생각이 들었기 때문이다.

"정착을 하고 생활이 안정이 되다 보니 부족의 인구가 단시간 만에 무섭게 늘어났습니다. 사람들의 수가 늘어나다 보니 서로 간에 이해관계가 얽히게 되고 자연스럽게 부족이 나뉘지게 되었습니다. 시간이 지날수록 부족들은 더욱 나눠지게 되어 지금은 자그마치 120개 부족 18만 명에 이르는 거대한 부족이 되었습니다.”

두 사람이 자신의 말에 집중하자 척은 최대한 생각을 정리해 말을 이었다.

“제가 가이야님께 용사를 선출하는 시합에 참가를 부탁드린 이유는 저희 마을에 문제가 있기 때문입니다.”

“마을에 무슨 문제가 있는 거요?”

“혹시 두 분들은 저희 마을에서 열 살 미만의 어린아이를 본 적이 있으십니까?”

뜻하지 않은 질문에 쟌과 셸은 자신도 모르게 서로의 얼굴을 쳐다보다가 그의 말대로 열 살 미만의 어린아이를 결코 본 적이 없음을 깨달았다.

“그러고 보니 어린아이들을 보지 못했구려.”

“저희 마을에 닥친 큰일이 바로 그것입니다. 한데 10년 전부터 어린아이들이 태어나지 않는 것도 문제지만, 더욱 큰 문제는 이미 사라진 것으로 알았던 몬스터, 특히 오크들이 습격이 시간이 지날수록 점점 더 심해진다는 겁니다. 저만 하더라도 가이야님이 아니셨으면 오늘 낮에 오크들에게 목숨을 잃었을 겁니다. 부끄러운 일이지만 저희 로젠 부족 중에서는 가장 무술 솜씨가 뛰어난 제가 오크들의 습격에 중상을 입을 정도니 다른 사람들은 말할 필요도 없겠지요. 만약 이대로 시간이 흐른다면 저희 부족은 멸망할지도 모르는 일입니다.”

말을 하는 척의 얼굴은 심각하게 굳어져 있었다.

“말씀하신 내용은 잘 알겠소. 하지만 내가 테레비닌 족의 용사를 선출하는 대회에 참가해야 하는 이유는 잘 모르겠소.”

“조금 전 촌장님께서 말씀하신 ‘목동의 북’은 우리 테레비닌 족의 보물로 동물과 목동의 신이신 비오네스꺼서 저희 테레비닌 족을 사랑한다는 증표로 주신 물건입니다. ‘목동의 북’은 동물들을 불러 모으는 힘을 가지고 있어 우리 마을처럼 몬스터들의 공격을 받아 귀한 가축을 빼앗긴 부족에게는 없어서는 안 될 귀중한 보물입니다. 게다가 그 북소리는 온갖 부정하고 사악한 힘을 내쫓고, 게다가 생명력을 북돋워 주어 새 생명을 태어나게 해주는 신비스러은 힘을 가지고 있다고 하더군요.”

“가만, 말씀을 들으니 지금까지 그 목동의 북인가 뭔가를 본 적이 없다는 말 같은데 제 말이 맞소?”

쟌의 말에 척은 쓴웃음을 지었다.

“아까도 말했지만 저희 테레비닌 족은 120개의 부족의 연합체입니다. 그중에서도 인구가 2만 명 이상 되는 부족은 다섯 개나 됩니다. 5년마다 열리는 용사 선출 대회인 라이룽겐의 우승자는 대부분 그들 다섯 개 부족이 번갈아 차지하는 형편입니다. 만약 이번에도 우리 마을에서 우승자가 나오지 못한다면 아마도 우리 마을은, 아니, 우리 로젠 부족은 새롭게 태어나는 아이들이 없어질 것이고 곧 테레비닌 족에서 사라지게 될 겁니다. 이건 나 개인의 욕심 때문이 아닙니다. 하지만 라이룽겐의 우승자가 되기엔 내 실력이 너무나 형편없다는 것을 알기에 감히 가이야님께 부탁을 드리는 겁니다. 생경의 은혜를 입은 분께 이런 부탁까지 드린다는 것이 너무나 염치없고 뻔뻔한 일이라는 것을 잘 알지만 달리 선택할 길이 없습니다. 만약 라이룽겐의 우승자가 되어 ‘목동의 북’을 우리 마을에 가져다 주신다면 평생 귀하에게 충성을 바치겠습니다.”

척의 말에 이번에는 쟌이 쓴웃음을 지었다.

일전에 알카레스에 이어 벌써 두 번째로 자신의 수하가 되겠다는 말을 들은 것이다. 게다가 두 번의 경우 모두 자신의 일 때문이 아니라 한 사람은 공주의 안전을 위해, 또 한 사람은 부족의 미래를 위해 스스로를 희생하려 하는 것이다.

“냉정하게 말해 귀하의 실력은 라이룽겐에 참가하는 사람들 가운데 어느 정도나 되오?”

쟌의 말에 곰곰이 기억을 되살리던 척은 조심스럽게 입을 열었다.

“5년 전 싸웠을 때의 기억대로라면 중간 정도 되었던 것으로 기억합니다. 라이룽겐에 참가하는 참가자들은 그래도 18만 명 가운데에서 뽑혀져 나온 사람들입니다. 가볍게 볼 수 있는 사람은 한 사람도 없습니다.”

“그건 그렇고, 각 부족마다 한 명씩 참가를 한다면 라이룽겐에 참가하는 참가자는 모두 120명이오?”

“그렇습니다. 승자승 원칙에 따라 세 번의 예선을 치른 후 마지막 예선에서 탈락한 사람들 가운데 패자부활전을 치러 다시 한 명을 합쳐 16명이 본선을 치르게 되고, 그렇게 해서 우승자를 선출하게 됩니다. 그리고 우승자를 배출한 부족이 5년 동안 ‘목동의 북’을 소유하게 됩니다. 참! 본선부터는 진검을 사용합니다.”

척의 말에 쟌은 잠시 고민했지만 자신들 역시 목동의 북이 필요하기는 마찬가지였다. 우연히 척 일행을 돕게 되기는 했지만 자신들을 자연스럽게 테레비닌 족에 접근할 수 있도록 신께서 오크들로 하여금 그들을 공격하게 한 것은 아닐까 하는 생각마저 들 정도였다.

비록 셀과 이야기를 나눠보지는 않았지만 셀 역시 그렇게 생각하고 있을 것 같았다.

"좋소. 내가 귀하와 만난 것도 인연인 것 같으니 라이룽겐 축제에 참가하도록 하겠소이다. 대신 한 가지 부탁이 있소."

"말씀을 하시지요."

"만약 운이 좋아 내가 라이룽겐의 우승자가 된다면 그 목동의 북을 하루만 빌려주시오."

쟌의 뜻하지 않은 요구에 척은 눈을 동그랗게 떴다. 그 모습에 쟌은 상황이 자신의 뜻대로 되지 않을 것 같다는 생각이 들었다.

"왜, 곤란하오?"

"아닙니다. 가이야님 덕분에 저희 마을에 목동의 북을 가져올 수만 있다면 하루가 문제되겠습니까?"

그제야 안도의 한숨을 쉰 쟌은 고개를 끄덕였다.

"그렇다면 다행이구려. 그렇다면 출발은 언제요?"

"모래 새벽입니다. 그곳까지 거리가 상당한지라 아침 일찍 떠나도 저녁 늦게 도착할 겁니다."

"알았소."

"그럼 편히 쉬도록 하십시오."

34장
예선전

"전하, 알렉산더 공작께서 오셨습니다."

"어서 안으로 모셔라."

소리도 없이 문이 열리더니 곧 밝은 라이트 레더를 걸친 50대 후반으로 보이는 초로의 노인이 들어왔다.

귀족이, 그것도 제국 전체에 세 명밖에 없는 공작이 평상복이 아닌 라이트 레더를 걸치고 있는 모습은 흔히 볼 수 있는 모습이 아니었다. 하지만 라이트 레더를 걸치고 있는 노인도, 또 그 노인을 반갑게 맞이하는 20대 중반으로 보이는 준수한 용모의 금발청년도 공작의 복장에는 전혀 신경 쓰지 않는 모습이었다.

"어서 오십시오, 할아버지."

"그동안 별일없으셨습니까, 아쉬드 전하."

"예, 할아버지께서 신경을 써주신 덕어 별일없었습니다. 우선 앉으시지요."

"감사합니다, 전하."

마주 보고 앉은 두 사람은 거의 동시에 상대에게 미소를 보냈다.

아쉬드에게 외할아버지가 되는 이 노인은 제국의 남부 국경을 책임지고 있는 남부 총사령관 제이알 알렉산더 공작이다. 그의 장녀인 제인이 트레슈나 제국의 첫째 황후가 된 이후 제국 내에서는 퀘헤리건을 제외하고는 감히 견줄 사람이 없는 것이 현재의 실정이었다.

게다가 아쉬드를 황제의 자리에 올려놓기 위해서 자신의 모든 것을 걸었다고 공공연하게 소문이 날 만큼 적극적으로 나서고 있었다. 자신은 물론 형제들과 자신을 따르는 귀족들에게 받은 군자금을 바탕으로 이미 막강한 진영을 갖추었다고 알려져 있었다.

"폐하의 명으로 남부 지방으로 가신 것을 알고 있었는데 언제 오신 겁니까?"

"조금 전에 도착했습니다. 황제 폐하께 보고드릴 것도 있고 또 준비는 어떻게 되어가고 있는지 궁금해서 들렀습니다."

"하하하! 걱정이 되셨던 모양이군요. 하지만 할아버지께서 모든 것을 다 준비해 주지 않으셨습니까? 군자금, 수뇌부, 게다가 용병 세계를 지배하는 소드 마스터 마검사 카멜 제이슨까지 소개시켜 주지 않으셨습니까?"

"카멜이야 젊었을 때부터 잘 알고 있던 처지니 전하께 소개시켜 드리기 어렵지 않았지만 다른 전하들께도 나머지 두 명의 소드 마스터가 있지 않습니까? 절대 방심해서는 안 된다는 것을 잊지 마십시오."

"물론입니다, 할아버지. 한데 주네티 녀석이 물의 용병왕인 타마룬 뮤겔을 끌어들인 것은 이해가 되지만 헤르난 녀석이 불의 용병왕 로고스 크리스토퍼를 끌어들였다는 보고는 정말 의외가 아닐 수 없습니다."

"저도 그 보고를 처음 들었을 때 조금 놀랐습니다. 귀족들과는 절대 같이 일을 하지 않는다고 알려진 로고스 크리스토퍼가 설마 헤르난 전하를 선택할 거라고 전혀 예상하지 못했습니다. 하지만 들어온 정보에 의하면 조세프 후작이 열심히 뛰고 있긴 하지만 아직까지도 실적은 미미하기만 하다고 하더군요. 현재까지 헤르난 전하께서 가장 열세인 것만은 틀림없는 사실입니다. 다행히도 아직까지는 그리 걱정할 만한 일은 없습니다."

"저 역시 따로 정보를 모으고 있지만 헤르난 녀석은 별로 신경 쓸 필요가 없을 것 같습니다. 문제는 주네티 녀석인데… 수집한 정보에 의하면 후일 상인들에게 거액의 보상을 하기로 하고 군자금을 긁어모으고 있다더군요. 게다가 이미 상당한 숫자의 용병을 모집해 모종의 장소에 집결시켜 놓았다고 들었습니다."

아쉬드의 말에 제이알은 가볍게 눈살을 찌푸렸다.

상인들이 주네티를 돕기 위해 그의 진영으로 모여들었다는 것은 그리 반가운 소식이 아니었다.

상인들이 누구인가? 단 한 푼의 이익을 위해 수백 킬로 밖의 손님을 기꺼이 찾아간다는 황금 벌레들이 아닌가? 만약 그들이 본격적으로 주네티의 진영에 군자금을 대기 시작한다면 아쉬드가 곤란을 겪게 될 것은 불을 보듯 뻔한 일이었다.

"이제 킬라우림이 열리기까지는 불과 한 달도 남지 않았습니다. 5월 마지막 날 필립 전하께서 생일을 맞이하시면 아마 그날 황제 폐하께서 다음달부터 승계 전쟁이 시작된다고 정식으로 선포를 하실 겁니다. 그러니 킬라우림이 끝나기 전까지 모든 준비를 끝내야만 합니다."

제이알의 말에 아쉬드는 고개를 끄덕였다.

"물론입니다, 할아버지. 그렇지 않아도 다시 한 번 점검하라고 지시를 해두었습니다."

'역시 전하시군. 한번 일을 시작했으면 철두철미하게 준비를 하는 분이시니 틀림이 없겠지.'

"참, 라일리 전하께서 전하의 진영에 참가하셨다는 말을 들었습니다. 경하드립니다, 전하."

"라일리 녀석, 눈치를 보다가 결국 절 택하더군요. 하긴 조금만 더 늦게 왔더라면 설사 나에게 충성을 맹세한다고 하더라도 내가 받아들이지 않았겠지만 말입니다."

"그리고 얼마 전까지 마음을 정하지 못했던 다른 전하들도 모두 마음을 정하셨다고 들었습니다."

"그렇긴 하지만 그 아이들은 대세에 아무런 영향도 주지 못할 녀석들입니다. 그 아이들이 누구에게 충성을 맹세하든 전 신경도 쓰지 않습니다. 다만 날 선택하지 않은 녀석들은 평생 동안 조상의 무덤이나 지키고 있어야 할 겁니다. 물론 끝까지 살아 있어야 가능한 일이겠지만 말입니다."

마지막 말을 할 때 아쉬드의 표정은 냉혹하다고 할 정도로 싸늘하게 변해 보는 사람으로 하여금 저절로 몸이 오싹하게 만드는 묘한 기운이 있었다.

그런 아쉬드를 바라보던 제이알은 손자의 얼굴에서 퀘헤리건의 모습을 발견하고는 조금 씁쓸한 기분이 들었다. 철저한 사전 준비 작업, 저돌적인 추진력, 냉혹한 성격을 보면 자신의 손자라기보다는 황제 퀘헤리건의 아들이라고 보는 것이 더 정확한 말일 것이다.

"할아버지, 오랜만에 오셨으니 식사라도 같이 하시는 것이 어떻습니까?"

"물론입니다, 전하."

"그럼 가실까요?"

조금 전 보였던 냉혹한 모습은 거짓말처럼 사라진 아쉬드의 얼굴에는 부드러운 미소가 지어져 있었다.

*　　　*　　　*

저녁 늦게 부루하리 부족의 거주지에 도착한 쟌 일행은 숙소를 배정받아 식사를 하는 둥 마는 둥 하고는 일찍 잠자리에 들었다. 방문객의 숙소를 책임진 부루하리 부족의 노인은 쟌과 셀을 부부로 생각했는지 방을 하나만 배정했다.

두 사람이 사정을 이야기하고 방을 두 개로 배정받기를 원했지만 방문객의 수가 워낙 많아 여유가 없다는 대답을 들었을 뿐이었다. 두 사람은 어쩔 수 없이 방을 같이 사용해야만 했다.

이미 밤이 늦었기에 잠을 자야 했지만 침대가 하나뿐이었다. 두 사람 모두 난처한 표정을 지을 뿐 입을 여는 사람이 없었다.

결국 먼저 입을 연 사람은 셀이었다.

"쟌, 쟌이 침대를 쓰도록 하세요. 전 아무 곳에서나 자도 괜찮아요."

"무슨 말이야! 셀이 침대를 쓰도록 해. 난 단전호흡을 하면 되니까 말이야."

"아니에요. 쟌은 내일부터 예선을 치러야 하잖아요. 그러니까 쟌이 쓰도록 하세요."

"그까짓 예선은 신경도 안 써. 그러니까 셀이 침대에서 자도록 해. 난 정말 단전호흡을 하면 된다니까.'

쟌은 단전호흡을 하면 잠은 안 자도 된다고 하지만 인간인 이상 어떻게 잠을 자지 않을 수 있겠는가? 그러나 쟌의 고집을 누구보다 잘 알고 있는 사람이 자신이다. 쟌이 침대를 이용하게 하려면 특별한 방법을 써야만 할 것 같았다.

"저어~"

"셀이 쓰라니까."

"그게 아니고… 쟌은 저를 어떻게 생각하고 있나요?"

뜬금없는 셀의 질문에 쟌은 어리둥절한 표정을 감출 수 없었다. 자신의 대답을 기다리는지 마주친 그녀의 눈길은 의외로 침착했다. 잠시 셀의 얼굴을 바라보던 쟌은 곧 신중한 태도로 입을 열었다.

"내 목숨만큼 소중한, 아니, 이제는 내 독숨보다 더 소중한 사람이라고 생각하고 있어. 대답이 됐어?"

쟌의 대답에 셀의 얼굴이 살짝 붉어지더니 곧 행복한 미소가 어렸다. 셀은 부드러운 미소를 지으며 입을 열었다.

"저도 쟌을 좋아해요. 아니, 사랑해요. 그렇게 우리 두 사람이 서로 사랑하는데 왜 군이 떨어져서 자야만 하나요? 쟌만 괜찮다면…… 같이… 침대를 사용했으면 해요."

뜻밖의 말에 쟌은 잠시 놀라지 않을 수 없었다.

물론 같이 여행을 하면서 단둘이 함께 잤던 적도 여러 번 있었다. 하지만 그것도 불가피하게 야영을 할 때나 그랬지 도시를 찾았을 때는 항상 각방을 사용했었다. 그런데 셀이 먼저 함께 침대를 사용하자고 하다니……. 아마도 그 말을 하기 위해서 많은 용기를 내야만 했을 것이다.

"괜찮겠어?"

"쟌만 괜찮다면 저는 좋아요."

대충 씻고 쟌이 먼저 침대에 누웠다. 막상 눕고 보니 침대는 두 사람이 눕기에는 빠듯할 정도로 좁았다.

조금 후 씻고 온 셀은 잠시 망설이다가 마음의 결정을 내렸는지 쟌의 곁에 누웠다. 서로 어깨가 맞닿을 정도로 좁았기 때문에 제대로 몸을 움직이기도 힘들 정도였다. 꼼짝도 하지 않고 있던 셀이 갑자기 쟌의 팔을 들어 올리더니 그의 품으로 파고들고는 그의 팔을 내려 팔베개를 하는 것이 아닌가?

언제부터인지는 모르겠지만 셀은 쟌에게 좀 더 확실하게 자신의 감정을 표현하기 시작했고 또 그렇게 행동했다. 물론 쟌에게 셀을 사랑하는 마음이 없는 것은 아니었지만 그것을 표현하거나 행동하는 것에는 아직도 어색하기만 했다. 적어도 두 사람 사이에서만큼은 셀이 거의 주도권을 잡고 있었다. 그리고 그런 상황이 쟌도 싫지 않았다.

셀을 품에 안은 쟌은 뭔가 모를 충족감을 느꼈고, 곧 편안한 마음이 되어 잠을 이룰 수 있었다.

다음날 셀이 잠에서 깨었을 때 곁에 쟌은 없었다.

천천히 자리에서 일어나 가볍게 머리를 흔든 셀은 곧 침실에서 벗어났다. 집 밖으로 나왔을 때 그녀가 발견한 것은 가볍게 몸을 풀고 있는 쟌과 멍하니 그런 쟌을 바라보고 있는 척과 나렉이었다.

"야, 척. 저 친구 정말 대단하지 않냐? 어떻게 인간의 다리가 저렇게 자유롭게 움직일 수 있는 거냐?"

"……."

"게다가 저 손의 움직임은 또 어떻고? 내려치고, 휘두르고, 찍고, 올려치고…… 캬하~ 대단해, 정말 다단해. 대체 저게 무슨 무술이냐? 혹시 제국에 있다는 너클 파이터들이 익히는 무술 아닐까? 하지만 너클 파이터가 다리를 사용한다는 말은 들어본 적이 없는데 말이야. 야, 척. 사람이 뭐라고 했으면 대답을 해야 할 것 아니야?"

"조용히 해. 수련하시는 데 방해되겠다."

나렉의 수다에 척은 싸늘하게 대꾸하면서도 몸을 풀고 있는 쟌에게서 눈을 떼지 않았다. 그들과 지내면서 알게 된 사실인데 무게있게 생긴 모습과는 달리 나렉은 상당한 떠버리였고, 평범하게 생긴 척은 의외로 입이 무거운 사람이었다. 하루 종일 흩께 있어도 한마디를 듣기도 쉽지 않았다.

그런 사람이 쟌을 설득하기 위해 그렇게 많은 말을 했다니…… 아마도 그만큼 목동의 북을 자신의 마을로 가져오는 것이 중요한 일이었기 때문이리라.

“잘 잤어, 셀?”

셀에게 빙그레 미소 지으며 쟌이 말이 꺼내자 그를 바라보고 있던 척과 나렉은 깜짝 놀라는 표정을 지으며 고개를 돌렸다. 불과 2미터도 떨어지지 않은 곳까지 셀이 다가와 있었지만 두 사람은 아무것도 느끼지 못했던 것이다.

“예. 그리고 두 분도 편히 주무셨나요?”

“예, 물론입니다.”

“예, 레이디.”

셀의 인사에 두 사람은 엉겁결에 대답을 했다.

“차앗! 산화!”

파파파팡~

힘찬 기합 소리와 함께 압축된 공기가 연이어 터지는 소리가 울려 퍼졌다.

척과 나렉의 시선이 다시 쟌에게로 향했을 때 두 사람은 쟌의 다리가 수십 개로 나뉘어 갖가지 형태로 가상의 적을 향해 날아가는 모습이 보였다.

“찻! 난격!”

파파파팡~

이번에 더욱 빠르게 주먹이 허공을 가르는 모습이 보였다. 대체 몇 번이나 주먹을 내뻗은 것인지 짐작조차 할 수 없을 정도로 엄청난 빠르기로 허공을 갈랐다. 설사 쟌의 상대가 거대한 바위라 하더라도 순식간에 파괴될 것 같았다.

목을 한 번 돌리는 것으로 몸을 푸는 것을 마친 쟌이 셀에게 말을 건넸다.

"식사하기 전에 잠깐 산책이라도 할까?"

"그래요."

대답과 함께 다가온 셀은 쟌의 팔을 자연스럽게 꼈다. 역시 자신보다는 셀이 애정 표현에 대해 훨씬 능숙했다. 쟌은 얼굴을 붉히며 걸음을 옮겼고, 셀은 쟌에게 몸을 기댄 채 행복한 듯 미소를 짓고 있었다.

점점 멀어지는 두 사람의 모습을 지켜보던 나렉은 자신도 모르게 흐뭇한 미소를 지었다.

"이봐 척, 저 두 사람 정말 잘 어울리지 않나?"

"어울리기는 잘 어울리지만…… 그보다 자네 혹시 레이디 셀이 다가오는 것을 느꼈나?"

"아니, 왜?"

"왜라니? 가이야님이야 나보다 월등히 뛰어난 실력을 가지고 있다는 것을 알고 있었지만 설마 레이디 셀마저 그렇게 뛰어난 실력을 가지고 있는 줄은 상상도 못했어."

척의 말에 나렉은 그제야 환상적인 아름다움과 부드러운 미소를 가진 셀이 사실은 자신들보다 훨씬 고수라는 사실을 깨달을 수 있었다. 자신의 기척을 감추고 누군가에게 접근한다는 것은 말처럼 쉬운 일이 아니었다.

자신의 기척을 감출 수 있을 정도 실력이라면 아마 자신들은 그녀의 상대도 되지 못할 것이라는 사실을 그제야 깨달은 것이다.

멀어져 가는 연인들을 바라보는 나렉의 눈에 희미한 감탄이 서려 있었다. 분명 조금 전과는 다른 의미에서의 감탄이었다.

"저만한 나이에 저렇게 뛰어난 실력을 가지고 있다니…… 대체 저 두 사람은 어떻게 그런 실력을 가진 거지?"

"휴우~ 그보다 스스로의 실력에 만족해 더 이상 아무런 노력도 하지 않은 우리가 어리석었어. 가이야님은 저렇게 강한데도 아침마다 수련을 거르지 않은데 말이야. 이번에 마을로 돌아가면 처음부터 다시 시작해 볼 셈이야."

척의 푸념에 나렉은 눈이 휘둥그레졌다.

평상시 한마디도 하지 않는 척이 이렇게 많은 말을 한 것도 놀랄 일이지만 그를 더욱 놀라게 한 것은 척이 처음부터 다시 무술을 익히겠다는 말 때문이었다. 그렇지 않아도 마을에서 척을 상대할 사람이 거의 없는 지금 그가 다시 무술을 익히겠다는 말은 나렉을 자극하고도 남았다.

"좋아! 그럼 나도 처음부터 다시 시작하겠어! 자네에게 지는 건 이제 지긋지긋하다고."

어린 시절부터 나렉이 자신에게 지기 싫어한다는 것은 알고 있었지만 설마 그렇게 싫어하던 검술 수련을 다시 시작한다고 할 줄은 미처 예상치 못했다. 하지만 그것도 나쁘지 않다는 생각이 들었다. 자신들이 수련을 시작하는 것을 마을의 젊은이들이 본다면 자극을 받을 것이 분명했고, 항시 몬스터와 싸워야 하는 마을의 실정으로서는 환영한 일이었기 때문이다.

척의 입가에는 쓴웃음이 떠올라 있었다.

땡땡땡~

요란한 종소리와 함께 사람들의 시선이 일제히 마을 중앙에 설치된 시합장으로 향했다.

테레비닌 족 가운데 두 번째로 큰 부족인 부루하리 부족은 5년마다 열리는 라이룽겐 대회의 예선전을 총괄하는 역할을 맡고 있었다.

120개 부족에서 한 명씩 출전자를 선발되었기에 예선전에 참가한 사내들의 수는 정확히 120명이었다. 그들과 함께 서서 참가자들을 둘러보던 쟌은 실망감을 감출 수가 없었다.

어느 정도 예상하기는 했지만 대부분 나렉과 비슷한 수준일 뿐 특별히 강해 보이는 상대는 눈에 띄지 않았다. 실망감을 감추지 못하고 고개를 돌리던 쟌의 눈에 조금은 건들거리는 자세로 서 있는 한 무리의 사내들이 보였다.

자신들을 특별하다고 생각하는지 참가자들 무리와 조금 떨어져 있었는데 그들 대부분이 하드 레더를 걸치고 있었다. 쟌이 언뜻 보기에도 자신이 지금 서 있는 곳의 참가자들과는 달리 날카로운 예기 같은 것을 느낄 수 있었다. 하지만 그들이 왜 따로 서 있는 것인지 그 이유만은 알 수 없었다.

"저 사람들은 왜 따로 서 있는 겁니까?"

갑작스런 쟌의 질문에 고개를 돌린 중년 사내는 쟌이 가리킨 곳을 힐끔 쳐다보고는 그것도 모르냐는 듯 대답했다.

"당신은 라이룽겐 대회에 처음 참가는 모양이지?"

"그렇소이다."

"저기 서 있는 사람들은 부족의 수가 최소 천 명 이상 되는 부족에서 예선을 거쳐 뽑힌 사람들이라오. 때문에 수가 적은 부족에서 뽑힌 사람들에 비해 특별 대우를 해줄 수밖에. 그래서 저들이 비록 예선에 참가하기는 했지만 예선전을 치르는 것은 내일부터라오."

중년 사내의 대답에 쟌은 고개를 끄덕였다.

그러는 사이 심판장을 맡은 부루하리 족의 족장이 대회의 시작을 선언했고, 참가자들은 추첨을 통해 자신의 상대를 결정했다. 때문에 정작 대회가 시작된 것은 한참의 시간이 흐른 뒤였다.

자신의 차례가 돌아오기를 기다리다 지루함을 참지 못하던 쟌은 막 하품을 끝냈을 때 자신의 이름을 호명하는 소리를 들었다. 천천히 자리에서 일어나 시합장 안으로 걸음을 옮기던 쟌의 눈에 웬만한 어른의 허리 둘레만한 팔 근육을 가진 사내가 비릿한 미소를 지으며 자신을 쳐다보고 있는 모습이 들어왔다.

우람한 근육에 살벌한 인상을 가진 사내를 보니 라이룽겐 대회는 용사 선발 대회라기보다는 흉악한 인상 선발 대회라는 생각이 들어 피식하고 미소를 지었다. 그런 쟌의 태도에 비무대에서 쟌을 기다리던 사내는 잔뜩 인상을 쓰며 마치 강아지를 부르듯 쟌에게 손가락을 까닥거렸다.

'빌어먹을 놈, 감히 나를 똥개 부르듯 손가락을 까닥거려? 넌 오늘 죽었다고 복창하는 게 좋을 거다!'

이를 뿌드득 간 쟌이 막 비무대에 올라왔을 때 심판의 시작 신호도 없었지만 근육질 심판의 개시 신호를 기다릴 인내심이 없는지 쟌을 향해 자신의 나무 지팡이—메이스라고 불러도 할 말이 없을 정도로 상당한 두께를 가진 무기였다—를 휘두르며 달려들었다.

"아아압～"

쟌이 보기에는 하품이 나올 지경이었다.

자세는 물론 발놀림까지 온통 엉성함뿐이었다. 이런 인간을 상대해야 한다는 현실에 쟌은 슬슬 짜증이 나기 시작했다. 근육질이 자신 앞으로 달려들었을 때 쟌이 한 행동은 상체를 뒤로 눕히며 오른발을 날려 상대의 턱을 공격한 것이다.

퍽!

둔탁하고 짧은 소리와 동시에 근육질의 몸은 끈이 끊어진 연처럼 뒤로 날아가 시합장에 뒹굴고 말았다. 쓰러진 근육질은 기절했는지 꼼짝도 하지 않았고, 심판은 어찌 된 영문인지 깨닫지도 못하고 있었다.

그 모습을 짜증스러운 시선으로 바라보던 쟌이 결국 먼저 입을 열었다.

"누가 이겼소?"

"로젠 부족 쟌 가이야의 승리요!'

심판의 선언에 잠시 멍하게 바라보고 있던 사람들은 그제야 환호성을 터뜨렸다.

"와~"

"정말 대단한데?"

"그러게 말이야. 하지만 발길질 한 번에 나가떨어진 저 녀석은 정말 자격도 없는 놈 아니야?'

"자네 말이 맞아. 저런 실력도 없는 놈이 라이룽겐 대회에 참가하다니…… 대회의 격이 떨어지는 것 같아 씁쓸하군 그래."

사람들의 환호성과 탄성을 들으거 쟌은 자신의 자리로 돌아왔고, 너무나 간결한 승부에 척과 나렉은 할 말이 없었다.

"수고했어요, 쟌."

"수고는. 몸도 못 풀었는데 뭘."

쟌의 푸념 아닌 푸념에 셀은 그저 빙그레 미소 지을 뿐이었다. 그런 셀의 태도에 쟌은 그저 구시렁거릴 뿐 별다른 말은 하지 않았다.

그런 상황은 다음날도 그 다음날도 계속되었다. 그제야 사람들의 관심도 무기 사용은 고사하고 발길질 한 번 주먹질 한 번에 상대방을 기절시키는 쟌에게로 슬슬 쏠리기 시작했다.

특히 3일째 되던 날 쟌의 상대는 저번 대회에서 본선에 진출했던 사내였다. 하지만 그 역시 쟌의 난격 한 방에 기절하고 말았다.

다른 이들이 나무 지팡이를 사용해 치열하게 싸우는 것과는 달리 쟌의 승부는 너무나 간결했지만 그만큼 강렬한 인상을 주었다.

결국 쟌은 별 어려움 없이 16강이 겨루는 본선에 진출할 수 있었고, 사람들의 관심이 그에게 쏠리는 것만큼 16강 진출자들의 관심도 그에게 쏠렸다. 하지만 쟌은 신경도 쓰지 않았다.

쟌의 본선 진출이 결정된 후 진행 요원들의 안내를 받아 테레비닌족 제1의 부족인 마라만 부족으로 갔을 때 쟌과 일행은 제국의 작은 도시만한 규모의 마을을 발견하고는 솔직히 놀라지 않을 수 없었다.

이곳이 평야 지대라면 이만한 규모의 마을이 형성되는 것도 이해할 수 있었다. 하지만 산악 지대에 형성된 마을이 이만한 규모를 가진다는 것은 정말 놀랄 만한 일이 아닐 수 없었다. 게다가 본선 진출에 참가하게 된 참가자들을 볼 때마다 마을 사람들이 환호성을 터뜨리며 웃는 얼굴로 자신들을 환영하는 모습은 얼핏 이상하게 보이기까지 했다.

너무나 열렬한 환영에 오히려 참가자들이 어리둥절해할 지경이었다. 쟌 역시 그 점에 대해서는 다른 참가자들과 다를 바가 없었다.

어색한 미소를 짓던 쟌은 진행 요원들이 안내해 준 거처로 향했다. 역시 참가자와 방문객들의 수가 적지 않아 그들에게 배정된 거처는 협소하기 이를 데 없었다. 하지만 불평불만을 늘어놓을 수 없는 것이, 이 시기 마라만 부족을 찾아오는 방문객의 수가 너무나 많아 마라만 부족으로서도 어쩔 수 없었던 것이다.

자리에 앉은 쟌이 피곤한 표정을 짓자 근처에 있던 척이 조심스럽게 입을 열었다.

"많이 피곤한 모양시군요."

"그런 건 아니오. 다만 사람들의 반응이 내가 생각했던 것보다 훨씬 열광적이라 좀 당황했을 뿐이오."

"라이룽겐 대회는 5년마다 열리는 저희 테레비닌 족 최대의 축제입니다. 사람들이 열광하는 것은 당연한 일이지요."

"그래도 나로서는 뜻밖이오."

쟌의 대답에 척은 빙그레 미소를 지었다.

마을에서 나렉을 상대할 때나 예선전을 치르면서 상대를 무참하게 박살 냈었을 때의 모습과는 너무나 다르게 쑥스러워하는 쟌의 모습은 조금 이질적으로 보였다.

"그보다 물어보고 싶은 것이……."

"아마도 목동의 북을 마을로 가져갈 수 있을 것 같소. 대답이 되었소?"

묻기도 전에 쟌이 자신이 궁금해하던 사항을 말하자 척은 어색한 표정을 짓다가 곧 환한 웃음을 지었다. 그가 가장 우려했던 사항이 해결

되었기에 웃음을 지은 것이지만 쟌이 너무 쉽사리 승리를 자신하는 것은 아닌가 하는 생각도 들었다.

그도 그럴 것이 남은 16강전 진출자들 가운데에는 저번 대회의 우승자를 비롯해 4강 진출자 네 명이 고스란히 남아 있는 것을 확인했기 때문이었다. 특히 저번 대회 우승자인 프리그의 강함은 정말 눈에 띌 정도로 특별했기 때문에 조금 걱정스러운 것도 사실이었다.

다만 그의 강함은 이해가 가는 반면 쟌의 강함은 이해도, 또 짐작도 가지 않기에 막연한 희망을 걸고 있는 것이었다.

"본선 대회는 내일부터 시작될 겁니다. 일전에 말씀드렸다시피 본선에서는 진검을 사용하기 때문에 부상을 입을 수도 있으니 조심하시기 바랍니다. 참! 진검이 없으시면 제 검을 빌려 드릴 수도……."

"아니오. 나도 진검을 가지고 있소."

"예?"

척이 놀라는 표정을 짓자 곁에 있던 나렉도 눈을 동그랗게 떴다. 그도 그럴 것이 지금껏 쟌이 진검을 가지고 있는 것을 본 적이 없었기 때문이다. 두 사람이 자신을 빤히 쳐다보고 있자 쟌은 어쩔 수 없이 목검 속에서 진검을 뽑아 그들에게 확인을 시켜주었다.

뜻밖에 목검 안에서 날이 시퍼렇게 선 검이 튀어나오자 두 사람은 깜짝 놀라지 않을 수 없었다. 투박해 보이는 롱 소드나 바스타드 소드는 단숨에 잘라 버릴 듯 너무나 살벌해 보이는 검에 두 사람은 움찔하며 몸을 떨었다.

철컥!

쟌이 검을 다시 회수하고서야 두 사람은 겨우 몸을 추스를 수 있었다.

“정말 날카로워 보이는 검이군요.”

“태어나서 이렇게 살벌해 보이는 검은 난생처음입니다.”

“그럴 거요. 드워프가 만든 검이니까.”

“아~ 이 검이 말로만 듣던 드워프가 만든 검입니까?”

감탄 서린 나렉의 질문에 쟌은 고개를 끄덕였다.

“그럼 저희들은 이만 물러가겠습니다. 편히 쉬도록 하십시오.”

두 사람이 방에서 나가자 셀이 입을 열었다.

“뜨거운 물이 마련되어 있더군요. 피곤할 텐데 어서 목욕을 하고 쉬도록 하세요.”

“나보다 셀이나 목욕을 하도록 해. 난 목욕보다 단전호흡이나 해야겠어. 피로 회복에는 단전호흡이 훨씬 도움이 되거든.”

쟌은 자신의 말을 증명이라도 하듯 당장 그 자리에 주저앉아서는 눈을 감았다. 그리고는 천천히 호흡에 모든 신경을 집중했다.

잠시 그 모습을 지켜보던 셀은 곧 작게 한숨을 내쉬고는 조용히 방을 빠져나갔다.

아침 식사를 가볍게 한 쟌과 일행은 마라만 부족의 중앙 광장으로 향했다. 광장은 이미 마을 사람들과 구경을 위해 찾아온 각 부족의 방문자들로 발 디딜 틈도 없을 지경이었다.

쟌과 일행 역시 운집해 있는 군중을 뚫고 들어가느라 녹초가 되어 그 자리에 주저앉을 지경이었다. 성미가 급한 나렉이 분노를 참지 못해 검을 뽑아 들고서야 사람들이 황급히 비켜섰고, 그제야 일행은 겨우 광장으로 향할 수 있었다.

　　16강 진출자들을 심판이 호명하자 광장의 중앙에 근육질의 사내들이 줄지어 섰다. 단연 돋보이는 사람은 쟌이었다. 물론 그가 잘생겼기 때문이 아니라 16강 진출자들 가운데 그의 체격이 가장 왜소했기 때문이다.

　　'쳇, 이건 용사 선발 대회가 아니라 덩치 좋은 놈 뽑기 대회 아니면 흉악한 인상 뽑기 선발 대회 같군. 나도 별로 양호한 것은 아니지만 이 자식들한테는 비교도 안 되는군.'

　　그러는 사이 60대 중반으로 보이는 마라만 부족의 족장이 자리에서 일어나자 떠들썩하던 장내가 일시에 조용해졌다.

　　"올해도 우리들의 아버지 비오네스님께 경배를 올릴 시간이 다가왔소. 또 그분의 진정한 아들인 테레비닌을 뽑기 위한 라이룽겐의 달 또한 다시 밝았소."

　　"와~"

　　"누구보다 강하고, 누구보다 자유로운 영혼의 소유자인 우리 테레비닌 족은 광야의 영원한 방랑자이길 바라오!"

　　"맞습니다! 우리는 방랑자이길 원합니다!"

　　"옳습니다! 진정한 테레비닌이 되길 우린 원합니다!"

　　족장의 말에 광장에 모였던 군중은 일제히 떠들어대기 시작했다. 그 모습을 본 족장은 흡족한 미소를 지었다. 그가 손을 들자 주위는 다시 조용하게 변했다.

　　"그럼 지금으로부터 테레비닌을 뽑는 라이룽겐 대회를 시작하겠소."

　　"와~"

“열여섯 명의 결승 진출자들은 차례대로 나와 추첨 패를 뽑도록 하라!”

족장의 지시에 따라 열여섯 명의 사내들은 차례로 나와 나무통 속에 산양의 뿔로 만든 추첨 패를 뽑았다. 쟌도 자신의 차례가 되자 통 안에서 패 하나를 집어 들었다. 추첨 패를 뽑고 보니 ‘3’ 이란 숫자가 새겨져 있었다.

추첨이 모두 끝나자 처음 1번과 9번을 뽑은 사내들이 광장의 중앙에 섰고, 나머지 사람들은 대기석으로 자리를 옮겼다.

30대 초반으로 보이는 두 사내는 상대를 향해 롱 소드와 쇼트 소드를 겨누었다. 검이 햇살에 반짝이는 모습에 대결 모습을 지켜보던 군중은 자신도 모르게 침을 삼켰다.

잠시 상대를 노려보던 두 사람은 얼마 지나지 않아 상대를 향해 달려들었다.

챙! 챙! 챙!

날카로운 금속성과 함께 상대의 목숨을 빼앗을 듯 격렬하게 싸우고 있는 두 사람의 모습을 잠시 바라보던 쟌은 곧 흥미를 잃었다. 그리고는 고개를 돌려 자신의 상대인 11번 사내를 찾았지만 누가 그 번호를 뽑았는지 찾을 수 없었다.

쟌이 두리번거리는 사이 대결은 9번 사내의 승리로 끝이 났다. 다시 2번과 10번 사내가 호명되었고, 그들 역시 잠시 상대를 바라보다 곧 대결에 들어갔다.

그 모습에 쟌이 몸을 풀기 위해 일어났을 때 자신을 쳐다보는 눈길을 느낄 수 있었다. 천천히 몸을 돌리고 보니 2미터가 넘는 키에 갑옷 같은 근육을 가진 30대 중반의 사내였다.

16강 진출자 가운데 가장 우람한 체격을 가진 사내가 비릿한 미소를 지은 채 쟌을 쳐다보고 있었다. 무슨 이유로 썩은 미소를 지으며 자신을 쳐다보는 것인지 영문을 알 수 없었지만 쟌은 상대가 누구일지 그것이 궁금했을 뿐 사내에게는 신경도 쓰지 않았다. 하지만 사내를 발견한 척은 놀란 표정을 감추지 못했다.

"아니, 저자는?"

"왜, 아는 자요?"

"저자는 저번 대회 4강에 들었던 렌스란 잡니다. 보다시피 엄청난 근육에서 나오는 괴력을 가지고 있어 어떤 상대든 한 번 부딪치기만 하면 중상을 입지 않을 수 없는 것으로 유명한 자입니다."

"흐음~ 괴력의 소유자라……."

나직하게 중얼거리던 쟌은 피식 하고 웃음을 터뜨렸다.

척에게는 괴력의 소유자인 렌스가 두려운 상대일지 모르나 쟌이 보기에는 근육만 그럴듯할 뿐 전신이 빈틈투성이였다. 아마 예전의 올리비에라면 좋은 상대가 되었을지 모르지만 자신의 상대는 아니었다.

정작 쟌의 시선을 끄는 사람은 훤칠한 키에 적당한 근육, 부드러운 미소를 띤 사내였다. 왠지 팽팽히 긴장하고 있는 다른 출전자와는 달리 그는 여유있는 표정을 지은 채 다른 출전자들의 대결 장면을 지켜보고 있었다.

쟌의 시선이 향한 곳을 바라본 척은 곧 작은 음성으로 입을 열었다.

"역시 전 대회의 우승자를 단숨에 알아보시는군요. 루펠은 게이든 부족 사람으로, 들리는 소문에 의하면 제국에서 검술 훈련을 받은 적이 있다고 하더군요. 저번 대회에서도 루펠은 여유있게 상대를 이기고 우승자가 되었습니다. 비록 테레비닌이 되기 위한 시험에는 실패했지만 말입니다."

"테레비닌이 되기 위한 시험이 따로 있다는 말이오?"

"그렇습니다. 진정한 의미에서 테레비닌이 되려면 두 가지의 시험을 통과해야만 합니다. 한 가지는 목동의 북이 우승자를 테레비닌으로 인정해야만 하고, 다른 한 가지는 흉악한 몬스터와 싸워 이겨야만 합니다. 첫 번째는 목동들의 신인 비오네스님의 인정을 받아야 함을 뜻하는 것인데, 그분께 인정을 받는다는 것은 곧 광야의 주인인 방랑자를 의미하는 겁니다. 두 번째 시험을 치르는 이유는 혼자 광야에서 살아남으려면 스스로를 지킬 힘이 있어야만 하기 때문입니다. 광야에서 흔히 만나게 되는 몬스터와의 싸움에서 살아남을 수 있어야만 진정한 테레비닌이 될 수 있기 때문입니다."

"진정한 테레비닌이 되기 위해서는 몬스터와 싸워서 이겨야 된다?"

"그렇습니다. 그런 탓에 진정한 테레비닌으로 인정받은 우승자가 탄생한 것은 벌써 250년도 더 지난 아주 오래된 과거의 일이랍니다."

"그것보다 조금 전 몬스터와 싸워야 한다고 했는데 대체 무슨 몬스터와 싸워야 한다는 말이오?"

"그것이…… 트롤입니다. 그것도 한번에 세 마리 트롤을 상대해야만 합니다. 물론 중간에 포기를 할 수도 있습니다."

"트롤? 재생력이 좋다는 그 몬스터 말이오?"

"그렇습니다."

"하지만 목동의 북이 울리지 않으면 진정한 테레비닌으로 인정받을 수 없다고 하지 않았소?"

"우승자는 두 가지 시험 중 자신있는 것부터 도전할 수 있습니다. 대부분 트롤과의 싸움을 먼저 선택합니다. 하지만 재생력이 좋은 트롤 셋을 상대하는 것은 설사 몇 명이 힘을 합친다고 하더라도 목숨을 걸어야 할 만큼 위험한 일입니다. 루펠도 도전했지만 단 한 마리도 죽이지 못했을 만큼 강한 몬스터입니다."

걱정스럽게 말하는 척과는 달리 쟌은 트롤을 어떻게 상대할 것인가에 대해 생각을 하고 있었다.

"3번 쟌 가이야와 11번 렌스 오텀은 나오시오!"

심판의 호명에 두 사람은 광장의 중앙으로 향했고, 서로 마주 보고 섰을 때 사람들은 대부분 자신도 모르게 쓴웃음을 짓지 않을 수 없었다. 두 사람이 마주 보고 서자 두 사람의 차이가 너무나 극명하게 드러났다.

175센티미터에 적당한 체격인 쟌에 비해 2미터 10센티미터에 울퉁불퉁한 근육으로 뒤덮인 렌스는 비교도 되지 않았다. 게다가 쟌이 조금 긴 목검을 차고 있는 반면 렌스는 180센티미터쯤 되는 강철봉에 엄청난 크기의 날을 가진 배틀 엑스를 들고 있었다.

두 사람의 모습만을 보면 건장한 용병과 동네 꼬마의 싸움이었다. 당연히 열세인 쟌이 승리하리라 생각한 사람은 거의 없었다. 게다가 렌스는 저번 대회 4강이 아닌가.

"자~ 준비가 됐으면 시작!"

심판의 시합 시작 신호에도 두 사람은 움직일 생각도 하지 않은 채 상대만 쳐다보고 있었다.

먼저 입을 연 사람은 렌스였다.

"후후후, 꼬마야. 때리기 불쌍하니 어서 기권해라. 괜히 어른이 애를 괴롭혔다는 말은 듣고 싶지 않다."

"자식이 아주 귀엽게 놀고 있네. 까불지 말고 어서 덤벼봐."

조롱하는 기색이 역력한 쟌의 대꾸에 렌스의 얼굴이 한순간 붉어졌다. 하지만 여느 상대처럼 발작을 일으키며 달려들지는 않았다.

'호오, 제법 수련이 된 모양이군. 하지만 나한테는 안 통하지.'

"이봐, 비곗덩어리. 내가 한 말 못 들었나? 자근자근 밟아줄 테니 어서 덤벼봐."

쟌이 손가락을 까닥거리며 다시 한 번 자신을 부르자 끓어오르는 분노를 참지 못해 온몸을 부르르 떨던 렌스는 자신의 배틀 엑스를 치켜들었다.

"피눈물을 흘리게 만들어주마!"

부웅~

엄청나게 큰 배틀 엑스가 눈부시게 빠른 속도로 날아들었지만 쟌의 행동은 더욱 빨랐다. 재빨리 렌스의 옆으로 돌아선 쟌은 앞으로 내디딘 그의 발목을 제법 세게 걷어찼다.

퍽!

눈물이 핑 돌 정도로 고통이 심했지만 렌스는 꾹 참고 재차 배틀 엑스를 휘둘렀다. 하지만 쟌의 행동은 그보다 더욱 빨랐다. 몸을 잔뜩 낮춰 배틀 엑스를 피한 쟌은 그 자세 그대로 다리를 뻗어 이번엔 렌스의 무릎을 걷어찼다.

퍽!

"큭!"

이번 고통은 렌스로서도 참기 힘들었는지 그의 입에서는 신음이 흘러나왔다. 렌스가 통증 때문에 잠시 주춤하는 사이 쟌의 발은 더욱 빠르게 움직였다.

렌스의 머리는 물론 어깨, 팔, 가슴, 옆구리, 허벅지 등등 가리지 않고 후려치고, 찍고, 걷어찼다. 눈 깜짝할 사이에 10여 대를 맞은 렌스는 쟌에게 얻어맞을 때마다 이를 악물어야 할 만큼의 지독한 통증을 느껴야 했다.

자신의 엄청난 힘도 상대에게 공격이 성공했을 때나 위력을 나타내는 것 아니겠는가. 미꾸라지처럼 자신의 공격을 빠져나가는 쟌의 재빠른 행동에 머리의 뚜껑이 날아갈 정도로 분노를 느꼈지만 지금으로서는 방법이 없었다.

특히 쟌의 집중적인 공격을 받은 하반신은 통증 때문에 제대로 움직일 수조차 없었다. 망신도 이런 망신이 없었다.

쟌의 발길질에 자신의 머리가 과일이 가득 매달린 나뭇가지처럼 흔들릴 때마다 렌스는 너무나 분노가 치밀어 미치고 환장할 지경이었다. 바다에 산다는 옥토퍼스의 수많은 발처럼 10여 개로 늘어난 쟌의 다리는 무자비하다고 할 정도로 잔인하게 렌스의 전신을 공격하고 있었다.

퍼퍼퍼퍽~

결국 렌스는 공격다운 공격 한 번 해보지 못하고 쟌에게 무참히 얻어터진 후 기절하고 말았다. 그 모습을 보고 있던 관중들은 너무도 놀라운 그 광경에 한마디도 할 수 없었다.

무기를 든 사람을 맨손으로 상대하는 것만으로도 놀라운 광경인데 일방적으로 두들겨 패 기절시켜 버린 것이었다. 게다가 오로지 발로만 공격하는 모습은 정말 경이로운 모습이 아닐 수 없었다.

"짜식이 감히 누구한테 꼬마라는 거야. 생각 같아서는 한 석 달 열흘간 누워 있어야만 할 정도로 패주고 싶지만 이 정도에서 끝내주지. 퉤!"

바닥에 침을 뱉은 쟌은 자신의 자리로 돌아갔지만 사람들의 시선은 그에게서 떨어질 줄을 몰랐다.

계속된 시합에서 승자와 패자가 갈렸고, 여덟 명의 승자가 뽑히고서야 그날의 모든 시합이 끝났다.

사람들은 오로지 발차기 하나로 승리를 거둔 쟌이 만약 전 대회 우승자인 루펠을 만나면 어떻게 싸울까 너무나 궁금해했다.

그런 사람들의 반응에는 아랑곳없이 쟌은 자신의 자리로 돌아와 앉았고, 사람들은 그저 경이에 찬 시선으로 쟌을 바라보고 있을 뿐이었다.

35장
광야의 주인, 테레비닌

3일 동안 계속된 시합으로 결승 진출자가 가려졌다.

한 사람은 결승 진출이 당연시되었던 루펠이었고, 또 한 사람은 너클 파이터로 보이는 쟌이란 청년이었다. 쟌의 출현은 테레비닌 족으로서는 의외가 아닐 수 없었다.

무기를 가진 상대를 오직 맨손으로 상대하는 쟌의 모습은 경이적이다 못해 충격적이기까지 했다. 그들이 산양들을 몰 때 사용하는 나무 지팡이를 굳이 시합의 무기로 사용하는 것도 자신들은 나무 지팡이만 들어도 몬스터를 충분히 상대할 수 있다는 자신감 때문이었다. 그런데 그런 자신들의 자신감을 비웃기라도 하듯 쟌은 준결승전까지 오로지 맨손으로만 상대를 꺾어온 것이다.

루펠이 쟌을 꺾어 자신들의 자존심을 세워주기를 바라는 마음도 있었지만 또 다른 한편으로는 쟌이 끝까지 맨손으로 우승을 차지하기를 바라는 마음도 있었다.

그런 사람들의 바람 속에 결승전 날의 아침이 밝았다.

집 앞에서 가볍게 몸을 푸는 쟌을 바라보는 척의 시선은 복잡미묘했다.

쟌의 실력이 뛰어남을 알고 그에게 대회 참가를 부탁했지만 설마 이렇게 간단하게 결승에 진출할 줄은 상상도 못했다. 게다가 믿을 수 없게도 그는 목검 속의 진검은 사용하지도 않은 채 너무나 쉽게 승리를 거둔 것이었다.

오늘 우승자를 가리는 결승전이 있기는 하지만 척은 도저히 그가 질 것이라는 생각이 들지 않았다. 물론 그로 인해 목동의 북을 자신의 마을로 가져올 수 있어서 기쁜 것도 사실이지만 솔직히 나이도 어린 쟌이 가진 너무나 뛰어난 실력이 부러운 것도 사실이었다.

척이 혼자 생각에 골몰하고 있을 때 귓전에 미약한 금속음이 들려왔다.

스르릉~

고개를 돌려 쟌을 보니 뜻밖에도 진검을 뽑아 들고 있었다.

일반적으로 검을 쓰는 자들은 검집은 허리에 찬 채 검만을 뽑아 사용한다. 하지만 쟌은 검집을 왼손으로 잡은 채 오른손으로 검을 뽑아 휘두르고 있었다.

뭔가 대단한 움직임을 보일 것이라 기대했던 척이나 나렉의 예상과는 달리 쟌의 움직임은 느릿하기만 했다. 게다가 여유있던 조금 전과는 달리 그의 얼굴은 신중한 기색으로 딱딱하게 굳어 있었다. 하지만 이상한 점은 저렇게 느릿하게 움직이는데도 불구하고 날카로운 파공성이 울린다는 것과 그의 검을 푸르스름한 연기 같은 것이 감싸고 있다는 것이었다.

"정말 대단하군요. 검이 저렇게 빠르게 움직일 수 있으리라고는 생각도 못해봤군요."

뜻하지 않은 셀의 말에 척과 나렉은 눈만 끔뻑거릴 뿐 아무 말도 하지 못했다. 그녀의 말을 도저히 이해할 수 없었기 때문이다.

조금 심하게 말해 파리가 앉아 한숨 자고 가도 될 정도로 느리게 움직이는 쟌의 칼놀림이 빠르다니……. 두 중년 사내가 자신의 말을 전혀 이해하지 못하자 셀은 친절하게 설명해 주었다.

"쟌은 지금 팔로 검을 휘두르는 것이 아니에요. 정작 공격할 때는 손목만을 움직여 상대를 공격하고 있어요. 그런데 그 속도가 너무 빨라 눈에 보이지 않을 정도예요. 방금 두 분이 들으신 파공성은 바로 그 때문에 난 것이고요."

셀의 설명에 두 사람은 놀란 표정으로 다시 쟌에게 눈을 돌렸다. 자세히 보니 가끔가다 쟌의 손목이 흐릿하게 보일 때가 있었다. 그리고 그때마다 파공성이 들리는 것을 보면 셀의 말이 사실인 것 같았다.

"쟌, 아침 식사가 준비되었어요."

수련에 열심인 쟌에게는 도저히 들리지 않을 정도로 작은 음성이었지만 쟌은 그 말을 들었는지 검을 회수하더니 길게 숨을 내쉬었다. 보는 것처럼 간단한 동작은 아니었는지 쟌의 이마에는 땀방울이 송골송골 맺혀 있었다.

"그래? 잠깐만 기다려. 땀을 좀 씻고 갈게."

말을 마친 쟌은 집 뒤편에 있는 폭포를 향해 몸을 날렸다.

그 모습을 보고 있던 나렉은 놀랍다는 듯 고개를 저었다.

"휴우~ 우리 테레비닌 족도 몸을 움츠릴 정도로 추운 날씬데 설마 냉수로 목욕을 할 생각인가? 정말 대단한 사람이군."

그리 오래지 않아 쟌은 돌아왔는데 물기를 완전히 닦지 않은 듯 그의 몸에서는 김이 피어오르고 있었다.

간단하게 아침 식사를 마친 쟌이 잠시 휴식을 취하고 있을 때 마라만 부족 청년 한 명이 시합 시간이 얼마 늗지 않았음을 알려왔다. 긴장할 만도 하건만 쟌은 태연한 표정으로 시합장으로 향했고, 오히려 척과 나렉이 더 긴장한 듯 딱딱한 표정을 짓고 있었다.

마침내 쟌과 루펠이 비슷한 시간에 모습을 드러내자 두 사람의 결승전을 구경하기 위해 모였던 군중은 일제히 환호성을 터뜨렸다.

"와~"

"와~"

거의 동시에 시합장의 중앙에 도착한 두 사람은 상대를 발견하고는 빙그레 미소를 지었다. 한줄기 차가운 북풍이 두 사람을 사정없이 휘감고 지나갔지만 두 사람은 꿈쩍도 하지 않은 채 여전히 상대방만을 쳐다보고 있었다.

춥기는 관중들 역시 마찬가지였지만 결승전에 대한 그들의 뜨거운 열기를 증명이라도 하듯 몸을 움츠리거나 춥다고 입을 여는 사람도 없었다.

"지금부터 결승전을 시작하겠소!"

“와~”

심판의 선언이 끝나자마자 관중석에서는 엄청난 함성이 터져 나왔다. 심판의 선언과 함께 검을 뽑은 루펠은 검을 뽑지 않은 채 자신을 바라보고 있는 쟌을 보고는 가볍게 눈살을 찌푸렸다.

“귀하는 이번에도 검을 뽑지 않을 생각이오?”

“부디 그대가 내가 검을 뽑아 상대할 만한 적수이기를 진심으로 바라오.”

쟌의 대답은 충분히 분노할 만한 것이었지만 루펠은 지금까지와의 상대들과는 달리 쓴웃음을 지었다.

“날 우습게 여기다가는 쓴맛을 보게 될 거요.”

말과 함께 가슴 앞에 세운 루펠의 검은 뜻밖에도 롱 소드가 아니라 가녀린 몸체를 가진 레이피어였다. 루펠이 자세를 낮추는 모습을 본 쟌은 상대의 실력이 자신의 생각보다 상회한다는 것을 인정해야만 했다. 하지만 진검을 뽑아야 한다는 생각은 들지 않았다.

“오시오.”

쟌이 손을 들어 까닥이자 루펠은 레이피어 끝을 지면으로 향하더니 쟌을 향해 달려들었다.

휘익~

날카로운 파공성을 울리며 레이피어가 날아들자 쟌은 슬쩍 옆으로 걸음을 옮겨 피하려고 했지만 루펠의 공격은 그렇게 간단하게 끝나지 않았다. 내려쳤던 레이피어는 원래 목적이 올려 베기였다는 것을 증명하려는 듯 더욱 빠른 속도로 올려쳐졌다.

재빨리 상체를 뒤로 숙여 공격을 피한 쟌은 그대로 주저앉아 루펠의 발목을 공격했다. 그동안 루펠도 쟌이 싸우는 모습을 눈여겨보고 있었기 때문에 쟌이 몸을 숙이자마자 황급히 뒤로 물러섰다. 하지만 쟌 역시 쉽게 포기하지는 않았다.

상대가 물러난 만큼 다가간 쟌은 눈부시게 빠른 동작으로 오른발을 치켜들었다.

쟌의 다리가 허공으로 올라간다고 느끼는 순간 그의 다리는 10여 개로 늘어나 루펠의 전신으로 날아갔다. 머리, 어깨, 가슴, 팔, 옆구리로 날아드는 쟌의 다리는 어느 것이 먼저 공격할지 도저히 알 도리가 없었다.

게다가 뒤나 옆으로 피해봐야 어느새 쟌은 유령처럼 다가와 계속 공격을 퍼붓는 것이었다. 미치고 환장할 것은 그가 오른발이나 왼발 모두 마치 손을 쓰는 것처럼 능수능란하게 사용한다는 것이었다. 게다가 잔영인지 실물인지 전혀 구별이 되지 않아 섣불리 공격을 허용할 수도 없었다.

문제는 믿을 수 없는 쟌의 공격 속도와 수비였다.

레이피어를 휘두르면 옆이나 혹은 뒤로 피하는 것이 일반적인 반응이지 않은가? 하지만 쟌은 전혀 아니었다.

몸을 숙이거나 비틀어 루펠의 공격을 피하며 항상 일정한 거리 이상을 떨어지지 않는 것이었다. 그것은 다시 말해 쟌이 언제든 공격할 수 있다는 것을 뜻하는 것이었다.

루펠의 레이피어가 쟌의 머리 위를 아슬아슬하게 스치고 지나갔을 때 쟌은 그의 품으로 뛰어들며 오른쪽 팔꿈치로 루펠의 옆구리를, 왼쪽 팔꿈치로 앞으로 숙여지는 루펠의 턱을 정확하게 가격했다.

픽!

루펠의 턱이 뒤로 젖혀지는 순간 쟌의 오른발이 눈 깜짝할 사이 하늘 높이 치솟아올랐다가 루펠의 가슴 중앙을 향해 무서운 속도로 떨어졌다.

픽!

"컥!"

쿵!

둔탁한 타격음과 단말마의 신음 소리, 그리고 뒤로 날아가 구르는 소리가 거의 동시에 들렸다.

그 광경을 지켜보던 군중은 레이피어를 휘두르던 루펠이 왜 갑자기 뒤로 날아가 기절한 것인지 도무지 영문을 알 수가 없었다. 심지어는 두 사람과 별로 떨어지지 않은 곳에 있던 심판도 제대로 보지 못해 쟌의 승리를 선언하지 못하고 있었다.

분명 쟌이 루펠의 품으로 뛰어드는 것까지는 보았지만 쟌이 루펠을 공격하는 시간이 너무 빨라 루펠이 공격을 당한 것인지 아닌지 확인하지 못한 것이다. 서둘러 쓰러진 루펠 곁으로 다가간 심판은 벌써 퍼렇게 물들기 시작한 루펠의 턱을 발견하고는 그제야 쟌의 공격에 의한 상처란 것을 확인하고는 쟌의 승리를 선언했다.

"라이룽겐 대회의 우승자는 로젠 부족의 쟌 가이야요!"

"와~"

"정말 대단하군."

"대체 언제 공격을 한 거야?"

"그러게 말이야. 조금 전에 루펠의 품으로 뛰어들 때 한 건가? 그때 루펠이 뒤로 나가떨어졌잖아.”

“하지만 저 사람이 공격하는 모습은 못 봤잖아. 넌 봤어?”

“아니, 보지는 못했지만 심판이 저자의 승리를 선언했잖아. 그건 저자의 공격에 의해 루펠이 쓰러졌다는 것을 인정했다는 것 아냐?”

관중들이 이번 시합에 대해 갑론을박을 벌이고 있을 때 심판이 큰소리로 외쳤다.

“우승자의 요청에 따라 트롤과의 결투를 먼저 거행하겠습니다! 관객 여러분들께서는 산기슭에 마련되어 있는 시합장으로 이동해 주시기 바랍니다!”

심판의 외침에 따라 관중들은 일제히 마을 후면을 향해 이동하기 시작했다. 관중들과 이동을 하던 잔은 심판에게서 시합 방식에 대해 전해 들었다.

깊이 10미터로 파여진 구덩이어서 세 마리의 트롤을 상대해야 하는데, 포획한 트롤들을 이틀 동안 굶겨놓았기 때문에 그 흉포성은 말할 필요도 없을 정도였다. 평소에도 인간을 보면 무조건 공격하는 것이 트롤들인데, 이틀 동안 굶겼다면 목숨조차 부지하기 어려울 것이다.

막상 도착하고 보니 직경 40미터 크기에 깊이 10미터가 넘어 보이는 구덩이가 파여 있었고, 그 안에 칙칙한 피부를 가진 트롤 세 마리가 구덩이에서 빠져나오기 위해 애를 쓰고 있었다. 하지만 긴 창을 든 목동 수십 명이 구덩이 주위에 늘어서 있다가 빠져나올 듯 보이는 트롤의 팔을 찔러 다시 구덩이로 떨어뜨리고 있었다.

그때마다 트롤들은 미친 듯이 울부짖었지만 구덩이를 빠져나올 수는 없었다. 그 모습을 지켜보고 있던 잔은 눈에 띌 정도의 속도로 빠르게 아무는 트롤의 상처를 보고는 감탄을 금할 수 없었다.

"역시 이야기 듣던 대로 상처가 생겨도 곧바로 나아버리는구려."

"그렇습니다. 특히 저기 저 녀석은 트롤들의 왕이라고 할 수 있는 자이언트 트롤로 정말 엄청난 놈입니다. 괴력도 괴력이지만 스피드도 엄청나 저 녀석을 생포한 것은 정말 기적이었지요. 이건 내 생각이지만, 도전은 포기하는 것이 좋을 것 같습니다. 이번 녀석들은 이전과는 달리 너무나 강한 놈들입니다. 무엇인가 저 구덩이 안으로 떨어진다면 설사 그것이 강철덩어리라고 하더라도 저놈들에게 물어 뜯겨 산산조각이 날 겁니다."

쟌이 포기하기를 바라는 듯 설명하는 심판의 음성에는 걱정스러움이 묻어 있었다. 하지만 쟌의 시선은 구덩이 안에서 날뛰고 있는 트롤들에게서 떨어지지 않고 있었다.

다른 두 마리의 트롤이 칙칙한 진녹색인 데 반해 자이언트 트롤이라고 불렸던 트롤은 빛이 바랜 연회색을 띠고 있었다. 게다가 트롤이 3미터 정도인 데 반해 자이언트 트롤의 키는 4미터도 넘어 보였다.

"어떻게 하시겠습니까? 지금 포기를 한다고 하더라도……."

"도전하겠소."

"정말 도전하시겠습니까?"

쟌의 대답에 심판은 다시 한 번 확인을 했지만 쟌의 대답은 마찬가지였다.

구덩이 안에서 날뛰고 있는 트롤들을 발견한 관중들은 흉포한 트롤의 모습에 몸서리를 쳤다. 그리고 그런 관중들의 앞쪽에는 셀과 척, 그리고 나렉이 앉아 있었다.

척과 나렉의 얼굴에는 진한 걱정의 빛이 떠올라 있었다. 걱정스러움을 견디지 못한 척이 셀에게 말해 쟌을 포기시키려 고개를 돌렸을 때 뜻밖으로 담담한 표정을 짓고 있는 그녀의 모습을 발견하고는 눈이 휘둥그레졌다.

"레이디 셀께서는 걱정도 되지 않으십니까?"

"걱정이 왜 되지 않겠어요? 하지만 전 쟌을 믿어요. 쟌이라면 상처 하나 없이 저곳에서 빠져나올 수 있을 거예요."

그 말을 하는 셀의 얼굴은 너무나 평온하게 보여 자신의 말을 확신하고 있는 듯했다. 물론 자신이 보기에도 쟌과 셀 두 사람 사이가 보통 사이가 아니라는 것을 알고 있지만 상대에게 저렇게 일방적인 믿음을 갖는다는 것은 흔히 볼 수 있는 일은 아니다.

셀의 확신에 찬 대답에 척도 적이 안심이 되긴 했지만 그래도 완전히 마음을 놓을 수는 없었다. 관중들도 불안한 시선으로 트롤들을 바라보고 있었다.

"그럼 지금부터 라이룽겐 대회의 우승자가 진정한 테레비닌이 되기 위한 도전을 시작하겠습니다. 비록 우승자가 도전에 실패하더라도 그를 위해 아낌없는 박수를 보내주시길 바라겠습니다. 준비가 되었으면 구덩이에 뛰어드십시오."

심판의 선언에 관중들은 숨을 죽이며 시선을 일제히 쟌에게로 돌렸다.

적어도 그가 제정신을 가진 인간이라면 구덩이에 뛰어들 리 없을 것이라 생각하면서도 마음 한구석에서는 부디 쟌이 도전에 성공했으면 하는 생각도 들었던 것이다.

크게 심호흡을 한 쟌은 잠시 트롤들의 움직임을 주시하다가 곧 구덩이 안으로 뛰어들었다.

쟌의 출현이 의외였는지 잠시 멈칫하며 물러섰던 트롤들은 곧 흉성을 드러내고는 쟌에게 달려들었다. 게다가 자이언트 트롤은 어른의 몸통 두께만한 죽은 나무를 마치 몽둥이처럼 휘두르며 달려들었다.

쟌의 키보다 훨씬 길고 큰 나무도 자이언트 트롤의 손에 들려지니 그저 평범한 몽둥이에 불과했다. 구덩이의 벽을 박차고 몸을 날린 쟌은 그제야 트롤들의 몸에서 풍기는 지독한 악취를 맡을 수 있었다.

정말 숨을 제대로 쉬기조차 힘들 정도로 지독한 악취였다.

치미는 욕지기를 억지로 참으며 진검을 뽑아 든 쟌은 손가락보다 훨씬 긴 송곳니를 드러내고 물어뜯으려 달려드는 트롤을 향해 검을 휘둘렀다.

스윽~

"크아앙~"

검이 스치고 지나간 자리에는 기다란 상처가 생겨 검붉은 선혈이 흘러나왔지만 그것도 잠시뿐 상처는 곧 아물었다.

정말 육안으로 식별이 가능할 정도로 놀라운 재생력이었다.

자신의 눈으로 직접 확인한 쟌은 무슨 생각에서인지 검을 검집에 회수해 목검을 휘두르기 시작했다.

공격하는 부위는 관절 부분.

발목, 손목, 무릎, 팔꿈치, 옆구리, 골반, 가슴뼈들을 향해 사정없이 목검을 휘둘렀다.

따따따딱~

얼마나 빨리 목검을 휘둘렀는지 관중들의 눈에는 쟌이 휘두르는 목검이 보이지도 않았다. 들리는 소리라고는 목검이 딱딱한 무엇인가와 부딪치며 나는 소음뿐이었다.

진검으로 상대해도 세 마리의 트롤을 이기기는 불가능한 일이다. 그럼에도 불구하고 목검으로 트롤들을 상대하는 쟌의 의도를 관중들은 전혀 짐작할 수 없었다. 한데 더 이해할 수 없는 것은 흉악하고 민첩하기로 비할 바 없는 트롤들이 쟌을 전혀 공격하지 못하고 있다는 것이었다.

아니, 공격은커녕 20분 정도가 지나자 오히려 쟌을 피해 사방으로 도망치기에 바빴다.

공포의 존재인 트롤이 인간인 쟌을 피해 도망치는 모습은 정말 경이로운 광경이 아닐 수 없었다. 게다가 트롤들의 왕이라고 할 수 있는 자이언트 트롤도 예외는 아니었다.

트롤 세 마리의 모든 관절 부분은 쟌의 공격 탓에 보기 안쓰러울 정도로 퉁퉁 부어 있었다.

펑!

그때 요란한 폭음과 함께 수백 킬로그램은 나갈 자이언트 트롤이 낙엽처럼 날아가 처박혔다. 그리고 관중들의 눈에 목검을 허리에 낀 채 양손을 내밀고 있는 쟌의 모습이 들어왔다.

트롤들은 쟌을 피해 구석에 모여서 두려운 눈빛으로 쟌을 쳐다보고 있었다. 쟌이 목검을 늘어뜨리고 다가가자 트롤들은 겁을 먹고 쟌을 피해 황급히 옆으로 도망을 쳤다.

'뭉치면 살고 흩어지면 죽는다' 는 말을 몸소 실천하는 트롤들의 모습을 보니 쟌은 더 이상 싸우고 싶은 생각이 들지 않았다. 괴력도 괴력이지만 저돌적이고 흉포하다는 말과는 달리 막상 상대해 보니 그들 세 마리를 죽이는 것은 그리 어려운 일이 아니라는 곧 깨달을 수 있었다.

재생력이 좋아 웬만한 상처는 금세 낫는다는 것을 확인한 쟌은 목검을 사용해 트롤들의 관절을 공격하면 어떨까 하는 생각이 들어 공격한 것이었다. 설마 트롤들이 자신의 공격에 겁을 먹고 도망을 칠 줄 몰랐건 것이었다.

잠시 트롤을 바라보던 쟌은 어이없다는 표정을 짓고 있는 심판을 향해 입을 열었다.

"심판, 꼭 트롤들을 죽여야만 하오?"

"예? 자, 잠시만 기다려 주시오."

심판은 허둥지둥 마라만 부족의 족장을 찾아갔고, 족장은 다시 마을의 원로들을 불러 모아서는 뭔가를 심각하게 상의하기 시작했다. 협의는 예상외로 시간이 걸렸고, 한참이 지나서야 심판이 큰 소리로 협의 내용을 알렸다.

"진정한 테레비닌이 되기 위한 두 가지 시험 중 첫 번째 시험인 트롤과의 싸움에 대해 심사 위원단은 다음과 같이 판결했소! 테레비닌 도전자 쟌 가이야는 트롤과 싸우는 첫 번째 시험에서 비록 트롤을 모두 죽인 것은 아니지만, 트롤들이 겁을 먹고 싸울 생각을 포기하게 만든 것이 단순히 트롤들을 죽이는 것보다 더욱 어렵다 판단하고 쟌 가이야가 시험을 통과한 것으로 판결을 내렸소! 심사 위원단의 판결에 불만이 있는 사람은 지금 즉시 말을 하시오!"

심판의 선언에 조용하던 관중들이 일제히 떠들어대기 시작했다.

“와~”

“심사 위원단의 올바른 결정에 찬성하오!”

“트롤을 죽이는 것도 어렵지만 겁먹게 만드는 것은 죽이는 것보다 훨씬 어려운 일이오!”

“그렇소이다! 심사 위원단은 정확한 판결을 내린 것이오!”

다행히도 관중들이 자신들의 결정을 받아들이자 심판은 안도의 한숨을 내쉬었다.

“이제 마지막 남은 것은 비오네스께서 우리 부족에 남기신 목동의 북이 첫 번째 시험 통과자인 쟌 가이야를 진정한 테레비닌으로 인정하느냐 하는 것뿐이오. 도전자 쟌 가이야는 구덩이에서 나오시오.”

심판의 말에 쟌은 구덩이의 벽을 박찬 후 몸을 날려 간단히 구덩이에서 빠져나왔다. 또한 팬 서비스 차원에서 가볍게 공중제비를 넘으며 지면에 내려서기까지 했다. 자신을 향해 환호성을 터뜨리는 사람들에게 가볍게 손을 흔들어준 쟌은 곧 심판과 함께 마라만 부족의 족장이 있는 곳으로 걸음을 옮겼다.

테이블에 도착한 쟌은 몇 가지 물건들이 놓여 있는 것을 발견하고는 의외란 표정을 지었다.

“어서 오시오. 여태껏 테레비닌 관문에 도전했던 도전자 가운데 귀하가 최강이오. 250년 전 테레비닌이 되었던 분도 트롤과의 싸움에서 사경에 처할 정도로 극심한 부상을 입고서야 겨우 트롤들을 죽일 수 있었다고 기록에 남아 있는데, 귀하는 아예 트롤들이 겁먹고 도망치게 하다니…… 정말 대단하오!”

마라만 부족의 족장은 자신의 눈앞에 담담한 표정으로 서 있는 쟌을 바라보며 칭찬을 늘어놓았다. 하지만 쟌은 테이블 위에 늘어져 있는 물건들을 바라보고 있었다.

산양의 뿔에 금으로 멋지게 세공을 한 커다란 나팔 하나, 보기만 해도 소름이 오싹 끼칠 정도로 새파랗게 날이 선 대거 하나, 웬만한 성인의 상반신 크기 정도의 커다란 북 하나, 그리고 커다란 산양의 뿔로 만든 술잔에 담겨 있는 선홍색의 술 한 잔이 가지런히 놓여 있었다.

쟌이 테이블 쪽으로 다가오자 주위에 있던 늙수그레한 노인들은 유심히 테이블을 바라보고 있었다. 하지만 쟌이 테이블 바로 앞에 서 있음에도 불구하고 아무런 변화도 생기지 않자 곧 실망한 표정을 지었다.

쟌도 그리 눈치가 없지는 않아 가운데 놓여 있던 북이 테레비닌 족이 그렇게 간절히 소유하기를 바라는 목동의 북이라는 것을 곧 짐작할 수 있었다. 하지만 자신이 북 앞에 서 있음에도 아무런 변화가 보이지 않자 마지막 시험에서 자신이 실패했음을 곧 깨달을 수 있었다.

"용사의 잔이오. 단번에 쭉 들이키시오."

마라만 부족의 족장이 조심스럽게 산양 뿔로 만든 술잔을 권하자 쟌은 한 손으로 술잔을 잡고는 단숨에 들이켰다.

"와~"

군중의 환호성에 쟌은 술잔을 높이 들어 거꾸로 기울이고는 자신이 단숨에 술을 다 마셨음을 증명했다.

"아쉽지만 목동의 북이 울리지 않는구려. 하지만 귀하는 내가 지난 60년 세월 동안 보아왔던 어떤 도전자보다 강했소. 목동의 북이 울리지 않아 진정한 테레비닌이 되지는 못했지만 지금까지 도전을 했던 어떤 도전자보다 강하다는 데 자부심을 가져도 좋을 것 같소."

족장의 말에도 쟌은 별달리 실망하는 표정을 짓지 않았다. 그로서는 그저 목동의 북을 차지했다는 사실만으로도 충분히 만족할 수 있었기 때문이다.

"여기 있는 이 물건들은 라이룽겐의 우승자에게 수여될 물건들이오. 모두 귀하의 것이니 가져가시오."

대거를 옆에 찬 후 뿔피리를 목에 걸고 문제의 북을 번쩍 들고는 셀과 척이 있는 곳으로 걸음을 옮겼다.

날카로운 눈매를 제외하면 너무나도 평범하게 생긴 이 청년이 120개 부족 18만 명에 달하는 테레비닌 족 가운데 가장 강한 사내인 것이다. 아니, 지금까지의 테레비닌이 되기 위한 관문의 도전자 가운데 가장 강하니 사상 최강이라고 말해도 과언이 아니었다.

보무도 당당히 걸어오는 쟌의 늠름한 모습이 셀은 갑자기 가슴 한구석이 두근거리기 시작했다. 물론 쟌을 사랑하고 있으니 그와 함께 있을 때 항상 마음이 두근거리긴 했다. 하지만 지금은 그때의 기분과는 또 달랐다.

이런 기분을 대체 뭐라고 해야 좋을까?

행복을 넘어선 환희라고나 할까? 자신만이 세상 모든 축복을 누리는 것처럼 가슴 터질 것 같은 행복한 감정이었다.

그녀의 얼굴이 충만한 행복감 때문에 밭그스레하게 변했을 때였다.

둥~

갑자기 묵직한 북소리가 울려 펴졌다.

영혼을 맑게 만드는 소리라고나 할까? 북소리를 듣는 순간 그 소리를 들은 모든 사람들은 갑자기 모든 잡념과 불쾌한 감정들이 사라지며 온몸의 세포 하나하나가 깨어나는 듯한 강렬한 생명의 기운을 느낄 수 있었다.

쟌은 자신이 들고 있던 목동의 북이 저절로 울린 후 트롤과 싸우면서 쌓였던 피로가 말끔하게 가시며 기운이 충만해지는 것을 깨달을 수 있었다. 하지만 무슨 이유로 조금 전에는 꿈쩍도 하지 않았던 목동의 북이 지금에서야 울린 것인지 영문을 알 수 없었다.

멍하니 쟌이 들고 있던 북을 바라보고 있던 관중들 가운데 누군가가 입을 열었다.

"지난 250년 동안 한 번도 저절로 울지 않았던 북이 스스로 울었다!"

"드디어 목동의 북이 울었다!"

"북이 저절로 울렸다!"

"와~"

조금 전의 쟌이 트롤들을 물리쳤을 때의 함성과는 비교도 할 수 없을 정도로 우렁찬 함성이 터져 나왔다. 그야말로 영혼의 전율이 저절로 느껴지는 함성이었다.

"진정한 테레비닌이 탄생했다!"

"250년 만에 드디어 진정한 테레비닌이……!"

"와~"

사람들은 목동의 북이 울었다는 사실 때문에 그렇게 기다리던 테레비닌이 탄생했다는 것을 뒤늦게야 깨달을 수 있었다.

한 번 울린 목동의 북은 다시 울리지 않았지만 사람들은 북이 울렸다는 사실을 조금도 의심치 않았다. 그도 그럴 것이 사람이 북을 쳐서 울렸을 때와 저절로 울렸을 때 가장 큰 차이는 발현되는 신성력이었다.

사람이 직접 북을 쳤을 때에도 신성력이 발현되기는 하지만 저절로 울렸을 때와는 그 양이 비교도 할 수 없다. 사람이 북을 쳤을 때는 북소리가 미치는 범위가 겨우 100여 미터어 불과하지만 저절로 울렸을 때는 몇 킬로미터 밖까지 신성력이 발현되는 것이다.

열렬히 환호성을 지르던 사람들은 곧 축제 준비를 했고, 그렇게 시작된 축제는 며칠 동안 계속되었다.

챤이 정식으로 테레비닌으로 인정받던 날 저녁.

챤과 셸은 목동의 북을 테이블 위에 놓은 채 북을 살피고 있었다.

가죽의 재질로 보건대 아마도 산양의 가죽으로 만든 듯 보였다. 무두질이 잘된 듯 부드러운 가죽에는 음각으로 여러 동물의 문양이 새겨져 있었다. 게다가 몸체를 이루고 있는 나무는 색이 원래 그런 것인지, 아니면 물을 들인 것인지 붉은색을 띠고 있었다. 몸체에 묶여 있는 북채 역시 같은 재질의 나무로 만들었는지 붉었는데 머리 부분은 몇 겹의 가죽을 겹쳐 만들어져 있었다.

"마법의 기운이 느껴져?"

챤의 질문에 셸은 조금 기운이 빠진 듯한 표정으로 고개를 저었다.

"모르겠어요. 신성력이 너무 강해 다른 기운은 느껴지지가 않아요. 아무래도 마법진을 설치해야만 할 것 같아요."

말을 마친 셸은 곧 바닥에 그리 크지 않은 마법진을 그리고는 중앙의 원에 목동의 북을 내려놓았다. 그리고는 나지막한 음성으로 룬어를 읊기 시작했다.

잠시 후 마법진에서 빛이 나기 시작하더니 그 빛은 모조리 북으로 빨려 들어갔다. 숨을 죽이고 그 광경을 지켜보던 쟌은 손바닥만한 종이 하나가 북의 표면에서 솟아나는 것을 발견할 수 있었다.

복잡한 문자와 숫자 등이 적혀 있는 종이가 드러나자 빛을 곧 사라졌고, 조금 실망한 표정을 짓던 셀의 얼굴에 환한 웃음이 돌아왔다.

"역시 있었군요. 저는 신성력이 너무 강해 이곳에는 없을 것이란 생각에 실망을 하고 있었는데……."

"왜? 신성력이 강하면 마법을 쓸 수 없어?"

"마법을 쓸 수 없는 것은 아니지만 서로 반발하는 힘 때문에 균형을 잡기 힘들어요. 쉽게 말하자면 부상을 입은 프리스트들에게 마법사의 치료 마법은 전혀 소용이 없어요. 마법사의 부상 역시 프리스트가 가진 신성력으로는 치료가 불가능하고요."

"그래? 그건 전혀 몰랐네. 난 프리스트의 신성력이든 마법사의 치료 마법이든 무조건 모든 사람들을 치료할 수 있는 줄 알았거든."

"후후후, 대부분 그렇게 알고 있어요. 대마법사, 그러니까 7클래스 이상 되는 대마법사나 하이 프리스트 정도라면 강제 치유가 가능하겠지만, 그 아래 단계의 마법사나 프리스트들에게는 거의 불가능한 일이에요."

쟌은 그녀가 다시 기운이 차린 것이 더 기분이 좋은 듯 씨익 미소를 지었다.

"이제까지 찾은 지도가 모두 몇 장이지?"

"모두 열두 장이에요."

"그럼 여덟 장만 남은 셈인가?"

쟌의 말에 셸의 얼굴에 다시 그림자가 드리워졌다.

"6년 동안 열두 장을 찾았는데 앞으로 얼마나 더 시간이 걸릴지, 또 모두 찾을 수는 있는 것인지 점점 자신이 없어져요. 게다가 마을은 아직까지 안전한 것인지……."

"걱정하지 마, 셸. 마을은 안전할 거야. 그리고 제로가 남긴 지도는 전부 찾을 수 있을 거야. 나도 도울게."

"고마워요, 쟌."

그윽한 눈으로 쟌을 바라보던 셸은 느닷없이 쟌의 목에 매달려서는 열렬한 키스를 퍼부었다.

"쟌, 저는 당신을 너무나, 정말 너무나 사랑해요."

"나도 사랑해, 셸."

쟌과 열렬한 키스를 하던 셸은 조금은 긴장한 얼굴로 입을 열었다.

"쟌, 저를 정말 사랑하시나요?"

"내가 한 말을 셸은 의심하는 거야?"

"쟌의 의심하는 것이 아니라 확실한 쟌의 마음을 알고 싶기 때문이에요."

긴장한 표정이 역력한 셸의 태도가 왠지 어색해 보이긴 했지만 쟌은 이번 기회를 통해 확실한 자신의 마음을 밝혀야겠다고 생각했다.

"다시 한 번 분명하게 말하지. 난 진심으로 셸레니온느 쥬벨을 사랑해, 내 목숨만큼이나, 아니, 내 목숨보다 더."

쟌이 조금은 굳은 표정으로 대답하자 셸의 얼굴에는 어쩔 수 없는 행복감이 떠올랐다. 하지만 그녀의 얼굴은 무슨 이유에서인지 곧 붉어졌다.

"쟌, 할 말이… 할 말이 있어요."

"말해 봐."

"저어~ 그러니까……."

계속 머뭇거리던 셀은 묵묵히 자신을 바라보는 눈길에 한동안 망설이다가 결국 입을 열었다.

"저는… 쟌에게 많은… 도움을 받았고, 쟌과 저는… 서로 사랑하는 사이이고…… 보답하기 위해서 이러는 건 절대 아니고요, 이제부터는 쟌과 모든 것을 함께하고 싶어요."

셀의 말에 어리둥절한 표정을 감추지 못하던 쟌은 그저 눈만 끔뻑거릴 뿐이었다.

"그, 그게 무슨 말이야, 셀?"

"오늘 절…… 쟌의 여자로 만들어주세요."

결심한 듯 단호하게 말하는 셀의 모습에 쟌은 당황스러움을 감추지 못했다.

사실 쟌도 20대 초반의 피 끓는 젊은이 아닌가.

얼마 전부터 셀과 살을 맞대고 잘 때마다 끓어오르는 욕망을 억누르느라 얼마나 고생을 했는지 모른다. 비록 셀에게 말하지는 않았지만 야영을 할 때마다 쟌은 거의 뜬눈으로 밤을 지새우다시피 했다.

다행히도 며칠 전 과거의 기억을 일부 되찾으면서 심공의 구결을 기억해 내 끓어오르는 욕념을 억지로 잠재울 수 있었다. 그렇다고 셀에게 그런 자신의 속마음을 밝힐 수도 없었다. 이유는 그녀에게 경멸을 받을까 두려웠기 때문이다. 그런데 그녀가 오히려 자신에게 함께하기를 원하다니…….

쟌은 자신의 속마음을 그녀가 눈치 챈 것은 아닌가 하는 생각이 들어 당황하지 않을 수 없었다.

"셀, 진심이야?"

"예?"

굳은 듯한 쟌의 질문에 셀은 영둔을 몰라 그의 얼굴을 바라보았다.

"얼마 전 내가 잃어버렸던 과거의 일부를 찾았다는 이야기를 한 적이 있지?"

"예."

"그때 알게 된 사실인데 사실 난 이 세계 사람이 아니야."

"예? 그게 무슨 말이죠?"

"난 이곳과는 다른 세계, 그러니까 대한제국 사람이야."

"대한… 제국? 다른 세계라니? 좀 더 자세히 이야기해 주세요. 전 지금 쟌이 무슨 소리를 하는지 전혀 이해할 수 없어요."

안색까지 변한 셀의 모습에 쟌은 자신이 괜히 말을 꺼낸 것은 아닐까 하는 생각이 잠시 들었지만 언제까지 그녀에게 비밀로 할 생각은 없었기에 곧 자신이 기억하고 있는 과거를 그녀에게 이야기하기 시작했다.

한동안 계속된 쟌의 과거 이야기를 듣고 있던 셀은 자신의 과거에 비해 훨씬 비통한 그의 과거에 저절로 눈물이 흘러내렸다. 그렇기에 쟌이 거지로 떠돌던 시절 스승 반허와 만났다는 말을 들었을 때는 자신의 일처럼 기뻐했다.

그가 마침내 하산하게 되었다는 말을 들었을 때 셀은 그제야 긴 잠에서 깨어난 듯 겨우 정신을 차릴 수 있었다.

"그럼 하산한 이후의 기억을 아직 찾지 못한 것인가요?"

"그래. 하지만 지금 상태라면 멀지 않은 시기에 잃어버렸던 기억을 모두 되찾을 수 있을 것 같아. 만약 기억을 되찾게 되면 나는 내가 살던 세계로 돌아가야만 해. 그리고 이곳이 나에게 낯선 곳이듯 내가 살았던 그곳이 셀에게는 아마 낯선 곳이라 느껴질 거야."

셀을 바라보는 쟌의 태도는 상대의 사소한 반응에도 전전긍긍하는 소심한 사내의 모습, 바로 그것이었다.

"비록 셀을 사랑하는 것은 사실이지만 셀에게 지금까지와 전혀 다른 생활을 강요할 수는 없잖아. 그래서 셀에게 그 사실을 이야기해야 될지 아니면 비밀로 해야 될지 무척이나 망설였어. 이런 내 사정을 알고도 나와 함께 있고 싶어?"

긴장한 듯 굳은 얼굴로 자신을 바라보는 쟌의 모습에 셀은 부드러운 미소를 지었다.

"전 쟌을 사랑해요. 그리고 사랑하니까 쟌과 함께 있고 싶은 것뿐이에요. 그곳이 이곳이든 아니면 다른 곳이든 저에게는 다를 것이 없어요. 그저 쟌과 함께라면 어디든 상관없어요. 쟌, 대답이 되었나요?"

"셀, 정말 사랑해. 내 생명보다 더 당신을 사랑해."

셀의 대답에 쟌은 그녀를 와락 끌어안았다. 그리고는 그녀를 소중하게 안아 들고는 침실로 향했다.

다음날 쟌이 눈을 떴을 때 셀은 이미 일어나 쟌이 일어나기만을 기다리고 있었다. 그런 그녀의 얼굴에는 행복한 미소가 어려 있었다.

"잘 잤어요, 쟌."

“응. 셸은?”

“저도 잘 잤어요.”

어슴푸레하게 밝아오는 창밖의 모습에 쟌은 몸을 일으키면서 말을 건넸다.

“아직 날이 밝지 않은 것 같은데 좀 더 자지 그랬어?”

“왠지 오늘은 일찍 눈이 떠졌어요. 피곤하지도 않고요. 쟌은 어때요?”

왠지 그 말을 하는 셸의 얼굴은 은은히 붉어져 있었다. 그렇기는 쟌도 마찬가지였다.

“괜찮아. 나도 상쾌하기만 한걸?”

이불 밖으로 드러난 쟌의 상체는 까무잡잡하고 탄탄한 근육질로 덮여 있어 보기에 건장하다는 느낌을 주었다.

“어서 일어나세요. 어제부터 시작된 축제가 아직도 계속되는 모양이에요. 저도 축제에는 별로 참가해 본 적이 없어 구경하고 싶어요.”

“알았어.”

침대에서 일어난 쟌이 막 옷을 입으려고 하는 순간 셸이 제지했다.

“잠깐만 기다려 봐요, 쟌. 운디너.”

셸의 소환에 쟌 앞에 소녀의 모습을 한 푸른색의 물방울이 모습을 드러냈다.

“운디네, 네 앞에 있는 사람의 몸을 깨끗하게 해줄래?”

가는 물줄기로 변한 운디네는 눈부시게 빠른 속도로 쟌의 몸을 씻기기 시작했다. 불과 눈을 몇 번 깜빡거릴 사이에 쟌의 몸을 씻긴 운디네는 곧 정령계로 돌아갔다.

눈 깜짝할 사이에 목욕을 마친 쟌은 신기한 생각이 들긴 했지만 셀에게 알몸을 보였다는 생각에 재빨리 옷을 입었다.

준비를 마친 쟌은 곧 셀에게 팔을 내밀었다.

"레이디, 그럼 가실까요?"

"아침 식사라도……."

"축제가 밤새 계속되었다면 지금까지 문을 연 식당도 있을 거야. 식사는 그곳에서 하는 것이 어때?"

"그렇게 해요."

셀의 대답에 쟌은 다시 한 번 팔을 내밀었고, 셀은 부끄러운 듯 얼굴을 붉히며 쟌의 팔에 자신의 팔을 둘렀다.

집을 빠져나온 두 사람은 오래간만에 여유로운 시간을 즐겼다. 킬라우림이 시작되기 전까지 한 달도 채 남지 않았지만 장미성까지는 전력으로 말을 몬다면 3일이면 충분히 도착할 수 있는 거리였다.

부담없이 즐기기로 마음먹은 탓인지 아니면 두 사람이 하나가 된 후 맞는 첫날이기 때문인지 보이는 모든 것이 재미있고, 신기하고, 또 흥미로웠다.

"자~ 활 쏘기에 자신이 있는 분들은 누구든 도전하십시오! 과녁으로 삼은 타깃을 맞히시는 분께 금으로 세공된 목걸이를 드립니다! 1코렌을 투자하시면 150코렌짜리 목걸이의 주인공이 되실 수 있습니다. 사랑하는 연인을 위해 도전하십시오."

"이런 강도를 봤나? 이따위 활로 어떻게 저걸 맞힌단 말이야."

"그러게 말이야. 어저께도 보니까 한 사람도 못 맞히더구먼. 최소한 비슷하게라도 날아가야 맞히든지 말든지 하지."

장사꾼의 말에 모여 있던 사람들은 일제히 불만을 토해냈다. 특히 돈을 내고 활을 쏘았던 사람들의 불만은 거의 살기에 가까울 정도였다.

근처를 지나던 쟌이 슬쩍 장사꾼이 준비한 활을 보니 쇼트 보우보다 훨씬 짧은 컴포짓 보우였는데, 얼핏 보아도 그 탄력이 보통이 넘을 것 같았다. 그런 활에 화살이라고 준비한 것들이 하나같이 모두 삐뚤빼뚤 해서 정확히 날아간다는 것이 의문일 정도였다.

그것뿐이 아니었다. 장사꾼이 마련한 과녁이라는 것이 지팡이 위에 꽂아놓은 겨우 갓난아이 주먹만한 과일이었는데, 자그마치 거리가 20미터는 족히 떨어져 있는 곳에 마련되어 있었다.

잠시 활과 과녁과의 거리를 눈대중해 보던 쟌은 곧 셀에게 활 쏘기를 권했다.

"셀, 한번 쏴보겠어?"

"제가요? 저런 활로는 자신없는데요?"

"후후후, 꼭 맞혀야만 하나? 재미로 그냥 쏴보면 되잖아."

쟌의 권유에 잠시 망설이던 셀은 곧 고개를 끄덕였다.

불만을 토로하던 사람들 틈을 비집고 들어간 쟌은 곧 장사꾼에게 질문했다.

"1코렌에 몇 발의 화살을 쏘는 거요?"

"어서 오십시오, 손님. 1코렌에 두 발씩 쏘시면 됩니다."

"만약 활줄이 끊어지게 되면 어떻게 되오?"

손님이란 생각에 황급히 고개를 숙였던 장사꾼은 말을 건넨 청년을 어디선가 많이 본 적이 있다는 생각에 잠시 고개를 갸우뚱거렸다.

"테레비닌이다!"

"와~ 테레비닌이 활 쏘기에 도전을 한다!"

모여 있던 사람들은 쟌의 정체를 곧 깨닫고는 열렬하게 환호성을 터뜨렸다. 그제야 쟌이 누군지 깨달은 장사꾼은 뜻 모를 미소를 지으며 대답했다.

'흐흐흐, 테레비닌이라고 잘난 척을 하려는 모양인데, 어디 개망신 한번 당해봐라. 지금까지 그 활로 저걸 맞힌 사람은 내가 사업을 개시한 10년 동안 단 한 명도 없었다.'

"활줄이 끊어지면 당연히 활을 바꿔서 쏘시면 됩니다."

"그럼 마지막으로 묻겠소. 두 발 모두 저 타깃을 맞추면 목걸이를 두 개를 주는 것이오?"

쟌의 질문에 장사꾼은 어이가 없었지만 그건 어디까지나 속으로 한 생각이었고, 적어도 겉으로는 접대용 미소를 지은 채 대답했다.

"두 발 모두 목표물을 맞히신다면 당연히 목걸이도 두 개를 드려야지요."

"알았소. 여기 2코렌이 있소."

"혼자 네 발을 쏘실 겁니까?"

"아니오. 두 발은 내게, 또 나머지 두 발은 여기 내 아내에게 주시오."

"부인이십니까? 정말 대단한 미녀시군요."

쟌의 대답에 장사꾼은 입에 침이 마르게 셀의 미모를 칭찬했지만 주위에 있는 사람들의 반응은 시큰둥했다. 그들이라고 아름다움과 추함의 구분이 다른 사람들과 다른 것은 아니지만 테레비닌 족이 추구하는 여인의 아름다움은 건강함이었다.

대륙의 북방, 그것도 산악과 평야 지방에 주로 사는 테레비닌 족으로서는 건강이야말로 최대의 재산이 아닐 수 없었다. 거기에 많은 자녀까지 출산할 수 있다면 그녀야말로 테레비닌 족 최고의 아름다움을 가진 여인이었다.

사로(射路) 앞에 선 셀은 테이블에 마련되어 있는 활을 들고는 화살을 먹였다. 그리고는 힘껏 활시위를 잡아당겼다. 하지만 활줄은 꼼짝도 하지 않았다.

활의 탄력이 강해도 너무나 강해 활시위가 조금도 당겨지지 않는 것이었다.

"쟌, 활의 탄력이 너무 강해 활시위가 당겨지지 않아요."

셀의 말에 쟌은 조용히 귓속말로 셀에게 이야기했다.

"셀, 셀에게는 실레스틴이 있잖아. 그들의 도움을 받으면 활줄은 당길 수 있을 거야. 나머지는 셀이 잘 겨냥을 해봐."

쟌의 말에 셀은 자신이 왜 진작 그 생각을 하지 못했을까 하는 생각이 들었다.

사람들 눈에 보이지 않게 조용히 실라이온 둘을 소환한 셀은 그들에게 부탁해 활줄을 당길 수 있었다. 신중하게 겨냥한 후 화살을 놓았다.

쐐애액~

엄청난 파공성을 내며 날아간 화살은 아슬아슬하게 과일 곁을 스치고 지나갔다. 그 광경을 지켜보던 사람들은 안타까움에 자신들도 모르게 탄성을 질렀다.

"아~ 아깝다. 조금만 옆으로 날아갔으면 명중했을 텐데 말이야. 정말 아까워."

"그러게 말이야. 지금까지 활을 쏜 사람 중 과녁에 제일 가까이 갔는데 말이야."

"그것보다 저 여자 말이야 곱상하게 생긴 외모와는 달리 힘이 엄청나잖아."

사람들의 말을 들으면서 셀은 두 번째 화살을 활시위에 걸었고, 그 모습을 지켜보던 쟌 역시 화살을 활시위에 걸어 한껏 잡아당겼다. 금방이라도 부러질 듯 활이 구부러졌고 한동안 과녁을 노려보던 쟌은 신중하게 활시위를 놓았다.

쐐애액~

쐐액~

두 발의 화살은 눈부신 속도로 과녁을 향해 날아갔고, 놀라운 속도로 날아간 쟌의 화살은 과일을 통과했고, 뒤이어 날아온 셀의 화살이 정확히 과일에 적중했다.

"와~"

"정말 대단한 활 솜씨야!"

"드디어 금 목걸이의 주인공이 탄생했다!"

사람들의 환호성에 셀은 쑥스러운 듯 얼굴을 붉혔다.

장사꾼의 얼굴은 그야말로 똥색이 되지 않을 수 없었다. 설마 저따위 싸구려 활로 과일을 맞히는 사람이 정말 나올 줄은 상상도 못했다. 하지만 그런 그의 고심은 이제 시작에 불과했다. 가만히 있던 쟌이 입을 열었다.

"누가 가서 과녁 좀 확인해 주겠소?"

곁에서 구경을 하던 사람들 가운데 청년 한 명이 뛰어가는 모습을 확인한 쟌이 장사꾼에게 입을 열었다.

"말을 들어보니 축제가 시작된 후 아무도 과녁을 맞힌 사람이 없다고 들었소. 확실하오?"

"그건 그렇습니다만……."

"그럼 과녁은 조금 전 내 아내가 맞힌 화살 말고는 아무런 자국이나 흔적도 없어야 하겠구려."

"그, 그렇습니다."

장사꾼은 대답을 하면서도 왠지 불안한 마음을 금할 수 없었다. 그런 상대의 걱정을 마치 조롱이라도 하듯 쟌이 담담한 음성으로 말문을 열었다.

"조금 전 화살을 쏘았을 때 어쩐지 내 화살이 과녁을 관통하고 지나간 것처럼 보여서 귀하에게 확인을 한 것이오."

솔직히 장사꾼은 쟌의 화살이 날아가는 것을 보지도 못했다. 셀의 첫 번째 화살이 워낙 과녁 가까운 곳으로 날아간 탓도 있었지만 쟌이 날아가는 화살은 너무나 빨라 확인도 하지 못했다.

잠시 후 과녁을 확인하기 위해 달려갔던 청년이 흥분한 모습으로 마구 소리치며 달려왔다.

"화살은 하나뿐이지만 구멍이 또 하나 있소!"

청년의 고함 소리에 반신반의하는 표정으로 쟌을 바라보던 사람들은 조금 전 쟌이 한 말이 사실임을 깨닫고는 환호성을 질렀다.

"정말 대단한 활 솜씨야! 화살이 보이지도 않을 정도로 활을 쏘다니 말이야."

"싸움 솜씨만 훌륭한 줄 알았더니 활 솜씨도 그에 못지않게 뛰어나
군."

다시 새로운 과녁이 설치되고 쟌이 든 활은 다시 만월처럼 구부러졌
다. 바늘 하나가 떨어져도 들릴 만큼 주위가 조용해진 후 드디어 활시
위가 놓여졌다.

핑! 쐐애액~

날카로운 파공성과 함께 화살은 날아갔지만 화살이 날아가는 모습
을 직접 본 사람은 극히 드물었다. 하지만 쟌의 입가에 흡족해하는
미소가 걸려 있는 것을 발견한 장사꾼은 갑자기 불안한 생각이 들었
다.

불안한 생각을 더 이상 견디지 못한 장사꾼은 과녁을 향해 달려갔고,
남아 있던 관중들은 과연 결과가 어떻게 나올 것인지 궁금해했다. 하
지만 그런 관중들의 궁금증은 곧 풀렸다.

과녁을 확인하고 돌아오는 장사꾼의 어깨가 축 늘어져 있었기 때문
이다.

장사꾼에게서 세 개의 금 목걸이를 받은 쟌은 나머지 두 개를 근처
에 있던 두 연인에게 선물하고 나머지 하나는 직접 셀의 목에 걸어주
었다.

셀은 부끄러운 듯 얼굴만 붉히고 있었고, 주위에 모였던 구경꾼들은
쟌의 놀라운 활 솜씨에 그때까지도 경탄을 금치 못하고 있었다.

팔짱을 긴 두 사람은 다시 다른 구경거리를 찾아 걸음을 옮겼고, 할
일이 없던 사람들은 쟌과 셀 두 사람에게서 조금 거리를 두고 따라가

기 시작했다.

그렇게 두 사람은 수많은 사람들을 끌고 마라만 부족의 곳곳을 돌아
다녔다.

36 장

고심

"지금쯤이면 성으로 복귀할 시간이 지났는데 어째서 아직까지 오지 않는 것이지? 혹시 그에게 무슨 일이라도 생긴 것일까? 정말 답답하군."

마음이 진정되지 않은 듯 잔뜩 인상을 쓰며 한 사람이 서재 안을 정신없이 왔다 갔다 반복하자 그를 주시하고 있던 다른 사내들은 머리가 어지러운 것을 느껴야 했고, 결국 사내들 가운데 한 명이 더 이상 참지 못하고 버럭 소리를 질렀다.

"형은 어지럽지도 않아? 난 어지러워 죽겠으니까 제발 자리에 좀 앉아 있어!"

루이스의 고함 소리에 정신을 차린 헤르난은 그제야 자신을 바라보는 사람들이 불안한 모습을 하고 있다는 것을 깨달았다. 헤르난이 자리에 앉자마자 루이스는 툴툴거리며 입을 열었다.

"내가 보기엔 할 줄 아는 거라고는 싸가지없는 행동밖에 없는 놈 같던데 그 딴 놈이 성에 조금 늦게 복귀하는 걸 왜 그렇게 조바심을 내면서 기다리는 거야?"

"루이스, 가만히 좀 있어봐라. 형님도 이유가 있으니 그를 기다리시는 것 아니겠느냐?"

"유리 형도 그 자식을 직접 한번 만나봐. 다시는 만나기 싫은 놈이 세상에 존재한다는 것을 깨닫게 될 테니까 말이야. 특히 그 쭉 째진 눈을 보면 인간이 얼마나 재수없게 생길 수 있는지 새삼 깨달을 수 있을 거야."

"루이스 형, 그렇게 심하게 말할 필요는 없잖아. 그냥 개성있는 얼굴이라고 표현하면 될 걸 재수없다느니 뭐니 그럴 필요까지 있어?"

"필립, 너 요새 많이 건방져졌다. 내가 하는 말에 말대꾸를 하다니."

루이스의 말에 필립은 잠시 찔끔하는 듯했지만 그래도 할 말은 모두 했다.

"나도 이제 한 달만 더 있으면 열일곱 살이 돼. 다시 말하자면 성인이 된단 말이야. 하고 싶은 말 정도는 할 수 있잖아."

의외로 필립이 또박또박 자신의 생각을 피력하자 그의 형제들은 일제히 눈을 동그랗게 뜬 채 그를 바라봤다. 소심한 성격인 필립은 누구에게든 자신의 생각을 똑바로 이야기한 적이 없었다. 그런데 오늘 새로운 모습을 보인 것이니 형제들이 놀라는 것도 당연한 일이었다.

잠시 어색한 분위기가 서재 안을 감돌 때 곱슬곱슬한 금발 머리를 가진 여섯 번째 왕자 유리가 입을 열었다.

　“나도 헤르난 형이 반했다는 그 쟌이란 사내가 솔직히 너무 궁금해. 남에게 들어도 수치스러운 도그 슬레이어라는 별명을 스스로 붙인 것도 특이하지만, 그의 연인인 티오네스의 미소라는 여인도 대체 얼마나 아름다운 여인이기에 형이 한눈에 반했다는 것인지 만나보고 싶어.”

　“그건 나도 마찬가지야, 형. 유리 형이 말한 대로 대체 어떤 사람이기에 형이 그렇게까지 마음을 준 것인지 어디 얼굴이나 한번 보고 싶어.”

　“부케인 형까지 왜 그런 놈을 만나고 싶어하는 거지? 그 자식 정말 재수없는 놈이라니까 그러네. 왜, 내가 한 말 못 믿겠어?”

　조금은 붉은 기운이 도는 금발 머리를 어깨까지 늘어뜨리고 있던 열두 번째 왕자 부케인의 말에 루이스는 이해를 못하겠다는 듯 반문했다.

　“루이스, 너도 한번 생각해 봐라. 헤르난 형이 누구냐? 트레슈나 제국의 모든 사람들이 그 속을 짐작할 수 없다고 해서 다크 로즈라 불리는 사람이 아니냐? 그런 사람의 마음을 온통 빼앗아간 사람이 있는데 넌 궁금하지도 않단 말이냐? 게다가 여자도 아닌 남자인데 말이다. 게다가 네 말처럼 단순히 강한 사내이기 때문이라면 그보다 강한 불의 용병왕 크리스토퍼에게는 왜 마음을 빼앗기지 않았단 말이냐? 결국 그 사람에게는 형의 마음을 빼앗아갈 만한 매력이 있다는 말이지 않느냐? 나는 그게 뭔지 궁금하단 말이다.”

　부케인의 차분한 말에 곁에서 듣고 있던 유리나 필립은 고개를 끄덕였다. 하지만 루이스는 자신의 비방에도 쟌에 대한 관심을 끊지 않는 형제들에게 삐쳤는지 입술이 한 발은 빠져나와 있었다.

　“전하, 신 조세프이옵니다.”

그때 조금은 다급한 음성이 들려 왔다.

"들어오세요, 할아버지."

잠시 후 들어온 마리아노는 헤르난과 다른 왕자들을 향해 고개를 숙였다.

"헤르난 전하와 여러 전하들을 뵙습니다."

인사를 하는 마리아노의 얼굴은 은은하게 상기되어 있었다.

"무슨 일인데……."

"돌아왔습니다."

"예?"

단도직입적인 마리아노의 대답에 헤르난은 순간적으로 어리둥절함을 느끼지 않을 수 없었다. 의아해하는 헤르난의 모습을 보고서야 자신이 너무 성급했다는 것을 깨달은 마리아노는 곧 다시 보고했다.

"외유를 나갔던 쟌 가이야와 레이디 셀레니온느 쥬벨 양이 돌아왔답니다. 해서 곧장 이곳으로 오도록 부하들에게 지시를 내리고 오는 길입니다."

그제야 얼굴을 활짝 편 헤르난은 고개를 끄덕였다.

"잘하셨습니다, 할아버지. 그래, 별탈은 없었답니까?"

"그게…… 저도 부하에게 보고받고 곧장 이곳으로 온지라 자세한 것은 모르겠습니다."

마리아노의 대답에 근처에서 듣고 있던 유리나 부케인은 어이가 없어 쓴웃음만 짓고 있었다.

대체 이들이 이렇게 반가워하는 쟌이란 사내가 대체 어떤 사내인지 시간이 갈수록 점점 더 궁금해졌다. 하나 곧 이곳으로 온다고 했으니 잠시 후면 만날 수 있다는 생각에 일단은 궁금증을 참았다. 하지만 아무리 기다려도 쟌과 셀은 나타날 생각을 하지 않았다.

"이게 뭐야? 그 빌어먹을 자식은 왜 안 나타나는 거야? 조세프 후작, 그 자식한테 말하긴 한 거요?"

"쟌과 레이디 쥬벨이 성문을 통과했다는 보고를 받고 두 사람에게 곧바로 이곳으로 오라고 통보하도록 부하들에게 분명히 지시를 내렸습니다. 왜 아직까지 모습을 드러내지 않는 것인지 저도 영문을 모르겠습니다, 루이스 전하."

마리아노의 표정에도 의구심이 어려 있는 것이 그도 영문을 모르는 것이 분명했다. 그때였다.

"조세프 후작 각하께 드릴 말씀이 있습니다."

문밖에서 들려온 음성을 들어보니 흑장미 기사단의 기사단장인 칼 스팍스였다.

"스팍스 단장인가?"

"그렇습니다, 후작 각하."

"무슨 일인가?"

"그게… 조금 전 쟌과 레이디 쥬벨이 성의 지하로 향했다고 합니다."

"성의 지하로?"

칼의 보고에 나직하게 반문하던 헤르난은 잠시 고개를 갸웃거리다가 곧 고개를 끄덕였다.

"내 지시를 전달하지 않았단 말인가?"

"아닙니다, 각하. 토스카 부단장이 분명히 전달했습니다. 그런데 불

경하게도 그자는 들은 척도 하지 않고 자신의 눈으로 직접 확인할 것
이 있다며 성의 지하로 향했다고 합니다."

"분명히 우리가 기다리고 있다는 말을 했는데도 그랬단 말이오?"

"토스카 부단장이 분명히 전하들께서 기다리고 계시다는 말을 했다
고 했습니다."

"형들도 들었지! 그 자식이 그렇게 싸가지가 없는 놈이라니까! 그런
데도 무조건 그 자식을 욕하지 말라니! 형들은 그놈을 몰라도 너무 모
른다니까!"

"헤르난 형, 그 쟌이란 사내 말이야, 내가 형에게 들은 것을 종합해
보면 단지 우리를 무시하기 위해서 성의 지하로 향한 것은 아닌 것 같
은데 한번 가보지 않겠어?"

유리의 말에 루이스가 눈을 부릅떴다.

"지금 무슨 소리를 하는 거야? 왕자인 우리가 왜 평민에 불과한 그
자식을 만나러 가야 되는데? 그 자식이 우리를 만나러 와도 만나줄까
말까 생각해도 시원찮을 일인데 뭐가 아쉬워서 우리가 그 자식을 만나
러 간다는 거야?"

"조용히 해봐라, 루이스."

루이스를 진정시킨 헤르난은 곰곰이 뭔가를 생각하더니 자리에서
일어났다. 그리고는 자신을 바라보는 동생들을 향해 입을 열었다.

"난 쟌에게 가보아야겠다. 나와 함께 가겠느냐?"

"난 가겠어."

"나도. 대체 얼마나 대단한 사내이기에 왕자인 우리들이 직접 만나
러 가야 하는지 궁금하거든."

비록 말은 그렇게 했지만 부케인은 그리 불쾌하게 생각하지 않는 것 같았다.

"형님, 저도 갈게요."

필립마저 자리에서 일어나자 혼자 남은 루이스는 어쩔 수 없이 자리에서 일어나야만 했다. 하지만 여전히 투덜거렸다.

"쳇! 내가 일어난 건 그 자식이 궁금해서가 아니라 형들이 간다니까 어쩔 수 없이 가는 거야."

루이스마저 자리에서 일어나자 헤르난은 지체없이 성의 지하를 향해 걸음을 옮겼다.

성의 지하는 크게 두 부분으로 나뉘어져 있었다.

약 삼 분의 일 정도는 작은 창고들이 있어 귀중품이나 잡동사니, 식량, 각종 도구와 집기들이 쌓여 있었고, 나머지 삼 분의 이는 각종 무기와 무구들이 진열되어 있었다.

엄선한 용병들의 비밀 훈련 장소가 필요했던 쟌은 헤르난에게 비밀 훈련 장소 제공을 요구했고, 생각 끝에 헤르난은 이곳을 쟌에게 사용하도록 해준 것이었다. 그리고 쟌은 셀의 도움을 받아 이곳에 거대한 마법진을 설치해 철저히 외부와 단절시켰다.

마법진에 갇혀 있던 용병들은 올리비에를 협박하거나 사로잡아 마법진을 벗어나는 방법을 알아내려고 했지만 번번이 실패했다. 게다가 재수없게 올리비에에게 얻어터지면 몇 일 동안 꼼짝도 할 수 없게 되기도 했다.

올리비에도 물론 항상 조심은 하고 있지만 어떻게든 자신을 사로잡으려는 용병들이 너무 많아 모든 행동이 조심스럽기만 했다. 물론 자신이 압도적으로 강하다면 모든 문제가 해결되겠지만 아직까지 자신에게는 요원하기만 한 일이었다.

쟌이 가르쳐 준 산보의 기본형을 떠올리며 올리비에가 막 스콜피온 테일과 모닝스타를 휘두르려 했을 때였다. 갑자기 등 뒤에서 서늘한 기운이 느껴졌다.

이런 기분을 뭐라고 할까?

등 뒤에서 사나운 맹수가 자신을 노려보며 입맛을 다시고 있을 때나 느끼는 스산한 살기였다. 획 하고 고개를 돌려보았지만 보이는 것은 빈 공간뿐이었다. 조금 떨어진 곳에서 훈련을 하고 있던 다른 용병들이 이상한 눈으로 자신을 쳐다보았지만 자신을 위협했던 그 기운은 어디에서도 찾을 수 없었다.

고개를 돌리자 다시 서늘한 기운이 등을 타고 흘렀다. 이번에는 더욱 서늘한, 아니, 소름이 오싹 돋을 만큼 싸늘한 기운이 자신을 감싸는 것이 느껴졌다.

자신도 모르게 침을 한 번 삼킨 올리비에는 태어나서 가장 빠른 동작으로 돌아서서 주위를 훑어보았다. 하지만 이번에도 그의 눈에 들어오는 것은 아무것도 없었다. 정말 생각하면 할수록 소름 끼치는 일이 아닐 수 없었다.

자신의 이목을 이렇게 감쪽같이 속일 정도라면 다시 말해 자신은 지금 자신을 노리고 있는 자의 적수가 되지 못한단 말이지 않은가? 게다가 이곳은 마법진 안이었다.

올리비에는 다시 고개를 돌리는 척하다가 번개처럼 돌아서 스콜피온 테일을 휘둘렀다.

"휘익!

챙!

날카로운 소리를 내며 스콜피온 테일이 전면을 향해 날아갔지만, 갑자기 뭔가에 부딪친 듯 허공으로 퉁겨 올라갔다.

"멍청한 놈, 이제야 깨닫다니…… 넌 벌써 두 번 죽었어. 그동안 실력이 조금은 늘었을 줄 알았더니 더 줄었군."

서늘한 음성이 들린 후 거짓말처럼 쟌의 모습이 드러났다. 마치 마법으로 모습을 감췄던 사람처럼 말이다.

"마스터, 드디어 돌아오셨군요!"

반가워하는 올리비에는 본 척도 하지 않은 채 쟌은 자신이 할 말만 했다.

"모두 집합시켜."

"집합!"

지상 훈련장의 절반 크기 정도의 지하실 곳곳에 흩어져 훈련하고 있던 용병들이 어슬렁거리며 모여들었다. 그 모습을 지켜보는 쟌의 얼굴이 점점 싸늘해져 갔다.

조금 떨어진 마법진 밖에서는 셀과 헤르난, 그리고 다른 왕자들이 그 모습을 보며 고개를 갸웃거렸다. 그렇지 않아도 쟌이 하는 짓이 마음에 들지 않았던 루이스가 그냥 있을 리 만무했다.

"저게 뭐 하는 짓이지?"

"내가 보기에는 용병들 훈련하는 모습이 마음에 들지 않아서 혼을 내주려 하는 것 같은데?"

헤르난의 말을 들은 다른 형제들은 비록 쟌이 엄청 강하다고 듣긴 했지만 아무리 그래도 모여드는 용병들의 수가 많아도 너무 많았다. 언뜻 보아도 200명은 족히 되어 보이는 용병들은 쟌을 향해 맹렬히 적의를 드러내고 있었다.

"용병들이야 원래 스스로 알아서 훈련하는 것 제멋대로 아니야?"

"제멋대로인 것이 문제가 아니라 성의가 없는 것을 문제 삼는 것 같은데?"

"헤르난 전하의 말씀대로입니다. 쟌은 성을 나가 있는 동안에도 이곳에서 훈련하고 있는 용병들에게 신경을 많이 썼었어요. 이들이 훈련을 얼마나 충실하게 했느냐에 따라 전세를 상당히 유리하게 이끌어 나갈 수 있다고 했어요. 그런데 막상 와서 브고는 너무 나태하다고 화를 냈어요."

셀의 설명에 왕자들은 쟌이 자신을 향해 노골적으로 적의를 드러내고 있는 용병들을 어떻게 상대할 것인가 궁금해 쟌의 뒷모습에서 눈을 떼지 못했다. 하지만 아무리 생각해 봐도 혼자 처리하기에는 상대의 숫자가 너무 많았다.

용병들이 무질서하게 늘어서자 쟌의 얼굴에서는 금방이라도 얼음이 뚝뚝 떨어질 것처럼 싸늘한 냉기가 뿜어지고 있었다.

"이봐, 너. 대체 우리를 언제까지 붙잡아둘 건가?"

쟌에게 말을 꺼낸 사내는 검은 얼굴에 왼쪽 눈을 가로지르는 상처가 있었다. 게다가 가는 눈이나 입술을 보면 꽤나 잔인한 성격의 소유자인 듯 보였다.

올리비에는 쟌에게 반말한 사내를 노려보며 눈을 부라렸다.

"너, 지금 감히 마스터께 반말을 했냐?"

"흐흐흐, 올리비에 렌죠. 비겁하게 자고 있는 사람을 납치한 주제에 지금 큰소리를 치는 거냐? 올리비에 렌죠가 언제부터 그렇게 비겁해졌지?"

"닥쳐!"

사내의 말에 올리비에의 얼굴은 손대면 툭 하고 터질 만큼 붉게 달아올랐다.

"올리비에, 조용히 해라."

여전히 나직한 쟌의 말에 올리비에는 비록 화가 나긴 했지만 거역할 수 없어 재빨리 뒤로 물러나 조금 전 자신에게 시비를 걸었던 사내를 노려봤다. 사내는 올리비에가 애송이처럼 보이는 쟌의 말에 말 잘 듣는 어린아이처럼 물러서자 의외란 눈으로 쟌을 바라봤다.

이들이 다른 왕자들에 비교해 열세인 헤르난에게 온 이유는 다른 두 왕자의 진영에 비해 월등히 많은 보수가 주어졌기 때문이다. 용병들에게 충성이나 의리가 있을 리 없으니 상황이 불리하면 항복하면 그만이었다. 그런 사정은 헤르난도 알고 있었지만 현재로서는 별다른 방법이 없었다. 그런 탓에 쟌이 용병들을 훈련시키자는 말을 꺼냈을 때 적극적으로 찬성했던 것이다.

쟌은 자신의 말에 책임을 지고 싶었다.

그도 용병들이 얼마나 자유로운 생활을 하는지 잘 알고 있었다. 그럼에도 불구하고 용병들의 자유를 구속한 채 훈련시킨 것은 헤르난 진영의 전력을 높이고자 하는 생각도 있었지만, 그보다 더 중요하게 생각한 것은 용병들의 생존율을 높이려고 했기 때문이었다. 자신의 일도 아닌 왕자들의 싸움에 목숨까지 잃는다면 얼마나 가슴 아픈 일인가? 해서 강제로 훈련을 시킨 것인데 막상 와서 보니 이건 훈련을 하는 것인지 아니면 보건 체조를 하는 것인지 구별이 안 될 정도였다.

"지금 훈련을 안 하고 뭘 하는 것인가?"

"이봐, 애송이. 우리가 왜 이런 곳에서 훈련을 해야 하는 거지?"

조금 전 쟌에게 시비를 걸었던 사내가 다시 입을 열자 주위에 무질서하게 서 있던 용병들이 고개를 끄덕이며 쟌을 노려보았다.

"왜 훈련을 해야 하느냐고? 그거야 죽지 않으려면 눈곱만큼이라도 실력을 늘려야 살아날 확률이 커지니까."

쟌의 말을 듣던 용병들은 어이가 없다는 표정을 지었다. 그것은 마법진 밖에서 그들의 대화를 듣고 있던 왕자들도 마찬가지였다. 특히 루이스가 가만히 있을 리 만무했다.

"겨우 한두 달 사이에 대체 얼마나 실력이 는다는 거지? 정말 쓰잘데기없는 짓만 하는군."

"정말 루이스 전하께서는 그렇게 생각하시나요?"

셀의 반문에 왕자들의 시선은 일제히 그녀에게로 향했다.

그제야 셀의 미모를 발견한 유리나 부케인은 자신들의 예상을 훌쩍 뛰어넘는 셀의 아름다움에 자신도 모르게 입을 쩌억 벌리고 말았다. 빛이 들어오지 않는 곳이라 천장에 마법등 몇 개가 박혀 있었지만 셀의 몸에서도 빛이 나는 듯 너무나 신비스러워 보였다.

"그럼 레이디 주벨은 불과 몇 달 만에 실력이 부쩍 늘 것이라 생각한단 말이오?"

"물론 그렇지야 않겠지요. 하지만 조금이라도 더 훈련해 실력을 늘린다면 앞으로 있을 싸움에서 그만큼 살아남을 확률이 커지는 것은 사실 아닌가요? 게다가 이 싸움은 저들의 싸움도 아니잖아요. 왕자님들께서는 그저 저들을 이용해 앞으로의 싸움에서 유리한 위치에 서기만 원할 뿐이지 저들의 생명에 대해 걱정하고 계시지는 않지 않나요? 쟌이 헤르난 전하께 용병들을 훈련시키자고 한 것에는 용병들의 실력을 늘려 그들의 목숨을 하나라도 더 살리고자 하는 쟌의 고심이 깃들어 있다는 것을 알아주시면 고맙겠어요.”

셸의 말에 왕자들은 꿀 먹은 벙어리처럼 아무런 말도 하지 못한 채 그저 셸의 얼굴만 바라보고 있을 뿐이었다.

그러는 사이 마법진 안의 분위기는 더욱 험악해져 금방이라도 싸움이 벌어질 것 같았다.

“내가 시키는 훈련에 대해 불만인 놈들은 앞으로 나서라.”

쟌의 말에 150여 명의 사내들이 앞으로 나섰다. 그런 사내들의 모습을 바라보던 쟌의 눈에 뒤에 남아서 우물쭈물하는 50명 정도의 사내들이 보였다. 그들은 쟌이 얼마나 강한 인간인지 직접 피부로 느낀 사람들이었다. 괜히 나중에 무슨 보복이나 당하지 않을까 걱정이 돼서 감히 나서지 못하고 있었다.

“올리비에, 너는 저들을 데리고 마법진을 빠져나가라.”

“마스터, 하지만…….”

“어서!”

단호한 쟌의 말에 올리비에는 아무런 말도 못하고 50여 명의 사내들을 데리고 마법진을 빠져나갔다.

“불만있는 놈들을 모두 덤벼라.”

쟌이 말과 함께 목검을 뽑아 들자 용병들은 어이가 없었는지 피식피식 웃음을 흘리고 있었다.

"지금 그 나뭇가지로 우리를 상대하겠다는 거야?"

"계집애처럼 말이 많은 놈이군."

쟌의 말에 사내의 얼굴이 싸늘하게 굳어지더니 늘어뜨리고 있던 롱소드를 치켜들었다.

"네놈이 원했던 것이니 후회해도……."

퍽!

쟌을 노려보던 사내는 미처 말을 끝내기도 전 쟌이 내려친 목검에 머리를 맞고는 피를 뿌리며 통나무 쓰러지듯 그 자리에 쓰러졌다. 쟌은 사내가 쓰러지는 것을 확인할 사이도 없이 용병들 틈으로 뛰어들었다.

마치 양 떼를 유린하는 한 마리 사자처럼 쟌의 목검은 인정사정없이 용병들의 머리와 어깨, 그리고 다리만을 철저히 노렸다. 그때마다 들리는 둔탁한 소리는 정말 듣는 사람으로 하여금 소름이 오싹 끼치게 만들었다.

처음 일방적으로 당하던 용병들은 곧 자신들의 경험을 되살려 쟌을 상대하기 시작했다. 하지만 그들은 곧 자신들이 얼마나 큰 착각을 한 것인지 깨달을 수 있었다.

쟌의 움직임은 도저히 눈이 쫓아갈 수 없을 정도로 빨랐고, 그런 그의 움직임보다 그의 목검은 더욱 빨랐다. 동시에 두세 명이 그 자리에 쓰러지거나 뒤로 날아가는 모습은 도저히 믿을 수 없을 정도였다. 더더욱 자신들의 눈을 의심케 만든 것은 5미터는 족히 떨어진 사내를 향해 손가락을 구부린 채 손바닥을 활짝 펴 쭉 뻗으면 요란한 폭음 소리와 함께 사람이 날아가는 광경이었다.

다리가 부러지고 어깨가 부러져 바닥에 주저앉은 용병들은 그래도 괜찮았다. 문제는 머리가 깨지고 어디를 어떻게 맞은 것인지 고통스러운 표정으로 기절한 용병들이었다. 믿을 수 없게도 자그마치 150여 명의 용병들이 쟌 하나를 상대하지 못한 채 일방적으로 당하고 있었다.

마법진 밖에서 그 모습을 지켜보던 사람들은 놀란 입을 다물지 못하고 있었다. 올리비에도 놀라기는 마찬가지였다.

쟌이 강한 것은 이미 알고 있던 그였지만, 설마 이렇게 소름 끼치게 강할 줄은 상상도 못했다. 나름대로는 이름을 날리고 있는 용병들이 무려 150명인데 마치 오합지졸처럼 해치우고 있지 않은가? 게다가 마법 공격을 연상케 하는 쟌의 격공장은 너무나 놀라 할 말이 없을 지경이었다.

쟌은 산보(散步)로 신형을 나누며 격검(擊劍)으로 용병들을 상대하면서 역시 자신의 생각이 맞다는 생각을 하고 있었다.

역시 이들은 용병으로서의 생활이 길기 때문에 의외에 상황에 대처하는 것은 훌륭했지만 적절한 대응을 하지 못하고 있는 것이 흠이었다. 특히 소수의 적이 침입했을 때는 오히려 동료의 무기나 몸에 가로막혀 제대로 된 공격을 하지 못했다.

그 많던 용병들도 이제는 겨우 30명 정도밖에 남지 않았다.

쟌이 목검을 늘어뜨리고 다가서자 용병들은 움찔하며 뒤로 물러섰다.

“내 이름이 왜 도그 슬레이어인 줄 아나? 너희처럼 꼬리를 내린 개들을 보며 가만히 두고 보지 않기 때문이지."

쟌의 말에 용병들의 얼굴은 치미는 수치와 분노를 견디지 못하고 붉게 물들고, 온몸을 부르르 떨었지만 그저 그뿐이었다. 어느 누구도 쟌의 말에 반박하지 못했다.

"개자식! 네가 뭔데 우릴 개라 부르는 거야!"

치미는 분노를 참지 못한 용병 하나가 바스타드 소드를 휘두르며 달려들었지만 쟌의 격검 한 방에 피를 뿌리겨 뒤로 날아가 바닥에 뒹굴었다.

쟌이 익힌 검술은 모두 두 가지였다.

하나는 조금 전 선보였던 힘을 위주로 한 격검이었고, 또 하나는 걸리는 것을 모조리 베어버리는 속도 위주의 예검(刈劍)이었다. 일전에 피온스를 암살하려고 했던 어쎄신들을 일검에 베어버렸던 것이 바로 예검이었다.

물론 진검이 아닌 목검이기에 격검을 사용한 것이었지만 워낙 속도가 빨라 용병들 가운데 쟌의 목검을 발견하고 막은 사람은 단 한 사람도 없었다. 더구나 테레비닌 족을 찾아가다 기억의 일부를 찾은 후 쟌이 익힌 비격은 더욱 정교해졌다.

이전에 비하면 3할 이상이 강해진 상태였다. 게다가 행공이나 단전호흡을 하고 나면 이전과는 달리 팽팽해지는 단전을 느끼곤 했다. 확실히 스승과 함께 지내던 피아골에서 단전호흡을 할 때보다 이곳에서 단전호흡을 하면 단전에 내공이 쌓인다는 느낌을 더욱 뚜렷하게 느낄 수 있었다. 당연히 파괴력이나 스피드, 지구력도 함께 늘어났다.

치명상을 입지 않도록 힘을 조절하기는 했지만 평상시보단 훨씬 과격하게 용병들을 상대하고 있었다. 결국 최후까지 자신에게 대항하던 사내의 어깨를 부러뜨린 후에야 쟌은 목검을 거두어들였다.

뼛속까지 울리는 듯한 지독한 통증에 바닥에 쓰러진 용병들은 신음을 토하며 괴로워하고 있었다. 하지만 그런 용병들을 바라보는 쟌의 시선은 조금 전과 마찬가지로 싸늘하기만 했다.

공격은커녕 방어조차 제대로 하지 못하는 이들이 과연 이번 싸움에서 얼마나 살아남을 수 있을지 아무도 모른다. 생각하면 할수록 사람의 생명이라는 것이 얼마나 값어치없는 것인지… 그저 이들이 불쌍할 뿐이었다. 하지만 그것은 어디까지 속마음, 입을 여는 쟌의 음성은 싸늘하기만 했다.

"오늘부터 내가 지시하는 훈련을 거부하는 놈들에게는 언제든 몽둥이를 휘둘러 주겠다. 개는 몽둥이가 약이니까."

말을 마친 쟌은 그대로 마법진을 빠져나왔다.

"저들에게 너무 심한 것은 아닌가?"

"어차피 저들을 나에게 맡기기로 했으면 참견하지 마시오."

헤르난의 말에 쟌이 퉁명스럽게 대꾸하자 당장 루이스가 입을 열었다.

"자~ 형들도 다 봤지. 이 자식이 글쎄 이렇다니까. 무례한 것은 둘째 치고 싸가지가 없어요, 싸가지가!"

루이스의 말에 쟌의 아무 감정도 실리지 않은 무심한 눈길이 그에게로 향했다.

노려보는 것도, 그렇다고 살기에 찬 것도 아닌 눈길이었지만 당사자인 루이스가 느끼기에는 마치 쟌 앞에 자신이 홀랑 벗고 알몸을 보이는 것 같은 수치를 느끼게 만드는 눈길이었다. 기분이 더러워지는 것은 말할 필요도 없는 일이었다.

그런 쟌의 모습에 누구보다 놀란 사람들은 바로 조금 전 마법진을 빠져나왔던 용병들이었다.

감히 제국의 왕자인 헤르난을 대하는 태도나 말투, 게다가 다른 왕자들을 대하는 모습을 보면서 놀란 입을 다물지 못하고 있었다. 하지만 그런 놀람은 잠시뿐이었다.

진정 그들을 놀라게 만든 것은 조금 전 쟌이 싸우던 모습이었다.

인간이 어떻게 그렇게 빨리 움직일 수 있는지, 또 그렇게 빠르고 현란한 공격이 가능한 것인지 의문이 아닐 수 없었다. 무엇보다 그들이 궁금하게 생각하는 것은 쟌의 묘한 발놀림이었다. 그들도 용병으로서 나름대로 이름을 날리던 자들이었다. 쟌의 빠른 몸놀림이 그 발놀림에서 나온다는 것을 금세 눈치 챈 것이었다.

곁에 있던 올리비에가 그런 용병들의 모습을 보고는 담담하게 입을 열었다.

“너희들도 보았겠지만 마스터의 강함은 인간의 것이라고 볼 수 없을 정도야. 그리고 이건 내 생각이지간 마스터는 얼마 전보다 더 강해진 것 같은데…… 어떻게 마스터는 볼 때마다 강해지는 거지?”

“그럼 렌죠님은 저분, 그러니까 마스터에게 검술을 가르침 받고 있는 겁니까?”

“그래.”

“그럼 이전보다 강해졌습니까?”

“내가 마스터를 만난 것은 불과 몇 달 전의 일이지만 예전보다는 훨씬 강해졌다고 생각한다. 하지만 마스터와는 비교도 할 수 없지. 너희가 진작 내 말을 들었다면 실력이 훨씬 늘었을지도 모르는데…… 쯧쯧쯧, 아까운 일이야.”

올리비에의 말에 용병들은 안타까운 표정을 지었다.

말이 좋아 용병이지 용병이 스스로의 실력을 높인다는 것이 얼마나 힘들고 어려운 일인지 그들도 잘 알고 있었다. 배울 것은 많지만 그들이 필요한 것을 배울 수 있는 곳은 단 한 곳도 없었다. 게다가 싸움으로 굳어진 용병들의 실력은 기본기가 부족해 어느 시점이 되면 실력이 더 이상 늘지 않은 것을 용병이라면 누구든 느끼는 것이었다.

그런데 설마 자신들을 이곳에 붙잡아온 이유가 자신들의 실력을 늘려주기 위해서 일 줄이야……. 물론 처음 쟌이 그런 말을 하기는 했지만 누가 자신들에게 그런 호의를 베풀겠느냐는 의구심 때문에 그의 말을 믿지 않은 것인데 그게 쟌의 진심일 줄은 상상도 못했다.

갖가지 표정을 짓던 용병들 가운데 한 명이 조심스럽게 입을 열었다.

“저어~ 렌죠님.”

“무슨 일인가?”

“지금이라도 마스터께 부탁을 드리면 강해질 수 있도록 저희의 수련을 보아주실까요?”

올리비에가 다른 용병들의 표정을 살피니 대부분 같은 생각을 하는지 가슴을 졸이며 자신의 표정을 곁눈질하는 기색이 역력했다.

‘쯧쯧쯧, 사람의 호의를 의심해도 정도껏 해야지. 이제 와 아쉬운 생각 드는 모양이군. 하지만 오늘 보니 마스터께서 화가 나도 이만저만

나신 것이 아닌 것 같은데 이들의 부탁을 들어주실지 모르겠군.'

"나도 마스터께서 저렇게 화를 내시는 것은 본 적이 없기 때문에 과연 마스터께서 너희들의 부탁을 들어주실지 장담할 수 없으니 너무 큰 희망은 걸지 말도록."

올리비에가 말과 함께 쟌에게 가려는 순간 그가 먼저 다가오는 것을 발견했다.

"너희들 가운데 아직도 내 지시를 따를 스 없는 자는 지금 당장 이곳을 떠나라."

"아닙니다, 마스터. 여기 있는 이 친구들은 마스터의 지시를 충실히 따르겠다고 저에게 약속을 했습니다."

"올리비에의 말이 사실인가?"

"그렇습니다, 마스터!"

쟌의 질문에 용병들은 그의 마음이 변할까 겁이라도 나는지 얼른 대답했다. 그런 용병들을 바라보던 쟌은 고개를 끄덕이더니 올리비에에게 지시를 내렸다.

"올리비에는 지금부터 발탄 교단의 프리스트를 불러 마법진 안에 쓰러진 녀석들을 치료해 주도록 해라. 그리고 치료가 끝난 녀석들은 모두 쫓아버려. 그리고 너희들은 내 지시를 따르겠다고 했으니 내일부터 이가 갈릴 정도로 훈련시켜 주지. 자신이 없는 자들은 당장 떠나 버려. 노력할 의사도 없으면서 남아 있는 놈들은 내 손으로 병신을 만들어 버릴 테니까 명심하는 것이 좋을 거야."

말을 마친 쟌은 헤르난이 뭐라고 하는 소리에도 불구하고 셀과 함께 그 자리를 떠나 버렸다. 왕자들마저 두 사람을 따라 지하실을 빠져나가 버리자 올리비에는 일부 용병들에게 프리스트를 불러오도록 지시하고 나머지 용병들에게는 부상을 입고 쓰러진 용병들을 분류하도록 지시했다.

기절한 용병들과 부상을 입은 용병들로 구분을 했는데 부상을 입은 용병들의 수가 거의 100여 명에 달했다. 하지만 올리비에는 그들보다 부상 정도를 전혀 알 수 없는 정신을 잃은 50여 명의 용병들의 상태가 더 궁금했다.

잠시 후 용병들의 안내를 받아 온 프리스트들은 실내의 처참한 모습에 몸서리를 쳤다. 사방에 뿌려져 바닥에 홍건한 선혈도 그랬지만 살갗을 뚫고 나온 부러진 뼈는 보기에도 끔찍했다. 애절한 신음을 토해내는 용병들을 치료하는 젊은 프리스트들의 손길은 사정없이 떨렸다.

"왜 그렇게 심하게 손을 썼나? 말로 해도 충분했을 것 같은데 말이야."

"나는 애들을 돌보는 보모가 아니오. 그리고 저들도 애가 아니고. 만약 말로 해서 들을 사람들이었다면 내가 이런 행동을 할 필요도 없었겠지."

"난 여섯 번째 왕자인 유리요. 이렇게 소문이 자자한 분을 만나게 영광이오."

"후후후, 왕자님께서 나같이 천한 용병 따위를 만나 영광이라니."

쟌은 고개를 돌려 방금 자신에게 입을 열었던 유리를 바라봤지만 상대의 얼굴은 뜻밖에도 상당히 진지했다.

"헤르난 형에게서 귀하에 관한 이야기를 많이 들었소. 귀하가 여러

가지로 형을 도왔다는 말을 들었소. 형님과 동생들을 대신해 감사를 드리겠소."

유리가 말과 함께 약간 고개를 숙이자 주위에 있던 모든 사람들은 모두 깜짝 놀랐다. 손바닥만한 왕국의 왕자만 하더라도 그 자부심이 얼마나 강한가? 기사는 고사하고 귀족들에게조차 고개를 숙이지 않는 것을 당연하게 생각하는데 유리에게서는 그런 권위를 전혀 느낄 수 없었다.

상대가 진심이라는 것을 깨달은 쟌은 유리를 향해 정중하게 고개를 숙였다. 기사 이상의 작위를 가진 자에게 쟌이 진심으로 머리를 숙여보기는 아마도 이번이 처음이 아닌가 싶었다.

"자자, 여기서 이럴 것이 아니라 자리를 옮겨 이야기를 나누도록 합시다."

헤르난은 말을 하면서 일행을 자신만의 휴식처인 장미의 숲으로 안내했다. 그렇다고 이름처럼 장미가 숲처럼 우거진 곳은 아니었고, 작은 통나무 집에 벽과 지붕이 장미의 덩굴로 우거져 그림처럼 아름다운 집이었다. 아직 시기가 되지 않아 장미꽃이 피지는 않았지만 꽃봉오리가 맺혀 있는 것이 아마도 며칠이 지나지 않아 장미꽃이 필 것 같았다.

통나무 집의 구조는 아주 간단했다.

방구석에 작은 침대 하나가 놓여 있었고, 중앙에는 둥근 탁자 하나, 그리고 10여 개의 나무 의자, 그리고 창가에 놓인 흔들의자 하나가 전부인 곳이었다. 하지만 이미 이들이 찾아올 것을 알고 미리 준비한 것인지 탁자에는 간단한 음식과 술이 놓여져 있었다.

"자자, 앉읍시다."

헤르난의 말에 일행은 탁자를 중심으로 마주 보고 앉았고, 흑장미 기사단의 기사단장인 칼은 통나무 집 문밖에서 경계를 서고 있었다.

"그래, 갔던 일은 잘 처리가 되었나?"

"덕분에."

쟌의 짧은 대꾸에 루이스의 눈살이 찌푸려진 것은 말할 필요도 없었고 곁에 앉아 있던 부케인의 눈살 역시 찌푸려진 것으로 보아 애써 불쾌함을 참는 듯 보였다. 하지만 불쾌한 심정을 털어놓지는 않았다.

"한 가지 자네에게 양해를 구해야 할 일이 생겼네."

헤르난의 말에 쟌은 그를 바라봤다.

헤르난이 말을 제대로 잇지 못하자 입을 연 사람은 뜻밖에도 필립이었다.

"뒷말은 제가 하도록 하죠. 형님이 가이야 씨에게 양해를 구하려고 한 일은 바로 형님들 사이에 있었던 내기를 말하는 것이오."

"내기?"

"그렇소. 세 분 형님들은 이번 킬라우림 대회에서 자신들에게 고용된 용병들 가운데 일부를 판클라치온 시합에 참가시키자고 하셨소. 아마 각자 자신이 가진 전력의 월등함을 자랑하려는 속마음에서 그런 말이 나온 듯한데, 처음 형님은 두 형님과의 내기를 피하려 했지만 워낙 두 형님이 자존심을 건드리며 내기를 종용해 형님도 그만 참지 못하고 두 분 형님과 내기를 하게 되었소. 가이야 씨에게 양해를 구하는 것도 바로 그 점이오."

비록 헤르난이 자신에게 양해를 구했지만 그의 입장을 충분히 이해할 수 있었다. 물론 이해한다고는 했지만 그의 행동이 옳다고는 생각하지 않았다.

그런 내기가 거론되었다는 것 자체가 자신에게 고용된 용병들을 도구로 생각하는 것이지 그들이 생명을 가진 존재로 생각하지 않는다는 증명이지 않은가? 그래도 다행인 점은 아쉬드나 주네티에 비해 비교적 말이 통하는 헤르난 진영에 있다는 점이었다.

잠시 생각을 하던 쟌은 헤르난을 물끄러미 쳐다봤다.

"단지 내가 그 판클라치온 시합에 참가하기를 원하는 것이오? 아니면 판클라치온 시합에서 우승하기를 원하는 것이오?"

"우승할 필요까지는 없네. 하지만 어느 정도의 성적을 거두어주기를 바라네."

"바라는 어느 정도의 성적이라는 것의 기준이 대체 뭐요?"

"판클라치온 시합은 킬라우림이 시작된 날로부터 열흘 뒤에 시작되네. 이번에 참가 인원이 많은 탓어 일찍부터 시작하는 것이지만 그래도 본선이라고 할 수 있는 64강전에는 진출해 주었으면 하네."

"64강전이라…… 그럼 그 이후의 일은 내 마음대로 처리해도 되는 거요?"

"그렇네."

헤르난의 대답에 잠시 생각에 빠졌던 쟌은 곧 고개를 끄덕였다.

"알겠소. 판클라치온 시합에 참가하도록 하겠소."

"저도 참가하겠어요."

갑작스런 셀의 말에 그 자리에 있던 사람들은 깜짝 놀라며 그녀를 바라봤다. 더구나 은근히 그녀에게 마음을 두고 있던 필립은 놀란 얼굴을 감추지 못하며 입을 열었다.

"레이디 쥬벨, 판클라치온 시합에 여자가 참가하지 못한다는 규정은 없지만 레이디처럼 아름다운 분이 참가하기에는 너무나 위험한 경기입니다. 비록 무기를 사용하지는 않는다고 하지만 자신이 가진 순수한 육체의 힘만으로 싸워야 하는데 왜 그런 위험한 시합에 참가를 하려 한단 말입니까?"

필립의 말에 다른 사람들이 모두 동조하는 얼굴을 하고 있었지만 셀은 눈 하나 깜빡하지 않았다.

"킬라우림이 끝나는 마지막 날부터 세 분의 승계 전쟁이 시작되지 않나요? 승계 전쟁이 지속되는 2년 동안 언제 무슨 일을 겪게 될지 아무도 알 수 없어요. 물론 육체적으로 제가 다른 사람에 비해 떨어진다는 것은 알지만 제가 가진 힘이 얼마나 되는지 알고 싶기 때문이에요. 아~ 그렇다고 제가 마법이나 정령술 말고 아무것도 모른다고 생각하지 마세요. 보기에는 이래도 엘프의 격투술을 익히고 있답니다."

셀은 조금은 걱정스러운 표정으로 자신을 바라보고 있는 쟌에게 부드러운 미소를 지어 보였다.

"쟌, 저를 말리고 싶은가요?"

"솔직히 내 마음을 털어놓으라고 하면 말리고 싶어. 하지만 셀이 꼭 해보고 싶다면 굳이 말리지는 않겠어. 대신 한 가지만 약속해 줘."

"뭔가요, 쟌."

"조금이라도 불리하다고 생각되면 즉시 물러나야 돼. 어때? 약속할 수 있겠어?"

셀이 고개를 끄덕이는 모습을 보고서야 쟌은 마음을 놓았지만 그것은 쟌이 엘프라는 종족이나 셀에 대해 잘못 알고 있었기 때문이지 쟌의 잘못은 아니었다.

엘프라는 종족들은 비록 아름다운 외모에 늘씬한 몸매를 가지고는 있지만 자신이 사랑하는 것들, 즉 자신들의 종족이나 자연, 그리고 사랑하는 이를 위해하는 것들에 대한 증오심이나 복수심은 그야말로 집요하기 이를 데 없는 종족이다. 어떤 순간에도 적을 앞에 두고 피하는 일은 없었다.

"휴우~ 킬라우림까지는 이제 한 달도 채 남지 않았군."

헤르난의 긴 한숨 소리에 테이블 주위에 앉아 있던 사람들은 갖가지 상념에 빠져들었다.

이른바 '도그 슬레이어 난동 사건'이라 불리는 사건이 벌어진 지도 벌써 여러 날이 흘렀다.

처음 쟌에게 당한 용병들이 대거 자신의 진영을 이탈할 것이라는 헤르난의 예측과는 달리 용병들은 단 한 명의 빠짐도 없이 쟌에게 훈련을 받았다. 이해가 되지 않는 일이지만 어쨌든 용병들이 이탈하지 않은 것만으로도 천만다행이라고 생각하는 헤르난이었다.

셀도 다른 용병들과 함께 지하에서 훈련을 받고 있어서 난동 사건 이후에는 그녀를 만난 적이 없었다. 대체 그들이 어떤 훈련을 받고 있는 것인지 알 수는 없었지만 헤르난은 그들 말고도 신경 쓸 일이 한두 가지가 아니었다.

유리와 필립이 다행히도 전략 전술에 해박한 지식을 가지고 있다는 것과 부케인과 루이스가 대외적인 업무를 의외로 잘 처리하고 있다는 것이 뜻밖의 소득이라면 소득이라고 할 수 있었다.

해서 모든 작전 계획은 유리와 필립, 모집한 용병들을 총괄하는 로고스가 맡기로 했고, 대외적인 업무는 부케인과 루이스가, 그리고 병참은 마리아노가 맡기로 했다. 그리고 부상자에 대한 처리는 발탄 교단의 교황인 에르난데스 피로델이 교단의 하이 프리스트들과 함께 처리하기로 했다.

다른 교단에 비해 열세인 발탄 교단으로서는 교단의 운명을 헤르난에게 걸었기 때문인지 무척이나 열심히 활동하고 있었다. 사실 황제의 즉위에 도움을 준 교단은 향후 수십 년 동안 황제의 전폭적인 지지를 받을 수 있기 때문에 열심이지 않을 수 없었다.

대략적인 수뇌부가 갖추어졌을 때는 킬라우림이 시작되기 5일 전이었다.

"전하, 황궁으로부터 공문이 전달되었습니다."

"공문? 무슨 내용입니까?"

"모든 왕자들께서는 대회가 시작되기 3일 전까지 황궁에 도착하라는 황제 폐하의 지시였습니다."

마리아노의 말에 헤르난은 눈살을 찌푸렸다.

사람들은 자신의 내심을 알 수 없다 해서 다크 로즈라 부르지만 자신이 보기엔 황제 퀘헤리건은 자신보다 더 속을 알 수 없는 사람이었다.

비록 형제들이라고는 하지만 불과 얼마 후면 승계 전쟁을 치러야 할 사람들을 무엇 때문에 한자리에 불러 모은단 말인가.

곰곰이 생각을 해보았지만 퀘헤리건의 속셈을 도저히 짐작할 수 없었다.

"3일 전까지라면 오늘 출발을 해야겠군요."

"그래야 할 것 같습니다."

"그럼 동생들과 크리스토퍼 단장, 쟌과 레이디 쥬벨을 불러주십시오. 그리고 할아버지도 함께 가시지요."

"저도 함께 말입니까?"

마리아노의 반문에 헤르난은 고개를 끄덕였다.

"아마도 승계 전쟁이 시작되기 전에 우리들을 평가하려는 심산이 아닌가 싶군요."

"황제께서 말입니까?"

"제 생각에는 그렇습니다. 혹시 모르죠, 다른 속셈이 계신지 말입니다."

"저, 전하, 그런 말씀을 함부로 하셔서는 안 된다는 것을 전하께서도 잘 알고 계시지 않습니까!"

헤르난의 말에 마리아노는 질색했다.

아무리 이곳이 헤르난의 성이라고 하지만 황제의 그림자들이 없다고 장담할 수 없는 일이었다. 황제에 대한 불경은 아무리 왕자라고 할지라도 결코 용서되지 않는 대죄라는 것을 모를 헤르난도 아닌데 왜 가끔가다 한 번씩 이러는 것인지 마리아노로서는 도저히 이해가 가지 않았다.

"할아버지, 상관없어요. 겨우 말 한마디를 가지고 꼬투리를 잡는다는 것은 황제로서의 권위에 금이 갈 뿐이니까요."

헤르난의 대답에 머리를 흔든 마리아노는 헤르난이 거론한 사람들을 부르기 위해 서둘러 서재를 빠져나갔다.

혼자 남은 헤르난은 다시 한 번 쾌헤리건이 노리는 것이 무엇인가를 생각해 봤지만 역시 명확하게 떠오르는 것이 없었다. 그가 생각에 골몰해 있는 동안 여러 왕자들과 로고스가 서재 안으로 들어왔지만 헤르난은 미처 깨닫지 못하고 있었다. 그가 생각에서 깨어났을 때는 마리아노가 쟌이 가지 않겠다는 말을 했을 때였다.

"예? 방금 뭐라고 하셨습니까?"

"불충하게도 쟌과 레이디 쥬벨은 가지 않겠다고 고집을 부리고 있습니다."

"그 자식은 매번 말썽이구만. 이유가 뭐랍니까?"

루이스의 말에 마리아노는 난감한 표정을 지으며 한 통의 편지를 헤르난에게 내밀었다.

"자신과 레이디 쥬벨이 가지 않는 이유를 편지로 써놨다고 폰테인으로 가시면서 보라고 했습니다. 폰클라치온 시합에 관한 내용이라는데… 편지는 꼭 전하와 크리스토퍼 단장만 보라고 했습니다."

마리아노의 얼굴에도 못마땅해하는 기색이 완연했다.

제국에 있는 모든 후작들 가운데에서도 몇 손가락 안에 들 정도로 유능하다는 말을 듣는 그였지만 쟌에게만은 그게 통하지 않았다. 그를 만난 후로 자기 뜻대로 해본 것이 아무것도 없었다. 게다가 지금은 제국의 후작인 자신을 한낱 편지 심부름꾼으로 만들지 않았는가.

쟌이 만약 헤르난을 위해 일하는 것이 아니라면 그를 그냥 두었을

리 만무했다. 이유야 어찌 되었든 손자인 헤르난과 한낱 용병에 불과한 쟌끼리만 해야 될 이야기가 뭔지는 모르지만 자신만 따돌림을 받는 것 같아 불쾌한 생각이 드는 것을 피할 수 없었다.

"나름대로 생각이 있겠지요. 그럼 출발하도록 할까요?"

헤르난과 일행이 두 대의 마차에 분승하자 300명 정도의 흑장미기사단원들이 신속하게 마차를 에워쌌다. 그리고 그런 마차 앞에는 검은 장미를 입에 문 레이미어가 그려진 커다란 깃발을 든 기수와 단장인 스팍스가 근엄한 표정으로 말 위에 앉아 있었다.

잠시 마차 주위를 살펴본 스팍스는 오른손을 번쩍 쳐들고는 일행 전체에게 지시를 내렸다.

"전진!"

"잘 다녀오십시오, 전하."

성의 경비를 맡게 된 토스카가 나머지 흑장미기사단의 단원들과 함께 주먹을 왼쪽 가슴에 대고 고개를 숙이는 군례를 취했다.

두 대의 마차와 흑장미기사단은 곧 성을 빠져나갔고, 그 모습을 확인한 토스카는 즉시 부하들에게 명령을 내렸다.

"즉시 성문을 닫고 경계를 철저히 서도록 해라! 헤르난 전하께서 다시 돌아오실 때까지 무슨 일이 있어도 성을 철저히 보호해야만 한다!"

토스카의 지시에 기사들과 병사들은 재빨리 움직여 성문을 닫고는 자신의 근무 위치를 찾아 뛰어갔다. 잠시 소란스럽던 장미성은 곧 정적에 싸였다.

*　　　　*　　　　*

"모두들 잘 와주었다."

"황제 폐하, 그동안 강녕하셨사옵니까!"

스무 명의 청년들이 일제히 옥좌에 앉아 있는 곱슬머리 금발의 중년 사내에게 인사하자 거대한 홀은 우렁찬 젊은이들의 음성으로 가득 찼다.

퀘헤리건의 오른쪽에 첫째 황후인 제인이, 왼쪽에는 둘째 황비인 일레나가 앉아 있었고, 다시 그녀들 곁으로 퀘헤리건의 여러 황비들이 차례로 앉아 있었다.

그들 앞에 승계 전쟁에 참가하게 될 스무 명의 청년들이 서 있었고, 양 옆으로는 제국의 모든 귀족들이 도열하 있었다. 그들 가운데는 홀의 중앙에 서 있는 청년들과 직, 간접적으로 연관이 있는 귀족들도 있었고, 그들과 연관을 맺기 위해 노력하는 귀족들도 있었다.

승계 전쟁에서 승리하기 전까지는 황제를 아버지라 부를 수 없는 왕자들이었지만 그들의 눈빛에는 자신이 이번 승계 전쟁의 승리자란 빛이 역력했다.

"아쉬드, 별일은 없느냐?"

"폐하께서 걱정해 주신 덕분에 별 탈 없이 잘 지내고 있사옵니다."

"그래? 그럼 준비는 잘되고 있느냐?"

"물론이옵니다. 폐하께서 말씀만 하신다면 금년 내로 모든 문제를 정리할 자신이 있사옵니다."

자신만만한 아쉬드의 대답에 퀘헤리건은 빙그레 미소 지으며 고개를 끄덕이곤 그의 곁에 서 있는 헤르난을 바라봤다.

"헤르난, 잘 지냈느냐?"

"물론입니다, 황제 폐하."

"너도 준비는 잘하고 있고?"

"하기는 잘하고 있는데…… 한 가지가 부족해 애를 좀 먹고 있습니다."

"그게 무엇이냐?"

"돈이 부족해서 그러는데 황제 폐하께서 좀 빌려주실 수는 없는지요? 절대 떼어먹지는 않겠습니다."

엷은 미소를 지으면서 말을 꺼내는 헤르난의 태도는 그가 지금 뭘 생각하는지 도무지 짐작이 되지 않았다.

"너도 잘 알다시피 내 위치가 누구에게 일방적인 도움을 줄 수 없지 않느냐? 미안하다만 방금 한 네 부탁은 들어주지 못하겠구나."

"그렇다면 할 수 없지요. 뭐, 제국의 황제라도 할 수 없는 것은 없는 거니까요."

그렇지만 그 말을 하는 헤르난의 표정은 조금도 실망한 표정이 아니었다. 자신이 그런 대답을 할 것임을 알면서 왜 그런 질문을 꺼낸 것인지 헤르난의 행동이 전혀 이해가 가지 않았다.

퀘헤리건의 시선은 헤르난 곁에 서 있는 셋째 왕자 제럴드에게로 향했다.

"제럴드, 넌 누구를 선택하였느냐?"

"첫째 형님을 따르기로 결심을 굳혔습니다."

"그래? 네 결정이 현명하였음이 밝혀졌으면 좋겠구나. 게일, 너는 누구를 선택하였느냐?"

"저 역시 첫째 형님을 선택하였습니다."

"그래. 너는 어렸을 때부터 아쉬드를 많이 따랐지."

…….

"주네티, 그동안 어떻게 지냈느냐?"

"예, 승계 전쟁 준비로 정신없이 보냈습니다."

"그럼 준비는 다 끝났느냐?"

"물론입니다, 황제 폐하. 킬라우림이 끝나 승계 전쟁이 시작되면 아마 폐하께서도 저를 다시 보게 되실 겁니다."

"호오~ 그렇게 자신이 있다니 다행이구나. 그래, 다음은 제롬, 너는 누구를 선택했느냐?"

"저는 일곱째 형을 선택했습니다."

"특별히 그런 이유라도 있느냐?"

"예전부터 일곱째 형과 가장 가까웠고, 또 아쉬드 형이나 헤르난 형보다는 주네티 형이 더 황제가 될 가능성이 높다고 생각했기 때문입니다."

"그래? 네 생각이 맞기를 바란다. 다음은 헬라인, 너는 누구를 선택했느냐?"

"저 역시 일곱째 형을 선택했습니다. 선택한 이유는 제롬과 같습니다."

"쌍둥이라 같은 선택을 한 것인가? 그라도 친형과 갈라지지 않아도 되니 다행이구나."

…….

"루이스, 너는 누구를 선택했느냐?"

"전 헤르난 형을 선택했습니다, 폐하."

"헤르난을? 특별한 이유라도 있느냐?"

"할 줄 아는 거라고는 술 마시는 것밖에 모르는 저라도 좋다고 말해 준 사람은 헤르난 형뿐이었기 때문입니다."

뜻하지 않은 대답이었기 때문일까?

쾌헤리건을 비롯한 수백 명에 이르는 귀족들의 시선이 일제히 자신에게 몰렸지만 루이스는 신경도 쓰지 않았다.

"그래, 네 생각에는 헤르난이 승계 전쟁에서 이길 수 있을 것 같으냐?"

"힘들기는 하겠지만 재수없는 어떤 인간 때문에 그리 불가능하지만은 않을 것 같습니다."

"재수없는 인간? 누구를 말하는 것이냐?"

"죄송하지만 말씀드릴 수 없습니다. 이건 저희 수뇌부만 알고 있어야 할 기밀 사항이라서 말입니다."

고개를 숙이는 루이스의 모습에서 쾌헤리건은 머리 속이 복잡해지는 것을 느껴야만 했다.

그래서일까? 헤르난 진영에 있는 아이들 가운데 평범해 보이는 아이는 없었다.

속을 알 수 없는 헤르난,

사람들과 어울리기를 스스로 피하는 유리,

고집이 황소고집인 부케인,

어려서부터 온갖 사고란 사고는 다치고 돌아다니는 루이스,

소심한 성격의 소유자인 필립…….

이들이 과연 승계 전쟁을 치를 수 있을까 의심이 갔지만 앞으로의 일은 모두 이들이 알아서 해야 함을 퀘헤리건도 잘 알고 있었다.

"마지막으로 필립에게 묻겠다. 넌 누구를 선택했느냐?"

"전 헤르난 형을 선택했습니다."

"무슨 이유에서 헤르난을 선택했는지 그 이유를 얘기할 수 있겠느냐?"

"다른 형님들은 어떻게 황제가 될까를 생각하지만 헤르난 형은 어떤 황제가 될까를 고심하는 모습을 제가 보았기 때문입니다."

"'어떤 황제가 될까' 라……."

생각지도 못한 대답이었기에 퀘헤리건이나 귀족들의 놀라움은 상당했다. 승계 전쟁을 치르기도 전에 그 이후의 일을 고심했다는 말은 누가 들어도 황제가 될 자신이 있다는 말이었기 때문이다. 하지만 지금까지 자신들이 알고 있는 정보론 헤르난 왕자의 진영이 현저하게 열세라는 것을 모두 알고 있는데… 혹시 자신들이 모르는 뭔가가 있단 말인가?

다시 고개를 돌려 헤르난을 바라봤지만 다크 로즈라는 별명에 어울리게 그의 얼굴에는 의미를 알 수 없는 담담한 미소가 지어져 있어 더욱 필립이 한 말의 진위를 가늠하기 힘들었다.

"너희들의 대답을 잘 들었다. 승계 전정이 벌어지는 것은 앞으로 한 달 후의 일. 내가 너희에게 당부하고 싶은 것은 너희가 비록 승계 전쟁을 치르기는 하지만 형제들을 미워하거나 증오하지는 말라는 것이다. 그러니 앞으로 킬라우림이 벌어지는 한 달 동안 푹 쉬면서 서로 간의 우의를 돈독히 하도록 하거라. 그리고 로즈 검증단은 앞으로 나서시오."

쿼헤리건의 말에 약 30명 정도가 앞으로 나서며 그에게 허리를 숙였다.

그들 가운데에는 근위 기사단장인 켈리거 타니아노도 있었고, 세 왕자의 진영과는 관련이 없는 귀족들도 포함이 되어 있었다. 또 승계 전쟁에 참가하지 않은 교단의 교황들도 간간이 섞여 있었다.

"이들은 승계 전쟁 동안 상대 진영의 수뇌부에 대한 직접적인 테러를 감시하게 될 것이다. 그와 동시에 그럴 일은 없겠지만 2년이 지나도 승부가 나지 않을 경우 전쟁 기간 동안 너희가 보여준 모든 능력을 평가해 승패를 결정짓게 될 것이다. 만약 무슨 이유에서든 이들과 직, 간접적인 접촉을 하는 사람은 그가 설사 황후라 하더라도 제국의 법률을 적용시켜 엄중히 문책할 것임을 분명히 선언한다! 또한 다시 한 번 말하지만 개인, 사설, 정규 기사단이나 군부의 개입은 철저히 막는다. 이를 어기는 자 역시 지위 고하, 남녀노소, 빈부귀천을 떠나 제국의 법률로 다스릴 것임을 엄중히 경고하는 바이다! 내 말을 알겠는가?"

"명심하겠사옵니다, 황제 폐하!"

"이렇게 아이들과 경들을 만났는데 그냥 지나갈 수는 없는 일. 지금부터 연회를 시작하라!"

황제의 지시에 시종들과 시녀들의 움직임이 갑자기 부산스러워졌다. 그런 와중에도 아쉬드와 주네티의 눈싸움은 불꽃을 튀기고 있었다. 헤르난에게는 눈길 한 번 주지 않는 것이 아마도 두 사람 모두 그는 신경 쓸 필요가 없다고 생각하는 모양이었다.

* * *

드디어 제국이 건국된 지 200번째 킬라우림이 열리는 날.

제국력으로 따지면 정확히 600년이 되는 날, 하늘은 맑았고 따스한 햇살이 내리쬐는 낮잠 자기 끝내주는 그런 날이었다.

킬라우림 대회가 열리는 곳은 폰테인 북쪽 외곽에 있는 거대한 원형 경기장이었다.

15만 명을 수용할 수 있는 어마어마한 원형 시합장은 이른 아침부터 입장을 하려는 사람들과 이때 한몫 잡아보겠다고 장사를 하는 장사꾼들의 호객 소리, 사람들을 통제하는 병사들의 고함 소리로 아수라장을 연출하고 있었다.

시합장 안으로 들어가는 출입구는 모두 열여섯 개에 이르렀지만 한순간 몰린 사람들 때문에 늘어선 줄은 좀처럼 줄지 않고 있었다. 킬라우림이 벌어지는 기간은 총 한 달. 그럼에도 불구하고 사람들은 한 발이라도 먼저 경기장 안으로 들어가려고 아우성들이었다.

킬라우림 스타디움이라고 명명된 이 시합장 주위는 제국 전체에서 몰려든 구경꾼들 때문에 그야말로 발 디딜 틈도 없어 보였다.

혼란이 거의 극에 달했을 때 누군가의 외침 소리가 들렸다.

"황제 폐하 행차시다! 모두들 황제 폐하께 예를 갖추도록 하라!"

북새통을 이루던 시합장 주변은 순식간에 무덤처럼 조용하게 변했다. 주변을 정리하던 병사들을 제외한 모든 사람들이 무릎을 꿇고 머리를 조아리자 일단의 기마대와 200여 대의 마차가 줄을 지어 시합장으로 다가오고 있었다. 마차 주변은 근위 기사단과 제국이 자랑하는 코렌 드래곤 기사단과 레드 와이번 기사단이 황제와 그의 아내들, 그리고 왕자들이 탄 마차를 철통같이 방비하며 이동하고 있었다.

쿼헤리건이 탄 마차는 다른 마차의 세 배 이상 컸고, 마차 안에는 황제인 쿼헤리건과 제1황후 제인과 제2황비 일레나가 타고 있었다.

창밖을 보고 있던 제인은 결코 미인이라고 할 수는 없지만 제국의 황후답게 모든 것을 포용할 것 같은 부드러운 미소를 가진 여인이었다. 그에 반해 일레나는 조금은 날카로운 인상을 가진 미녀였는데, 도저히 헤르난이나 필립을 낳은 생모라고 믿을 수 없을 정도로 젊고 아름다워 보였다.

"폐하, 올해는 킬라우림을 보러 온 사람들이 더욱 많은 것 같사옵니다."

"허허허, 올해는 우리 트레슈나 제국이 건국된 지 600년이 되는 해가 아니오. 아마도 그런 탓에 구경하러 온 사람들이 많은 모양이오."

"폐하께서 선정을 베푸신 덕에 국민들이 이렇게 구경 올 수 있을 정도로 편한 생활을 하고 있으니 이 모든 것이 폐하의 은덕이라 아니 할 수 없사옵니다."

일레나의 말에 쿼헤리건은 그저 웃음을 지을 뿐이었다.

천천히 이동하던 마차는 킬라우림 스타디움에서 10여 미터쯤 되는 곳에 멈추었고, 쿼헤리건이 마차에서 내리는 순간 운집해 있던 군중은 일제히 환호성을 터뜨렸다.

"황제 폐하 만세!"

"트레슈나 제국 만세!"

자신을 향해 환호성을 터뜨리는 군중에게 손을 흔들어 답례하며 쿼헤리건은 황후와 황비와 함께 스타디움 안으로 들어갔고, 그 뒤를 왕자들과 귀족들이 줄지어 따라 들어갔다.

　귀족들의 기다란 행렬이 스타디움 안으로 완전히 사라지자 그제야 일반인들의 입장이 허가되었다.

　로열석에 앉은 퀘헤리건은 속속 입장하는 관중들을 만감이 교차하는 표정으로 지켜보고 있었다.

　자신이 승계 전쟁에서 이겨 황제가 된 지도 벌써 25년이 지났다. 선조들이 그랬던 것처럼 자신도 제국의 영토를 넓히는 데 주력했고, 크고 작은 10여 개의 왕국을 정복해 제국의 영토로 만들었다.

　아쉬운 것은 제국의 북쪽에 위치한 케이시나 연방을 정복하지 못한 것이었다. 케이시나 연방은 트레슈나 제국에 의해 멸망당한 왕국의 유민들이 모여 만든 20여 개의 작은 왕국들의 연합체였다. 그런 탓에 트레슈나 제국에 대한 원한은 신조차 두려워할 정도였다.

　평소에는 거의 왕래가 없을 정도로 폐쇄적인 왕국들이지만 트레슈나 제국의 침공 때에는 서로 일치 단합해서 철저한 게릴라전으로 제국군을 물리쳐 왔다. 트레슈나 제국이 시멘루이나 대륙의 절반 정도를 차지하고 있다고는 하지만 오랫동안 계속된 정복전쟁 탓에 실제 인구는 제국이라고 불리기에는 다소 무리가 따른다고 볼 수 있었다.

　당시 제국의 상황이라면 당연히 정복전쟁보다는 내실에 온 힘을 기울이는 것이 당연했다. 하지만 퀘헤리건이 선택한 것은 정복전쟁이었다. 내정을 신경 쓰는 것이 적성에 맞지 않는 탓도 있었지만 트레슈나 제국을 시멘루이나 대륙 유일의 제국으로 만들고 싶은 생각이 더 강했기 때문이다.

　퀘헤리건이 회상에 빠져 있는 동안 킬라우림 스타디움은 속속 들어오는 관객들로 가득 찼다.

　지정된 좌석권을 소지한 사람만이 스타디움에 들어올 수 있지만 들어오려는 사람들이 너무 많아서 어쩔 수 없이 추가적으로 사람들을 들여보내지 않을 수 없었다. 통로까지 가득 메운 관객들은 주위를 두리번거리며 옆 사람과 대화를 하느라 정신을 차리지 못하고 있었다.

　관객들이 웅성거리는 소리에 정신을 차린 퀘헤리건은 킬라우림의 시작을 알릴 시간이 되었음을 알았다.

　그가 천천히 자리에서 일어나자 그토록 소란스러웠던 시합장 안이 순식간에 조용해졌다. 모든 사람들의 시선이 자신에게 몰린 것을 느낀 퀘헤리건은 나직한 음성으로 입을 열었고, 근처에 있던 궁정 마법사에 의해 그의 음성은 즉시 증폭되었다.

　"사랑하는 트레슈나 제국의 국민 여러분! 오늘은 우리 트레슈나 제국이 개국을 한 지 꼭 600년이 되는 날이오. 국조(國祖)이신 레이노스 1세께서 테리노 왕국을 병탄시켜 트레슈나 제국을 세우신 것을 기념하기 위해 시작된 킬라우림도 벌써 200회를 맞이했소. 국민 여러분들도 잘 알고 있겠지만, 킬라우림이 끝나면 승계 전쟁이 시작되오. 그리고 그 승계 전쟁이 끝날 때면 우리 트레슈나 제국은 더욱 강해져 있을 것이오."

　"황제 폐하 만세!"

　"트레슈나 제국 만세!"

　"지금부터 제200회 킬라우림이 시작되었음을 선언하오."

　"와~"

　"와~"

관객들이 내뱉는 우렁찬 함성 소리에 금방이라도 하늘이 무너져 내릴 것 같았다.

"본인은 이번 킬라우림의 전체 진행을 맡은 요한슨 켄스틸 백작이오. 지금부터 벌어질 시합은 마상 창 시합이오. 참가 시청을 한 사람들은 지금 즉시 진행 요원들의 안내에 따라 시합장으로 이동해 주시오."

요한슨의 지시에 따라 원형 시합장에는 여덟 개의 시합대가 순식간에 설치되었다. 군중의 열렬한 환호 속에 드디어 킬라우림의 첫 시합이 시작되었다.

＊　　　　＊　　　　＊

"쟌, 드디어 킬라우림이 시작되었겠군요."

아주 느린 속도로 움직이던 쟌은 동작을 멈추고 셀을 바라봤다.

이마에 송골송골 맺힌 땀방울을 닦아내는 셀의 모습은 황홀할 정도로 아름다웠다. 이미 셀과 육체적인 관계를 맺은 탓인지 모르지만 그녀의 동작 하나하나가 쟌의 마음을 설레게 했다.

"셀, 뭐라고 했지?"

"킬라우림이 시작되었겠다고요."

"그래? 그런가 보지 뭐."

시큰둥한 쟌의 대답에 셀은 빙그레 미소를 지었다.

쟌이 혹독하다고 할 정도로 용병들을 훈련시키는 모습을 보기는 했지만 셀은 그의 마음이 딴 곳에 가 있다는 것을 직감적으로 느낄 수 있었다.

쟌에게 왜 그러느냐 묻지 않은 것은 셀도 어렴풋이 짐작하는 바가 있었기 때문이다. 아마도 쟌은 과거 자신이 살던 세계를 회상하는 것 같았다.

자신이 들었던 내용으로는 그리 유쾌할 리도 없는 과거이건만 왜 자신이 살던 세계로 돌아가려 하는 것인지 셀로서는 잘 이해가 되지 않았다. 하지만 사람마다 가치관이나 생활 방식이 다른 것이니 맞다 틀리다 지적할 부분이 아니었다.

"쟌은 킬라우림 대회를 보고 싶지 않은가요?"

"과거를 기억하지 못했을 때는 내가 누군지, 또 어느 나라 사람인지 알기 위해 킬라우림 대회에 참가하려 했지만, 기억을 되찾은 지금 이 세계 사람이 아닌 걸 아는데 굳이 구경하고 싶은 생각은 없어."

"요즘 예전에 살던 세계를 자주 생각하는 것 같던데……."

"눈치 챘어?"

"얼마 전부터 부쩍 말도 안 하고 생각에 빠져 있는 시간이 많은 것 같아서요."

"휴우~"

셀의 말에 쟌은 긴 한숨을 내쉬었다. 그 모습을 본 셀은 부드러운 미소와 함께 쟌의 어깨를 어루만졌다.

"쟌, 제가 별다른 도움은 줄 수 없겠지만 그래도 말을 하면 속이 풀어지지 않겠어요?"

"사실은 얼마 전에 기억의 일부를 찾았잖아."

"그랬지요."

"잃었던 과거를 찾은 것은 다행이지만, 내가 어떻게 이 세계로 오게 된 것인지 그 부분을 알 수 없는 데다가 더 답답한 것은 내가 기억하지 못하는 부분에 절대 내가 잊어서는 안 될 어떤 일이 있었던 것 같은데 아무리 생각을 해봐도 도무지 생각이 나지 않는다는 거야.”

쟌의 얼굴에는 답답함과 짜증스러움, 그리고 고통스러움이 공존하고 있었다. 셀은 보는 사람만 없다면 쟌을 품에 안아 위로해 주고 싶다는 생각이 갑자기 들었다.

“일부의 기억이라고는 하지만 전에는 그렇게 기억을 되찾을 거라고 생각도 못했잖아요. 그러니까 너무 조급해하지 말아요. 나머지 기억도 되찾을 수 있을 거예요. 기억을 모두 찾으견 쟌이 어떻게 이곳으로 오게 되었는지도 알게 될 거예요.”

셀의 위로에 쟌은 어색한 표정을 지었다.

물론 셀과 남남이 아니라는 점도 있겠지만 이상하게 그녀 앞에서만은 더욱 약해지는 자신을 발견하곤 했다. 또 그녀 앞에서 아무리 추하고 약한 모습을 보인다 하더라도 언제나 자신을 이해하고 포용해 줄 것이라는 기이한 믿음을 가지고 있었다. 하지만 그래도 어색한 것은 어색한 것이다.

어린 나이에 혼자가 된 후 쟌에게 가장 가까운 사람은 스승인 반허뿐이었다. 그러다 보니 속마음을 누구에게 털어놓는다는 것이 익숙하지 않았다.

비록 결혼식을 올리지는 않았어도 셀은 자신의 아내이기에 지금처럼 일부분이나마 마음을 털어놓을 수 있는 것이지 다른 사람 같으면 어림 반 푼 어치도 없을 일이었다.

“헤르난 전하의 부탁은 어떻게 하실 건가요?”

"판클라치온 시합에 참가하는 것 말이야?"

"그래요. 물론 쟌이라면 우승도 문제가 아니겠지만, 그렇게 되면 쟌의 실력이 드러나지 않겠어요?"

이걸 이심전심이라고 해야 하는지 모르겠지만 셀 역시 자신이 생각했던 문제점을 정확하게 지적했다. 자신들이 이렇게 숨어서 훈련을 하는 이유도 이쪽의 전력을 다른 두 왕자들에게 밝히지 않으려는 생각 때문이 아닌가.

"판클라치온 시합에는 나와 셀, 올리비에, 그리고 재능을 보이는 용병 몇 명 이렇게만 참가할 생각이야. 훈련을 받기 전과 받고 난 후 어떻게 자신이 달라졌는지 스스로 느끼면 더욱 열심히 훈련을 하겠지. 그런데 판클라치온 시합에는 주로 용병들이 참가하지 않나?"

"꼭 그렇지만도 않아요. 용병들이 참가하는 것은 물론 기사들이나 격투기를 익힌 일반인, 바운티 헌터 등등 무기만 사용하지 않는다면 남녀노소 누구든 참가할 수 있어요. 쟌도 참가를 해보면 알겠지만, 뛰어난 솜씨를 가진 사람도 있지만 이런 사람이 왜 참가를 했을까 의심이 드는 사람도 있어요."

셀의 말이 뜻밖이었는지 쟌은 멍하니 그녀의 얼굴을 쳐다보았다.

"그러니까 셀의 말은 아무런 무술을 익히지 않은 사람도 참가한단 말이야?"

"조금 전에 말한 것에는 약간의 과장이 있긴 했지만 형편없이 약한 사람도 섞여 있어요. 그들을 구별해 내기 위한 관문이 있다고는 하지만 거의 형식적이거든요. 표정을 보니 그런 사람들이 왜 판클라치온 시합에 참가하는지 이해가 안 가는 모양인데, 제국 사람들에게는 단순히 판클라치온 시합에 참가하는 것만으로도 평생의 영광이기 때문이에요."

"참가하는 것만으로도 영광이라…… 확실히 이곳은 내가 살던 세상과는 많이 다른 것 같군."

"어떻게 다른가요? 쟌이 살던 곳 이야기를 좀 해주세요."

"내가 살던 곳은 이곳과는 조금 달라. 몬스터라 불리는 종족들도 없고 마법이나 정령도 없어. 하지만 인간들이 사는 건 비슷해. 왕족, 양반, 평민, 상놈이라고 불리는 천민, 이렇게 네 부류로 나눠져. 또 프리스트와 같은 성직자들도 있어. 내가 살던 나라는 이웃 나라인 일본이라는 나라의 식민지가 되어 동포들이 신음하고 있어. 난 스승님께 '비격'이라는 무술을 배운 후 독립운동을 하기 위해 산을 내려왔어. 빌어먹을, 그런데 그 뒤에 어떻게 되었는지 전혀 기억이 나지 않아."

"그럼 상처가 어떻게 생긴 것인지도 모르겠군요."

"그건 총알에 의해서 생긴 상처야."

"총알? 그게 뭔가요?"

셀의 반문에 오히려 쟌이 더 깜짝 놀랐다.

"내가 방금 총알이라고 했나?"

"그런데요?"

"총알이라는 것은 총이라는 물건에서 화약의 힘으로 발사되는 동그랗고 작은 쇠붙이인데…… 그 작은 쇠붙이로도 사람을 죽이는 것이 가능해."

"어떤 방법으로 그게 가능한지는 모르겠지만 화약을 이용했다는 것을 보면 이곳보다는 연금술이 발달된 모양이군요."

“그쪽에서는 연금술이라 하지 않고 과학이라고 해.”

“그쪽의 글과 말을 배우고 싶은데 쟌이 가르쳐 주겠어요?”

“대한제국의 말과 글을? 나도 가르쳐 주고는 싶지만 글은 나도 완전히 깨우친 것이 아니라서 가르쳐 주고 싶어도 가르쳐 줄 수가 없어. 혹시 마법으로 처리할 수는 없는 거야?”

“글쎄요, 그런 마법이 없는 것은 아니지만 잘 될지는 모르겠어요. 잠시 동안만 가만히 대한제국의 말을 생각하고 계세요.”

셀의 말에 쟌은 눈을 감고 대한제국의 말을 떠올리려고 집중했다.

“체이스 메모라이즈 랭귀지!”

쟌의 머리 위에 올려놓았던 셀의 손에서 푸른 빛이 뿜어져 나와 쟌의 머리 속으로 스며들었다 빠져나오더니 셀의 머리 속으로 스며들었다. 푸른 빛은 한동안 계속해서 셀의 손에서 나와 쟌의 머리를 통과해 셀의 머리로 스며들었다.

셀이 눈을 뜨는 순간 푸른 빛줄기는 완전히 사라졌고, 눈을 감고 있던 쟌도 그것을 느꼈는지 눈을 떴다.

“어때? 지금 내가 하는 말을 알아듣겠어?”

쟌이 트레슈나 제국 말이 아닌 대한제국 말로 말하자 잠시 생각을 하던 셀은 곧 고개를 끄덕였다.

“아직 조금 어색하기는 하지만 알아들을 수는 있어요.”

“그럼 내 이름도 알겠어?”

“쟌 가이야가 아니라 장… 가야군요. 그리고 성과 이름의 표현이 우리와는 반대군요.”

“성이든 이름이든 셀이 편한 대로 불러.”

“그동안 계속 쟌이라고 불러서 그런지 전 그게 더 편해요.”

“실은 나도 그래. 한동안 그렇게 불려서 그런지 쟌이란 이름이 더 익숙해.”

“쟌이 허락한다면 지금처럼 부르겠어요.”

“좋도록 해.”

쟌이 고개를 끄덕이자 셀은 갑자기 웃음을 터뜨렸다. 영문을 모른 쟌이 그녀의 얼굴을 바라보았지만 셀은 웃음을 그칠 생각을 하지 않았다.

한참 만에 웃음을 그친 셀이 입을 열었다.

“갑자기 생각이 난 것인데 그럼 전 쟌 부인이라 불려야 하나요? 아니면 가이야 부인이라고 불려야 하나요?”

그제야 셀의 말이 뜻하는 것이 뭔지를 깨달은 쟌은 잠시 웃음을 짓다가 곧 입을 열었다.

“우리 나라에서는 결혼한 여자를 부를 때 이곳처럼 남편의 성을 따서 부르진 않아. 만약 우리 나라 식으로 브른다면 쥬벨 부인이라고 부르는 게 맞겠지.”

“그럼 결혼 후에도 여자가 자신의 성을 그대로 가지고 있다는 건가요?”

“그래. 그것 외에도 여기와 다른 점이 한두 가지가 아니야. 옷차림부터 사는 모습까지 여기와는 판이하게 달라. 셀이 보기엔 내 머리 색이나 피부색이 이상하게 보이겠지만 그곳에는 모두가 나와 같은 피부색에 머리 색을 가지고 있어. 하지만 사람이 사는 세상이 다 그렇듯 눈물이 있고, 웃음이 있고, 정이 있지. 그리고 어디를 가든 아름다운 산과 들, 그리고 강이 있는 곳이지."

"그렇게 아름다운 곳이 있다니…… 꼭 가보고 싶군요."

"과연 돌아갈 수 있을지……."

말을 하는 쟌의 음성에는 힘이 빠져 있었다.

"쟌, 힘내세요. 모두 잘될 거예요."

＊　　　　＊　　　　＊

킬라우림이 열린 지도 벌써 9일이 지났지만 각종 시합을 구경하러 온 사람들은 시간이 어떻게 지나가는지 깨닫지 못할 정도로 시합에 몰입해 있었다.

아침부터 시작된 시합은 오후까지 계속되었고, 저녁에는 삼삼오오 모인 사람들이 낮에 있었던 시합과 시합에 참가했던 선수들의 활약상에 대해 열띤 토론을 벌이다 밤을 지새우기 일쑤였다.

첫날 벌어진 마상 창 시합부터 사람들은 열광했다.

마상 창 시합은 일반 갑옷보다 왼쪽 가슴을 보강한 토너먼트 메일이라 불리는 풀 플레이트 메일을 걸친 채 전속력으로 말을 몰아 랜스로 상대의 심장 부분을 공격해 상대를 말에서 떨어뜨리면 이기는 시합이다.

토너먼트 메일은 일반 갑옷보다 훨씬 무거웠기 때문에 도르래와 기중기, 그리고 몇 사람의 도움이 없으면 혼자서는 말에 오를 수도 없었다. 게다가 마상 창 시합에서 사용되는 랜스 역시 길이 4.5미터에, 무게가 거의 5킬로그램 이상 되었기에 토너먼트 메일에 랜스를 고정시키는 고리가 없으면 웬만한 팔 힘으로는 랜스를 들고 있기조차 힘들었다.

마상 창 시합에서 무엇보다 중요한 것은 검술 솜씨도 솜씨지만 말을 잘 다뤄야 하고 랜스로 정확히 상대의 가슴을 가격해야 하는 것이었다.

시합을 하다 보면 동시에 랜스가 부러져 무승부가 되는 경우가 있는데, 이때는 승부가 날 때까지 계속해서 시합이 벌어진다. 킬라우림의 기록을 보면 두 선수가 서른 번이 넘는 대결을 한 적이 있는데, 거의 하루 종일이 걸렸다고 한다.

열렬한 환호 속에서 벌어진 첫날 마상 창 시합의 우승자는 코렌 드래곤 기사단의 부단장인 루돌프 백작이었다. 마상 창 시합에 도전하는 선수들은 흔히 자신이 사랑하는 여인의 증표인 손수건을 랜스 끝에 묶고 시합을 치르게 되는데, 루돌프 백작의 랜스에 손수건을 묶어준 여인은 황녀들 가운데 가장 아름답다고 알려진 제3황녀 페트리샤였다.

처음 그녀가 루돌프 백작의 랜스에 손수건을 묶어주었을 때 사람들은 열렬히 두 사람을 축복했고, 그런 환호 탓인지 아니면 페트리샤의 염원 때문인지 루돌프는 승승장구하여 결국 우승까지 차지한 것이다.

둘째 날은 집단 마상 전투가 벌어졌는데, 한 팀을 열 명씩으로 구성해 일정 시간 동안 격전을 벌여 말에 탄 사람이 많은 쪽이 우승을 차지하는 방식이었다. 한 팀이 열 명씩인 구성원들이 설사 전원 용병이라고 하더라도 상관이 없었다. 하지만 전문적으로 집단 전투를 훈련받은 기사들을 당해내기란 쉬운 일이 아니어서 대부분 이긴 팀은 기사들로 구성된 팀이었다.

치열한 격전 끝에 우승을 거둔 팀은 엄청난 거구를 자랑하는 블러디 오거 팀이었다. 블러디 오거 팀은 아쉬드의 외할아버지인 제이알 알렉산더 공작의 사설 기사단으로, 시합에서 우승을 하자 우승 팀에게 주어진 황금 방패를 공작에게 바쳤다.

3일째는 용병들과 일반인들의 참가가 본격적으로 이루어진 투창 시합이 벌어졌다.

시합은 두 가지 방식으로 진행되었는데, 스피어를 멀리 던지는 시합과 목표물에 정확하게 맞히는 시합으로 나눠 진행되었다.

물론 기사들도 참가했지만 목표물 맞히기 시합에서는 용병계에서 명성을 날리고 게리 스펠턴이란 용병이 우승을 했다. 이건 관중들도 어느 정도 예상을 했기에 그리 놀랄 일은 아니었지만, 멀리 던지기 시합에서는 뜻밖에도 검투사 출신으로 시합에 출전한 테드 엘로워가 우승을 차지했다.

체격만 보면 일반인과 별 차이가 없어 보이던 테드의 몸 어디에서 그런 엄청난 힘이 숨어 있었던 것인지, 아니면 그의 스피어에 날개라도 달린 것인지 예선에서부터 두각을 나타냈다.

종전의 기록을 예선에서 간단히 깨버린 테드는 본선에서도 상대를 계속 물리쳐 결국 결승까지 진출했다. 결승전에서 만난 상대는 엄청난 근육을 가진 사내였는데, 그 역시 종전의 기록을 깨고 올라온 사내였다.

두 사람은 모두 세 개의 스피어를 던져 가장 멀리 날아간 거리를 겨루는 방식으로 진행되었다.

앞서 던진 폴이란 사내는 엄청난 근육을 가진 사람답게 가볍게 100미터를 넘겼다. 두 번째는 108미터를 날아갔고, 마지막에 던진 스피어는 115미터를 표시하는 라인에 정확하게 꽂혔다. 종전까지의 기록이 93미터였던 것을 생각하면 정말 엄청난 기록 갱신이 아닐 수 없었다.

테드 역시 종전의 기록을 갱신하기는 했지만 거의 대부분 100미터에서 왔다 갔다를 반복할 뿐이었다. 폴이란 사내는 그로서도 대단한 강적이 아닐 수 없었다.

도움받기를 해 달려온 테드가 날린 첫 번째 스피어는 103미터를 기록했고, 두 번째 스피어는 105미터를 기록했다. 남은 기회는 단 한 번. 깊게 심호흡을 한 테드는 힘껏 도움받기를 해 달려와서는 던지기 전 잠시 멈칫했다.

그런 테드의 모습에 폴은 자신의 승리를 의심치 않았다. 하지만 테드의 행동은 그것으로 끝난 것이 아니었다. 그 자리에서 빙그르르 한 바퀴를 회전하고는 스피어를 옆으로 던졌다.

지금까지 단 한 번도 등장하지 않은 이상한 투창법이었다.

비록 회전력을 이용했다고는 하지만 그대 봐야 얼마나 날아가겠느냐는 폴이나 관중들의 생각과는 달리 그가 던진 스피어는 마치 자신을 새라고 착각했는지 완만한 곡선을 그리며 한없이 날아갔다.

끝없이 날아갈 것 같았던 스피어가 지면에 내리꽂힌 곳은 폴의 스피어를 훌쩍 뛰어넘은 128미터 지점이었다. 잠시 정적에 싸여 있던 경기장은 곧 엄청난 함성이 터져 나왔다.

"와~!"

"원더풀~"

"정말 대단한 투창 솜씨야!"

"이전의 기록을 깬 것만 해도 대단한 일인데 저렇게 어마어마한 기록을 세우다니……!"

“정말 대단한 투창 솜씨야.”

사람들의 환호성을 받으며 테드가 잠시 어색한 표정을 짓고 있을 때 폴이 다가와 손을 내밀었다. 엉겁결에 테드의 손을 힘차게 잡은 폴은 진심으로 감탄했다는 표정을 지으며 입을 열었다.

“정말 대단한 솜씨요. 나도 힘에는 자신이 있는 놈이지만 귀하에게는 정말 두 손 두 발 다 들었소. 우승을 축하하오.”

“고, 고맙소. 하지만 그저 운이 좋았을 뿐 마지막에 그렇게 날아갈 줄은 나도 몰랐소.”

“운도 실력이 있어야 찾아오는 것 아니겠소? 하지만 다음에는 오늘처럼 쉽게 이기진 못할 거요.”

“물론이오.”

어색해하는 테드를 남겨둔 채 폴은 힘찬 걸음으로 그 자리를 떠났다. 사람들은 우승자인 테드를 향해 박수와 열렬한 환호를 보냈다.

다음날엔 활 쏘기 시합이 열렸고, 그 다음날에는 무거운 물건 들기 시합이 열렸다.

호전적인 국민성 때문인지 킬라우림 대회에는 유독 싸우는 시합이 많았다.

기사들끼리의 마상 전투 시합을 비롯해 검만을 사용해 서로 간의 검술을 겨루는 소드 마스터 시합, 각종 무기를 마음대로 사용할 수 있는 퍼펙트 웨폰 시합, 수십 명이 동시에 격투를 벌이는 무제한 격투 시합, 그리고 맨손으로 싸우는 판클라치온 시합이 있다.

이들 시합 가운데에서 킬라우림의 백미라고 할 수 있는 시합은 소드 마스터 시합과 판클라치온 시합을 들 수 있다.

　두 시합 모두 우승자에게는 소드 마스터와 너클 마스터라는 칭호가 부여되고 소드 마스터에게는 드워프가 제작했다는 검이 수여되고, 너클 마스터에게는 역시 드워프가 만들었다는 건틀릿이 수여된다.

　매 대회마다 소드 마스터가 바뀌는 데 반해 너클 마스터는 좀처럼 바뀌지 않았다. 이유는 간단했다. 무기를 들고 싸우는 사람은 단 한 번의 실수가 승패를 가르지만 맨손으로 싸우는 사람들은 주먹이 강하거나 맷집이 좋은 사람의 경우 얼마든지 연승이 가능했기 때문이었다.

　더구나 판클라치온 시합에 대한 사람들의 인기는 해를 거듭할수록 대단해져 시합에 참가하려는 사람들이 넘쳐 났다. 때문에 일정을 닷새씩이나 연장해 가며 치러졌다.

38장
판클라치온 1

"휴우~ 마스터, 정말 사람들이 많군요."

올리비에의 말에 쟌도 동감인 듯 질린 표정을 지었다.

이건 많아도 그냥 많은 정도가 아니었다.

엄청나게 웅장한 킬라우림 스타디움이 구경을 하기 위해 몰려든 사람들에 의해 전혀 보이지 않을 정도였다. 당연히 소란스러움은 말할 필요도 없었다. 바로 곁에 있음에도 불구하고 거의 고함을 질러야만 들릴 정도로 지독하게도 시끄러웠다.

쟌도 시끄러운 것이 싫어 사람을 피할 정도까지는 아니었지만 이건 정도가 심해도 너무 심했다.

"어제저녁에 올 걸 그랬습니다. 너무 복잡한데요?"

다시 올리비에가 입을 열었지만 워낙 소란스러운 탓에 잘 들리지도 않았다. 대로는 이미 구경하기 위해 온 사람들과 그들에게 물건을 팔기 위해 몰려든 장사꾼들이 뒤섞여 발 디딜 틈도 없었다.

이건 걸음을 걷는 것이 아니라 사람들에게 떠밀려 킬라우림 스타디움으로 가고 있을 정도였다.

어느 순간에도 부드러운 미소를 잃지 않던 셀도 웃음을 잃을 지경이니 얼마나 복잡하고 소란스러운 상황인지 짐작이 갈 일이었다.

"쟌, 제 손을 잡아요."

갑작스런 셀의 말에 쟌은 영문도 모르면서 셀의 손을 잡았다.

"렌죠님도 어서 쟌의 손을 잡아요."

렌죠가 쟌의 손을 잡는 것을 확인하자마자 셀은 지체없이 스펠을 캐스팅했다.

"플라이!"

셀의 음성이 끝나자마자 세 사람은 허공으로 솟구쳐 올랐고, 그 모습에 주위에 있던 사람들은 누군가의 고함 소리에 깜짝 놀라며 하늘을 쳐다보았다.

"사람이 하늘을 날아간다!"

"어떻게 저럴 수 있지?"

"마법사다!"

사람들이 자신들을 쳐다보는 것을 발견하기는 했지만 난생처음 하늘을 난다는 사실에 쟌과 올리비에는 사람들이 외치는 소리는 들리지도 않았다.

목덜미를 간질이며 스치고 지나가는 바람을 느끼는 순간 쟌은 조금 전 목덜미까지 치밀었던 불쾌한 감정은 눈 녹듯 사라졌다. 킬라우림 스타디움에 가까워지자 셸은 천천히 지상으로 내려갔다.

사람들의 시선이 일제히 자신들에게 몰리자 그런 주위의 반응을 미처 예상하지 못했는지 셸의 얼굴은 순식간에 붉게 물들었다. 물론 세 사람이 허공을 날아 나타났기에 이들을 주시한 탓도 있지만 정작 사람들의 시선이 머문 곳은 바로 셸의 얼굴이었다.

아침 햇살을 받은 그녀의 머릿결은 진한 푸른색으로 빛나고 있었고, 태양을 등지고 서 있는 탓인지 햇빛이 마치 후광처럼 둘러싸고 있어 그녀의 모습은 더욱 신비스러워 보였다. 부드러운 미소를 짓고 있는 그녀의 모습은 같은 여인이 보기에도 너무나 아름다워 보여 질투할 생각조차 못했으니 남자들은 말할 필요도 없었다.

사람들의 눈길을 받으며 세 사람은 킬라우림 스타디움으로 향했다. 몰려든 군중을 통제하던 병사들은 세 사람이 줄도 서지 않은 채 경기장으로 들어가려 하자 당장 그들 앞을 가로막았다.

"멈추시오."

"무슨 일이오?"

올리비에가 쟌과 셸의 앞으로 나서며 입을 열었다.

근육질의 올리비에가 인상을 굳힌 채 자신을 노려보자 처음 입을 열었던 중년 병사는 움찔하며 올리비에의 눈치를 살폈다.

"귀하들도 경기장에 입장하려면 줄을 서야 하잖소. 그렇지 않아도 새치기를 하려는 사람 때문에 골치가 아픈데 귀하들까지 이러면 우리는 어떡하란 말이오?"

"새치기는 누가 새치기를 했다는 거요?"

"줄도 서지 않고 들어가려는 것이 그럼 새치기가 아니란 말이오?"

중년 병사의 말에 올리비에는 한숨과 함께 설명을 해주었다.

"이보쇼. 우린 구경꾼이 아니라 판클라치온 시합에 참가하기 위해 온 선수란 말이오."

"귀하는 선수라 치더라도 저기 저 두 사람은 아니지 않소? 선수가 아닌 저 두 사람은 줄을 서야 하오. 그러니……."

"거참 답답한 사람이군. 남의 말도 들어봐야 할 것 아니오? 여기 두 분도 당연히 대회에 참가하기 위해서 오신 분들이란 말이오."

올리비에의 말에 중년 병사는 못 믿겠다는 표정이 역력한 얼굴로 쟌과 셀을 쳐다보았다.

성질 더러워 보이는 눈매를 제외하면 특별할 것이 전혀 없는 쟌이나 가냘픈 몸매의 셀이 맨손 격투를 벌이는 판클라치온 시합에 참가한다는 것을 도저히 믿을 수가 없었다.

"정말 저 두 사람이 시합에 참가할 선수란 말이오?"

"이 사람이 속고만 살았나? 이분들은 나보다 훨씬 강하신 분들이란 말이오."

올리비에의 말에도 중년 병사는 믿음이 가지 않는지 쟌과 셀의 아래위를 쳐다보았다.

올리비에의 말을 십분 받아들인다 해도 쟌은 이해할 수 있지만 저렇게 아리따운 레이디가 근육질의 사내들과 싸우는 모습은 아무리 생각해 봐도 연상이 되지 않았다.

하급자에게 선수 명단을 가져오라고 시킨 중년 병사는 올리비에를 향해 말했다.

"귀하의 말을 믿지 않는 것은 아니지만 내 직책상 확인을 해야겠소.

각자 이름을 말해 보겠소?"

"올리비에 렌죠, 쟌 가이야, 셀레니온느 쥬벨."

올리비에의 말에 판클라치온 시합에 참가하는 선수들의 명단을 확인하던 중년 병사는 마침내 세 사람의 이름을 확인할 수 있었다. 몇 번이나 명단과 셀의 얼굴을 확인하던 중년 병사는 고개를 갸웃거리면서도 길을 비켜주었다.

"선수들이라니 들어가시오. 그리고 행운을 빌겠소."

"고맙소."

대답을 한 세 사람은 여유있게 킬라우림 스타디움 안으로 들어갔다.

경기장 안으로 들어가다 보니 벽면에 붙어 있는 커다란 종이에 참가 선수들은 자신의 출전 순서를 확인하라는 공고가 붙어 있었다.

쟌이 확인을 하고 보니 셀은 자신의 옆 조인 6조였고, 자신은 7조, 그리고 올리비에는 21조에 속해 있었다. 또 비밀리에 참가시킨 용병들도 다행히 각 조에 분산되어 배치가 되었다.

배치를 모두 확인한 쟌은 입맛을 다셨다.

"이거 다른 조잖아?"

"그렇군요."

"젠장, 셀하고 같이 있고 싶었는데……."

쟌의 말에 빙그레 미소를 짓던 셀은 조금 짓궂은 표정을 지으며 말했다.

"그렇게 저와 싸우고 싶었어요?"

"엥? 그게 무슨 말이야? 내가 셀과 왜 싸워?"

"같은 조에 속해 있으면 싸우기 싫어도 싸워야 하잖아요."

"그, 그렇게 되나?"

어색한 표정을 짓던 쟌은 대진표를 보다가 헤르난이 말한 64강 안에 들려면 최소한 자신이 속한 조에서 우승을 해야만 한다는 것을 깨달았다.

각 조에 참가한 선수들의 수가 대략 250명 정도이니 전승을 거두지 않으면 64강에는 낄 수도 없는 상황이었다. 세상에 64개 조로 나눴는데도 불구하고 한 개 조에 소속된 선수들의 수가 자그마치 250명이나 된다니, 판클라치온 시합의 어마어마한 규모에 혀를 내두를 수밖에 없었다.

"그럼 오후에 보자고."

셀의 뺨에 가볍게 입을 맞춘 쟌은 자신이 속한 조의 대기실로 갔고, 올리비에 역시 셀의 승리를 기원하며 자신이 속한 조로 향했다.

쟌과 올리비에가 떠나자 셀은 갑자기 외로움이 느껴졌다.

그러니까 쟌과 만난 이후로 그와 떨어져 있기는 이번이 처음이었다. 특히 얼마 전 쟌과 밤을 같이 보낸 이후에는 밤조차 떨어진 적이 없기에 셀이 느끼는 외로움은 상당한 것이었다. 마치 가슴 한 부분에 커다란 구멍이 뚫린 것 같은 느낌과 함께 가슴속으로 찬바람이 스며드는 것을 느꼈다.

애써 부정적인 생각을 떨쳐 버린 셀은 천천히 근육을 풀면서 시합에 참가할 준비를 하기 시작했다.

"후후후. 헤르난, 우리끼리 하기로 한 내기를 설마 잊진 않았겠지?"

의미심장한 미소를 지으며 아쉬드가 입을 열자 헤르난 역시 의미를 알 수 없는 미소를 지으며 고개를 끄덕였다.

"후후후, 내가 잊을 리 있겠소? 그렇지 않아도 군자금이 부족했는데 오늘 돈 좀 벌어봅시다."

두 사람 사이에는 보이지 않는 불꽃이 튀는 듯했다.

"형들 눈에는 내가 보이지도 않는 모양이지?"

조금 떨어져 있던 주네티의 말에 두 사람은 고개를 돌렸다.

"내가 잊을 리가 있나. 너 역시 나에게 군자금을 보태주실 분인데 말이야. 후후후."

"형, 너무 오버하는 것 아니오? 대체 누구를 출전시켰는지는 모르겠지만 본인이 이길 거라고 자신하기는 너무 이른 것 아닐까?"

주네티의 말에도 헤르난의 얼굴에 떠올라 있던 미소는 지워지지 않았다. 그런 두 동생을 바라보던 아쉬드가 입을 열었다.

"그럼 출전 명단을 밝혀봐라. 내가 출전시킨 용병은 아론, 케산, 루미넨이다."

"루미넨이라면 저번 판클라치온 시합에서 결승전에 올랐던 그 루미넨이란 말이오?"

"그래. 저번 대회에서는 아깝게 졌지만 이번에는 우승할 것이 거의 확실한 용병이지."

아쉬드가 거론한 루미넨이란 이름에 주네티의 얼굴은 단번에 찌푸려졌지만 헤르난의 얼굴에는 여전히 미소가 떠올라 있었다.

"헤르난 형은 걱정도 안 되는 모양이지?"

"내가 출전시킨 용병은 쟌, 셀, 올리비에요."

"쟌? 쟌이라면 도그 슬레이어라는 그 쟌 말이냐?"

"아쉬드 형도 쟌의 이름을 들어본 모양이구려. 바로 그 친구요."

"그리고 셸이란 여자는 티오네스의 미소를 가졌다는 그 여자 아니오?"

"호오~ 주네티, 형의 일에 관심이 많은 모양이구나. 레이디 셸의 별명까지 아는 것을 보니 말이다."

"게다가 올리비에라면 산적으로 이름을 알려진 올리비에 렌죠 아니오?"

"그렇다고 하더구나. 하지만 판클라치온 시합에는 처음 출전하는 것이라 잘하려는지 모르겠다. 네가 출전시킨 선수는 누구냐?"

"호른, 베냐, 루겔이오."

"베냐라면 저번 대회 준결승 진출자?"

"그렇소. 베냐도 이번에 설욕을 하겠다고 했으니 간단히 물러서지는 않을 거요."

"지켜보면 알겠지. 그럼 각자 준비한 것을 꺼내볼까?"

아쉬드의 말에 뒤편에 서 있던 날카로운 인상의 중년 사내가 작은 나무 상자 하나를 꺼내 테이블 위에 올려놓았다.

"5만 코렌이다."

헤르난이 손짓을 하자 로고스가 5만 코렌이 든 가죽 주머니를 테이블 위에 올려놓았다. 그 모습을 본 주네티 옆에 서 있던 부드러운 인상의 중년 사내도 작은 나무 상자를 꺼내 테이블 위에 올려놓았다.

아쉬드는 로고스와 부드러운 인상의 중년 사내의 모습을 지켜보며 아쉬운 생각이 들었다.

'로고스와 타마룬마저 내 곁에 있었다면 용병계의 3대 용병왕이 모

두 내 밑에 있게 되는 것인데…… 그나저나 아쉽군. 저들만 있다면 2년 씩이나 걸릴 일도 아닌데 말이야.'

"그럼 우리의 종마들이 어디에 속해 있는지 확인해 봐야겠지. 어디 보자, 아론은 2조, 케산은 34조, 루미넨은 7조군. 그리고 쟌은…… 후 후후, 꽤나 재수가 없구나, 헤르난. 하필이면 우승 후보인 루미넨과 같 은 7조라니. 너의 불행에 진심으로 조의를 표하는 바이다."

"후후후, 누구의 불행이 될지 그건 두고 봐야 알 일 아니오? 쟌을 이 기는 것이 그리 간단한 일은 아닐 거라고 난 생각하는데 말이오."

"그거야말로 내가 하고 싶은 말이다. 두고 보면 알겠지. 그럼 다음 을 볼까? 올리비에가 속한 조는 21조, 그리고 레이디 셀은 6조에 속해 있군. 그리고 주네티가 말한 용병들을 보면 베냐가 7조, 루겔이 21조, 호른이 6조군. 가만있어 봐라, 이게 뭐야? 주네티의 선수와 헤르난의 선수들이 모두 같은 조에 속해 있잖아. 정말 볼 만하겠는걸."

"아쉬드 전하, 7조에는 정말 강한 자들이 많습니다."

날카로운 인상의 마검사 카멜 제이슨이 입을 열자 사람들의 시선이 일제히 그에게로 향했다. 하지만 카멜의 얼굴은 조금도 변하지 않았 다.

"세 분이 내세운 용병들 가운데 각 한 명씩이 7조에 속한 것도 우연 한 일이지만, 저번 판클라치온 시합의 준우승자인 루미넨과 4강 진출 자인 베냐, 그리고 8강에 진출했던 준준결승전 진출자 가운데 세 명이 나 포진하고 있더군요. 게다가 참가자들의 이름을 확인하다 보니 용병 계에서 나름대로 이름을 날리고 있던 용병들도 상당수 끼어 있더군요. 그러니 거의 죽음의 조라고 불러도 이상할 것이 없을 것 같습니다."

"죽음의 조라……."

카멜의 말에 헤르난이나 주네티의 얼굴에는 긴장감이 어렸다. 비록 자신있게 선수를 출전시키기는 했지만 자신의 선수가 무조건 이긴다고 장담할 수 있는 상황이 아니었던 것이다.

이전 대회 우승자인 기레스트 유로웰 같은 경우는 실제 레드 와이번 기사단 출신으로 맨손 타격기에는 상대가 없다고 하지만 검술도 상당한 경지에 올랐다고 알려졌다.

물론 검술이 뛰어난 자가 맨손 격투 시합에서 꼭 뛰어나다고 볼 수는 없지만 기레스트가 등장해 우승을 함으로써 검술 솜씨가 뛰어난 검사가 맨손 격투 시합에도 강하다는 인식을 심어주기에 충분했다.

세 왕자가 팽팽한 신경전을 벌이고 있는 동안에도 경기장 안은 곧이어 벌어질 판클라치온 시합을 구경하려는 사람들로 후끈 달아올라 있었다.

경기장 안에는 총 32개의 시합장이 설치가 되었고, 1조에서 32조까지 출전 선수들이 우선적으로 집결해 자신의 차례가 오기만을 기다리고 있었다.

쟌은 그런 선수들 사이에서 자신의 순서는 아랑곳하지 않은 채 셀이 있는 6조를 바라보며 그녀의 모습을 찾기에 여념이 없었다.

한참 만에 발견한 셀은 조금 굳은 표정으로 시합장을 바라보고 있었는데, 그런 그녀와는 달리 주위에 있던 사내들은 그녀의 미모에 취한 듯 몽롱한 표정을 짓고 있었다. 그런 사내들의 모습에 쟌은 은근히 열이 올랐지만 그렇다고 그녀에게 복면을 쓰고 다니라고 할 수도 없는 일이지 않은가.

그런 생각을 하고 있을 때 셀이 시합장 안으로 들어서는 광경이 눈에 들어왔다. 진행 요원에게 자신의 순서를 확인한 쟌은 재빨리 셀이 있는 시합장으로 다가갔다.

셀의 상대로 시합장 안으로 들어선 이는 40대 초반으로 보이는 중년 사내였는데 하드 레더 밖으로 드러난 팔과 얼굴에는 크고 작은 상처가 나 있는 것이 꽤나 험한 일을 많이 경험한 듯 보였다. 하지만 탄탄한 근육이나 가벼운 발걸음을 보면 그리 만만한 상대는 아니었다.

셀의 얼굴을 보니 긴장한 기색이 역력했다. 그녀에게 걱정할 필요 없다는 말을 해주고 싶었지만 그녀를 향해 쏟아진 관객들의 열화와 같은 환호성 때문에 아무리 소리를 질러봐야 들리지도 않을 것 같았다.

이기고 지는 것은 문제가 아니었다. 쟌도 셀의 검술 실력이나 재빠른 몸놀림을 알고는 있지만 그래도 걱정이 되는 것은 감출 수 없었다. 부디 그녀가 다치지 않고 무사히 끝나기만을 간절히 바랐다.

두근거리는 가슴을 억지로 진정시킨 셀은 상대를 살폈다. 상당한 경험을 가진 용병으로 보였는데 과연 자신이 그를 상대로 제대로 싸울 수 있을지 걱정이 되었다.

"준비! 시작!"

심판의 선언에 따라 중년 사내가 천천히 원을 그리듯 셀의 주위를 돌기 시작했다. 상대의 각도에 맞춰 제자리에서 위치를 바꾸던 셀은 더욱 심한 긴장을 느꼈다.

길게 심호흡을 한 셀은 느닷없이 상대를 향해 달려들었다.

그렇다고 특별히 공격 자세를 취한 것은 아니기에 상대 중년 사내는 기본 자세를 취하며 셀이 공격해 오는 방향을 가늠하고 있었다. 어깨 위로 올라갔던 셀의 작은 주먹이 자신의 상체로 날아올 것이라고 예상했던 중년 사내의 예측과는 달리 셀은 주먹을 빼고 다시 뒤로 물러섰다.

일정한 거리를 두고 만난 두 사람.

미동적이던 셀의 움직임이 천천히 움직이기 시작하더니 점점 빨라졌다. 그 모습을 지켜보던 쟌은 자신도 모르게 엄지손가락을 튕겼다.

'그래! 바로 그거야, 셀! 계속 움직여야단 해.'

셀의 모습을 지켜보던 쟌은 자신도 모르게 고개를 끄덕였다. 바로 자신이 원하던 방향으로 그녀가 움직이면서 상대의 공격에 대처하는 모습을 확인했기 때문이었다.

계속해서 빙글빙글 돌던 두 사람은 어느 순간 누가 먼저랄 것도 없이 상대를 향해 거리를 좁혀갔다. 그리고는 상대를 향해 주먹을 휘둘렀다.

탄탄한 근육의 소유자답게 중년 사내의 주먹은 가볍게 셀의 방어를 뚫고 그녀의 얼굴을 향해 날아왔다. 깜짝 놀란 셀은 놀랄 만한 유연성을 보이며 상체를 뒤로 숙여 상대의 공격을 피했다. 그리고는 몸을 빙글 돌리며 그 회전력을 이용해 상대의 옆구리를 공격했다.

셀의 움직임이 자신의 예상보다 훨씬 빠르다는 것을 깨달은 중년 사내는 재빨리 뒤로 피하며 셀의 공격 범위에서 벗어나려고 했다. 하지만 셀의 움직임은 중년 사내의 예상보다 더욱 빨랐다. 마치 중년 사내의 품에 뛰어들듯 파고든 셀은 중년 사내를 향해 주먹을 휘두르려 했다. 하지만 상대와의 거리가 너무 가까워 주먹을 휘두를 만한 거리가 되지 않았다.

'후후후, 역시 경험 부족이군. 무조건 거리를 좁힌다고 좋은 것이 아니라네, 레이디. 하지만 빠르게 상대의 품 안으로 뛰어든 것은 칭찬해 주지.'

중년 사내는 셀이 공격 거리를 맞추지 못해 실수로 너무나 가까이 접근했다고 생각했다. 바로 그때 자신의 얼굴을 향해 뭔가가 날아드는 것을 발견하고는 눈을 크게 떴다.

펙!

둔탁한 소리와 함께 중년 사내의 턱이 크게 돌아갔다.

팔꿈치로 턱을 공격한 것이었다.

털썩!

중년 사내가 기절한 채 쓰러지자 재빨리 그에게 다가가 상태를 확인한 심판은 곧바로 셀의 승리를 선언했다.

"이번 시합의 승리자는 레이디 셀이오."

"와~ 정말 대단한 여자야."

"자네 방금 팔꿈치로 턱을 날리는 광경을 봤나?"

"휴우~ 정말 끔찍하더군. 저 녀석도 꽤 하는 놈인데……."

진행 요원이 자신의 승리를 알리자 안도의 한숨을 내쉰 셀은 시합장을 벗어나다가 그제야 쟌이 자신을 바라보고 있음을 깨달았다. 그에게 미소를 보내고 싶었지만 좀 전의 긴장이 아직 풀어지지 않았는지 얼굴 근육이 굳어 좀처럼 미소를 지을 수 없었다.

셀을 열광적으로 응원했던 관중들은 셀이 쟌에게로 다가가 품에 안기자 살기에 가까운 흉포한 기운을 쟌에게 보냈지만 쟌은 아랑곳하지 않고 품 안의 셀을 도닥거려 줬다.

잠시 후 셀이 고개를 들자 쟌이 입을 열었다.

"이제 진정이 좀 됐어?"

"예, 제가 긴장을 많이 했던 모양이에요.'

"그랬어? 내가 보기엔 전혀 긴장하지 않은 것 같이 보였는데 말이야."

"아니에요. 실제 싸움은 몇 번 해보지 않아서 많이 긴장했어요. 게다가 이건 검이나 마법, 정령술을 전혀 사용할 수 없는 싸움이잖아요. 처음 저분이 주먹을 휘둘렀을 때 너무 긴장해 어떻게 피해야 할지 전혀 생각이 나지 않았어요. 어떻게 피하고 또 어떻게 공격을 했는지……."

셀의 말에 고개를 끄덕이던 쟌은 그녀의 머리를 쓰다듬으며 입을 열었다.

"셀은 잘 모르겠지만 인간의 몸에는 단련하지 않아도 강한 부분이 몇 군데 있어. 팔꿈치와 무릎, 그리고 발뒤꿈치는 특별히 단련하지 않아도 상대에게 큰 타격을 줄 수 있지. 얼마만큼 연습을 했느냐에 따라 상대를 쉽게 무력화시킬 수 있어. 셀도 훈련을 했잖아. 그러니 앞으로는 좀 더 침착하게 시합을 하도록 허. 셀이 몰라서 그렇지 순수한 실력만으로 셀을 이길 사람은 그리 많지 않아. 자신이 강하다는 것을 의심하지 마."

"알았어요. 쟌도 조심하세요."

그때 조금 떨어진 곳에서 쟌의 이름을 호명하는 소리가 들렸다. 셀의 어깨를 두어 번 두드려 준 쟌은 성큼성큼 걸음을 옮겨 자신의 시합장 안으로 들어섰다.

시합장 안에서 상대를 확인한 쟌은 그의 키가 상당히 크다는 것을 깨달았다. 하지만 겨울 나뭇가지처럼 앙상하게 마른 그의 몸을 보다 보니 갑자기 개가 생각나 불쌍하다는 생각이 저절로 들었다.

30대 중반쯤으로 보이는 상대는 자신의 상대가 나이 어린 청년인 것을 확인하고는 코웃음을 쳤다.

"꼬마야, 좋은 말로 할 때 집에 가라. 그리고 엄마 젖 좀 더 먹고 많이 자란 다음에 오도록 해라. 그렇지 않으면 이 아저씨가 혼구멍을 낼 테니까 말이다."

"다 짖었냐?"

"뭐라고? 이 꼬마 녀석이 감히 어른께 감히 뭐라는 거야? 정말 오늘 내 손에 죽고 싶냐?"

"네가? 날? 푸하하하!"

쟌의 갑작스럽고도 요란한 웃음소리에 시합장 주위에 몰려 있던 사람들은 일제히 쟌을 바라보았다.

외적인 조건만 본다면 쟌보다는 그의 앞에 서 있는 껑다리가 훨씬 강해 보였다. 그럼에도 불구하고 저 가소롭다는 웃음은 뭔가? 눈치 빠른 사람들은 뭔가 사건이 일어나고 있다는 것을 직감하고는 시합장에서 눈을 떼지 않았다.

한참을 웃던 쟌이 갑자기 웃음을 그치고는 껑다리를 쳐다보았다. 다시 한 번 이야기하지만 쟌이 쳐다본 것이 상대에게, 특히 키가 큰 사람들에게는 째려본다는 인상을 준다는 것을 쟌은 전혀 모르고 있었다. 설사 알고 있다고 하더라도 신경 쓸 쟌도 아니지만 말이다.

“재롱을 떠는군. 원래 한 방으로 끝내려고 했지만 내 성미를 건드렸으니 맛보기로 딱 지옥 입구까지만 구경시켜 주지.”

“이 애송이 녀석이 감히 누구에게 헛소리를…… 헉!”

분노를 터뜨리려던 꺽다리는 느닷없이 쟌이 달려들자 깜짝 놀라며 뒷걸음질을 쳤다. 하지만 쟌의 몸놀림이 더 빨랐다.

순식간에 그의 품으로 뛰어든 쟌은 가볍게(?) 주먹으로 옆구리를 공격했다. 타격을 입고 뒤로 물러서는 꺽다리의 허벅지를 걸어차자 꺽다리는 통증 때문에 그 자리에서 꼼짝도 하지 못했고, 지체없이 허공으로 몸을 띄운 쟌은 공중 돌려차기로 꺽다리의 관자놀이를 걸어찼다.

빡! 쿵!

뼈와 뼈끼리 부딪치는 살벌한 소리와 함께 꺽다리는 정신을 잃었는지 통나무가 쓰러지듯 그대로 앞으로 넘어졌다.

그 모습에 황급히 달려온 심판은 재빨리 꺽다리의 이상 유무를 확인했고 그가 목숨을 잃은 것이 아니라 정신을 잃었을 뿐이라는 것을 알고는 안도의 한숨을 내쉬며 쟌의 승리를 선언했다. 그리고는 다른 진행 요원들과 함께 꺽다리를 들어 대회를 지원하기 위해 파견된 프리스트에게 데리고 갔다.

자신의 승리가 선언된 후 자신의 자리로 돌아가던 쟌은 관중들이 눈을 크게 뜨고 자신을 쳐다보기만 할 뿐 다무도 박수를 치지 않자 슬슬 짜증이 나기 시작했다. 그런 관중들의 터도는 다음 시합이 진행될 때도 계속되었다.

그가 막 발작을 일으키려는 순간 어느 틈엔가 곁으로 다가온 셸이 얼른 그를 다독거렸다.

"정말 대단한 연환 타격기였어요."

"대단하기는 뭘. 그 녀석이 너무 약했던 거지."

진행 요원에게 오늘 자신들의 시합이 더 이상 없는 것을 확인한 두 사람은 금방 그 자리를 떠났고, 그제야 마법에서 풀린 듯 관중들은 쟌의 발차기에 대해 자신의 생각을 와르르 풀어놓기 시작했다.

"세상에~ 자네 그 발차기 봤나?"

"무, 물론이지. 직접 내 눈으로 보고도 믿을 수 없을 정도야. 어떻게 그렇게 빠른 발차기가 가능한 거지?"

"허벅지를 공격한 후에 몸을 날려 공중에서 빙글 돈 후에 머리를 걸어찼잖아. 피하고 자시고 할 시간적 여유도 없을 정도로 엄청나게 빨랐잖아."

"게다가 같이 사라진 레이디는 어떻고? 아까 싸우는 모습을 보니까 팔꿈치 한 방으로 상대를 보내 버리더라고. 정말 대단한 한 쌍이야."

관중들은 지금 벌어지고 있는 시합에는 관심도 없는 듯 이미 사라지고 없는 쟌에 대해 이야기하기에 여념이 없었다.

그런 모습은 로열석에 앉아 있던 세 왕자도 마찬가지였다.

처음 쟌이 꺽다리와 말싸움을 시작할 때만 하더라도 아쉬드나 주네티의 표정은 권태스럽다고 느낄 정도로 따분한 기색이 역력했었다. 그러다 쟌이 갑자기 움직이기 시작했을 때는 눈이 점점 커지더니 공중 돌려차기로 시합이 종결되자 더 이상 눈이 커질 수 없을 만큼 부릅떠졌다.

"저, 저게 뭐야?"

"어떻게 발을 이용해 싸울 수 있는 거지?"

지금까지 자신들이 알고 있는 모든 상식을 파괴하는 듯한 쟌의 움직임에 두 왕자는 당황한 모습을 보이지 않을 수 없었다. 그렇기는 그들 뒤에 서 있던 카멜이나 타마룬 역시 마찬가지였다.

자신들이 용병이 되고 20년이 지난 지금까지 수없이 많은 상대들과 싸워왔고, 갖가지 특이한 검술이나 무술을 익힌 상대와도 싸워봤다. 무기는 길이, 무게, 형태에 따라 각기 다른 움직임을 보이지만 맨손 격투는 거의 대동소이하다.

상대를 향해 주먹을 날리는 것.

이 상황에서 하체의 움직임은 상체를 보조하는 것뿐이다. 하체를 움직여 상대를 공격한다는 것은 필승의 자신이 있을 때나 쓰러진 상대를 공격할 때 빼고는 있을 수 없었다.

한쪽 다리로 상대를 공격한다는 것은 결국 다른 쪽 다리로 몸의 중심을 잡아야 한다는 말인데 중심이 흔들린 상태에서 어떻게 제대로 된 공격이 나올 수 있겠는가? 때문에 조금 전 쟌처럼 공중 돌려차기를 한다는 것은 싸움에 대해서는 아무것도 모르는 애송이들이나 철부지들이 하는 행동일 수밖에 없었다.

이것이 지금까지 카멜이나 타마룬이 경험한 대전 수칙이었다. 그런데 지금 그런 자신들의 생각을 송두리째 뒤집어 버리는 사람이 나타난 것이다. 그리고 전혀 의외의 장소에서, 또 전혀 의외의 인물로 말이다.

카멜이 슬쩍 눈을 돌려 곁에 있던 로고스를 보니 그의 얼굴이 태연한 것이 쟌이 그런 실력을 가지고 있다는 것을 미리 알았던 것 같았다. 게다가 헤르난 역시 당연하다는 표정을 짓고 있는 것을 보니 쟌의 승리를 믿고 있었던 것 같았다.

문득 머리 속을 스치고 지나가는 생각이 있어 카멜이 조용히 입을 열었다.

"소문의 도그 슬레이어가 설마 너클 파이터일 줄은 미처 상상하지 못했군."

카멜의 돌연한 말에 아쉬드를 고개를 돌려 그를 바라봤다.

"카멜, 그게 무슨 말인가?"

"헤르난 전하의 흑장미성에 2대 명물로 떠오른 인물들이 있지 않습니까?"

"도그 슬레이어와 티오네스의 미소 말인가?"

"그렇습니다. 처음에는 대체 누가 도그 슬레이어란 별명을 가진 것인지 궁금해 제가 개인적으로 좀 알아봤습니다. 비록 단편적인 것밖에는 입수하지 못했습니다만 그 정보가 저의 관심을 끌기에 충분했습니다. 도그 슬레이어는 여태껏 알려진 너클 파이터들과는 달리 다리를 함께 사용한다고 하더군요. 게다가 상대와의 싸움에서는 언제나 승리! 대단한 솜씨를 가진 용병이라는 소문이었습니다."

카멜의 말에 로고스와 헤르난은 속으로 움찔했지만 애써 태연한 표정을 짓고 있었다.

자신의 말에도 두 사람이 별다른 내색을 하지 않자 카멜은 실망했지만 아쉬드나 주네티, 그리고 타마룬은 자신들이 소문으로만 들었던 도그 슬레이어에 대해 카멜이 파악하고 있다는 것에 은근히 놀라는 표정을 지었다.

카멜의 말에 잔뜩 긴장했던 헤르난과 로고스는 카멜이 단지 소문의 인물이 쟌이라고 추측했을 뿐 그의 위치나 역할에 대해서는 아무것도 모르고 있다는 것을 확인하고서야 안도의 한숨을 내쉴 수 있다. 그래서일까? 헤르난의 입가에 의미를 알 수 없는 미소가 지어졌다.

"아까 쟌 옆에 있던 레이디를 보지 못했소? 그녀가 바로 티오네스의 미소라 불리는 여인이오. 정말 아름다운 여인이지. 지금껏 여자에게는 관심도 없었던 내 마음을 단숨에 사로잡을 만큼 말이오."

"여자에게는 관심이 없어 파티나 연회에는 참석도 하지 않던 형이 그런 말을 할 정도라면 대단한 미인이겠군. 형이 내미는 손이라면 그 대단하다는 레이디도 결코 마다하지 않았을 텐데. 하룻밤의 노리개라도 되겠다는 여자들이 하나둘이 아니잖아."

주네티의 말에 헤르난의 얼굴이 잠시 굳어졌다가는 곧 활짝 펴졌다.

"그럴 여자도 아니지만 무엇보다 그녀 곁에는 사나운 맹수 하나가 있어 그런 말을 할 엄두도 나지 않더구나."

"맹수?"

"그래. 상대가 설사 드래곤이라고 하더라도 그냥 두지 않을 맹수. 그 맹수가 겁이 나서 일찌감치 포기를 해버렸다."

태연한 표정으로 말하는 헤르난의 태도에 두 왕자는 이해가 되지 않는다는 표정으로 그의 얼굴을 하염없이 쳐다봤다. 실제 왕자들이 승계전쟁이 끝나기 전까지 결혼을 하지 못하는 것은 사실이지만 그들의 애정 행각까지 통제를 하는 것은 아니었다.

비근한 예로 아쉬드의 진영에 있는 제5왕자 라일리 같은 경우는 엄청난 바람둥이로 거의 날마다 만나는 여자가 바뀐다는 소문이 들릴 정도였다. 물론 그의 지위가 왕자라는 것도 한몫했지만 아름다운 얼굴과 유창한 달변에 매료되지 않을 여자가 없었다.

국민들의 원성과 딸을 둔 귀족들의 하소연에 황제 퀘헤리건이 개입을 했을 때는 이미 라일리가 만난 여자는 세 자리 수를 헤아릴 정도였다.

승계 전쟁이 끝나기 전까지는 반역죄만 아니라면 거의 모든 죄를 용서해 주는 상황이니 헤르난이 셀을 강제로 취한다고 하더라도 감히 누가 그에게 죄를 묻겠는가? 왕자비, 아니, 황후가 될 수 있는 기회가 자신의 눈앞에 있는데 그것을 거부할 여자가 있다는 것을 도저히 믿을 수 없었다.

아마도 헤르난이 말한 맹수가 도그 슬레이어를 가리키는 말 같은데, 그가 가진 무력을 사용하면 간단한 일 아닌가. 그럼에도 불구하고 그렇게 하지 않았다는 것은 무슨 이유에서일까?

셀에 대한 미련이 없기 때문에?

아니면 셀을 함부로 대할 수 없는 무엇이 있기 때문에?

정말로 쟌이 무서웠기 때문에?

헤르난의 말 한마디에 두 청년은 머리 속이 복잡해져 오는 것을 느껴야 했다.

헤르난과 대화를 하면 항상 이랬다.

대화 후에 뭔가 개운하지 않은 찜찜함이 남아 그와의 대화가 전혀 반갑지 않았다. 사람을 기대하게 만들어놓고는 자신은 슬쩍 빠져 버리는 악동 같은 모습을 자주 보였기에 이번엔 속지 말자 맹세를 해도 지금처럼 그가 입을 열면 어쩔 수 없이 빠져드는 자신들을 발견해야만 했다.

그들이 그런 대화를 나누고 있을 때 쟌과 셀은 올리비에의 시합장으로 향하고 있었다.

다행히도 그는 아직까지 시합을 하기 전이었다.

간단하게 몸을 풀고 있던 올리비에는 자신에게 다가오는 두 사람의 모습을 발견하고는 반색을 했다.

"어서 오십시오, 마스터."

"아직 시합 전이야?"

"예. 그래서 몸을 풀고 있던 중입니다.'

"내가 가르쳐 준 것 잊지 않았겠지?"

"물론입니다, 마스터."

쟌의 말에 대답을 하면서 올리비에는 흑장미성의 지하에서 그에게 얻어맞으면서 배웠던 갖가지 기본형들을 떠올렸다.

산보의 뿌리가 되는 세 가지 기본형과 난격(亂擊)의 다섯 가지 기본형, 그리고 격검의 기본형 네 가지를 익히느라 올리비에는 며칠 동안 그야말로 잠까지 줄여야 할 정도로 고생을 했다.

물론 지금도 약간 어색한 점이 없지는 않지만 누군가가 자신에게 격검의 기본형에 대해서 묻는다면 당장에라도 자신있게 대답할 수 있을 정도로 잘 숙지하고 있었다.

특히 그를 고생시켰던 것은 산보와 난격이었다. 차라리 격검은 무기를 계속 사용해 왔었기에 그 연장선에서 생각하면 이해가 되었지만 발과 몸놀림인 산보와 주먹을 사용하는 난격은 그에게는 완전히 새로운 무술이었다.

머리 속은 이게 아닌데 하면서도 무기를 쓰는 데 익숙한 몸은 벌써 엉뚱하게 움직이고 있었다. 물론 그런 모습을 보고 가만히 있을 쟌이 아니었다.

친절하게(?) 피로가 쌓인 전신을 안마해 주며 자세를 교정해 주었다. 잊고 싶어도 잊을 수가 없었다.

정말 자신도 놀랄 정도의 집중력을 보여 기본형들을 익히지 않았으면 아마도 지금쯤 침대 위에서 하루하루를 보내고 있을 것이 틀림없었다. 쟌에게는 비교할 수 없지만 다른 용병들과 겨뤄보면 거짓말처럼 상대의 움직임이 눈에 들어왔다.

아마 이전 같았으면 그들과 치열한 접전을 벌여야 겨우 승부가 가려졌겠지만 지금은 상대가 어떻게 나올 것인지 대충 짐작이 갔고, 또 상대는 대체로 자신의 예상대로 움직였다. 그러니 그들과의 대결에서 올리비에가 완승할 수 있는 것은 어쩌면 당연한 일이었다.

쟌이 이런 수련법을 어디에서 배운 것인지 알 수는 없지만 그에 대한 존경심이 새록새록 피어나는 것을 느끼는 올리비에였다.

그러는 사이 그의 차례가 되었다.

"올리비에 렌죠는 시합장으로 나오시오!"

진행 요원의 외침에 올리비에는 깊게 숨을 한 번 들이키고는 시합장 안으로 들어섰다. 들어와 상대를 확인하고 보니 자신처럼 장신에 근육으로 된 갑옷을 걸치고 있는 건장한 사내였다.

이전 같았으면 사내의 잘 발달된 상체 근육에 찔끔했겠지만 지금은 상대의 근육에 바람을 집어넣은 것처럼 느껴져 오히려 가소로운 생각이 들 뿐이었다. 물론 방심은 금물이었지만 그렇다고 상대에게 지레

겁먹을 필요는 없다는 것을 그도 잘 알고 있었다.

시합이 있기 전 쟌이 말해 준 것처럼 올리비에는 이번 판클라치온 시합을 그동안 익혔던 갖가지 기본형을 실전 연습하는 기회로 삼기로 결심했다.

올리비에가 자신을 바라보기만 할 뿐 좀처럼 덤벼들지 않자 자신에게 겁을 먹었다고 생각한 사내는 올리비에를 향해 달려들었다. 그리고는 빠른 속도로 주먹을 휘둘렀다.

가볍게 상체를 옆으로 숙여 상대의 주먹을 피한 올리비에는 옆으로 한 걸음 이동했다. 재차 공격하는 사내의 주먹을 간단하게 뒤로 피하며 상대의 전신에서 눈을 떼지 않았다.

상대의 다리가 앞으로 움직이려는 순간 그의 품 안으로 뛰어든 올리비에는 자신이 너무나 간단히 상대의 품으로 파고들자 스스로도 너무나 어이없었다. 그냥 물러서면 상대가 실망할 것 같아 따귀 한 대를 살짝 때리고는 신속하게 뒤로 물러났다.

갑작스런 올리비에의 행동에 상대는 얼떨떨함을 감추지 못했다가 치미는 분노를 참지 못해 고함을 지르며 올리비에에게 달려들었다. 하지만 올리비에는 옆으로, 뒤로, 때로는 앞으로, 상대의 공격을 요리조리 간단하게 피했다.

어느 정도 시간이 지나자 산보의 기본형은 마음먹은 대로 펼칠 수 있었다. 해서 이번에는 난격의 기본형을 연습해 보기로 했다.

사내는 마치 기름을 바른 미꾸라지처럼 요리조리 도망 다니는 올리비에의 행동에 분통이 터졌지만 자신의 몸놀림으로는 그를 쫓아갈 엄두도 내지 못했다. 만약 이번에도 그렇게 도망을 간다면 욕을 해주리라 결심했을 때 뜻밖으로 이번엔 그가 품 안으로 뛰어들며 주먹을 휘두르는 것이 아닌가!

엉겁결에 팔로 전면을 가려 상대의 공격을 막으려 했지만 충격은 뜻밖에 옆에서 전해졌다. 충격을 견디지 못하고 사내가 비틀거리며 몇 걸음이나 뒤로 물러섰다. 하지만 올리비에는 더 이상 공격하지 않고 마치 그가 정신 차리기를 기다리는 듯했다.

상대가 정신을 차린 듯하자 올리비에는 다시 뛰어들며 주먹을 휘둘렀다. 대부분 옆으로 휘두르는 공격이 일반적인 데 반해 올리비에의 공격은 남다른 데가 있었다.

끊어 치는 듯한 짧은 주먹질은 너무 빨라 눈에 보이지도 않았고, 또 그가 휘두르는 주먹은 단지 횡으로만 날아드는 것이 아니라 위에서 아래로, 또 아래서 위로 날아와 정신을 차릴 수가 없었다. 게다가 날아갔던 주먹이 되돌아와 손등으로 얼굴을 쳤을 때에는 너무 황당해 할 말이 없을 정도였다.

사내를 더욱 어리둥절하게 만든 것은 올리비에의 주먹에 결코 상대를 기절시키거나 무력하게 만들 정도의 힘이 실려 있지 않다는 것이었다.

결국 사내가 생각한 것은 올리비에가 자신을 희롱하고 있다는 것이었다. 자존심이 상하는 것은 말할 것도 없고 그를 당장 박살 내고 싶었지만 오히려 자신이 박살 날 지경이었다.

주먹 같지도 않은 올리비에의 끊어 치기 주먹에 코뼈가 부러졌는지 납작하게 주저앉은 코는 숨 쉬기도 힘들 정도였고, 가볍게 스친 것 같았던 몇 번의 타격에 왼쪽 눈이 부풀어 올라 사물이 제대로 보이지도 않았다.

올리비에를 잡지 못해 허둥거리던 사내는 갑자기 턱이 부서져 나가는 듯한 극렬한 통증과 함께 자신의 몸이 허공을 나는 것을 느끼며 정신을 잃었다.

쿵!

시합장에 널브러진 사내는 꼼짝을 하지 않았고, 올리비에는 아쉬운 듯 입맛을 다셨다. 조금만 더 시합을 지속했으면 난격에 대해 뭔가를 깨달을 수도 있었을 것 같은데 상대가 버티지를 못하니 어쩔 수 없는 일이었다.

맨손 격투라 하면 그저 주먹을 휘두르면 될 것이라고 생각해 왔었는데 쟌에게 설명을 듣고 직접 자신이 움직여 보니 보통 까다로운 것이 아니었다. 특히 끊어 치기는 상대와 일정한 거리를 유지해야 하기 때문에 보통 신경 쓰이는 것이 아니었다. 하지만 그 위력은 자신의 상상을 초월했다.

그저 자신의 힘 가운데 약 3할 정도밖어 사용하지 않았는데 상대의 코뼈가 마치 비스킷처럼 간단히 부서져 버린 것이다.

오히려 공격한 자신이 더 놀랄 지경이었다.

적은 힘으로도 놀랄 만한 위력을 보일 수 있게 만드는 이 기묘한 무술 수련법에 올리비에는 수련을 거듭할수록 놀라움을 금할 수 없었다. 게다가 지금까지 신경도 쓰지 않았던 호흡이 그렇게 중요할 줄은 상상도 못했다. 하지만 쟌의 지적대로 몸을 움직이니 같은 힘으로 더 오랫동안 훈련을 받을 수 있었고, 또 폭발적인 힘의 사용이 가능했다.

어떻게 해서 그게 가능한지는 몰랐지만 쟌이 가르치는 대로 훈련을 하니 이전의 자신과는 다른 자신이 느껴졌다. 마치 새로 태어난 것처럼 말이다. 물론 혹독한 시련을 이겨낸 보답으로 올리비에가 만끽할 수 있는 놀라운 경험이지만 말이다.

결국 심판의 승리 선언을 듣고서야 올리비에는 시합장에서 내려왔다.

이전까지의 판클라치온 시합이 서로의 맷집을 겨루는 일방적인 싸움인 데 반해 올리비에가 싸우는 모습은 타격 방법의 다양화와 피하는 기술을 하나로 합친 정말 새로운 경기 방식이었다.

관중들은 올리비에가 앞으로 어떻게 싸울 것인가에 대해 열띤 토론을 벌였다.

그렇게 판클라치온 시합은 시작되었다.

"어제는 정말 잘해주었네. 아쉬드 형과 주네티 녀석이 놀라는 모습을 자네도 봤어야 하는 건데 말이야. 정말 볼 만했어. 후후후."

아침 식사를 같이하는 동안 헤르난은 뭐가 그리 기분이 좋은지 계속 웃음을 터뜨리고 있었다.

"오늘은 시합이 몇 개나 있지?"

"두 개씩 있소. 어제 시합으로 절반이 떨어져 나가 인원이 꽤 적어진 모양이오."

"내가 자네에게 판클라치온 시합에 참가해 달라고 한 이유는 우리끼리 작은 내기를 한 것도 있지만 두엇보다 자신이 거느린 용병들의 전력이 상대보다 월등하다는 것을 증명하기 위해서라네."

"그럴 줄 알았지."

쟌의 퉁명스러운 대답에 같이 자리를 하고 있던 루이스의 얼굴이 단번에 찌푸려졌다. 이미 싸가지없는 인간이라는 것은 익히 알고 있었지만 좀처럼 쟌에게는 익숙해지지가 않았다. 루이스가 자신을 노려보거나 말거나 쟌은 은근히 인상을 쓰며 음식을 깨작거리고 있었다.

"오늘 대진표를 보니 자네가 오전 경기를 무사히 통과한다면 오후에 주네티 녀석 측의 용병인 베냐와 만나는 것으로 나와 있더군. 저번 대회 준결승 진출자이니 조심하는 것이 좋을 것이네."

"신경 써야 될 만한 상대라도 나타나면 좋겠소. 그런데 지금 준결승 진출자를 3회전에서 만난다고 했소?"

"그렇네."

"그자를 만나보면 대회의 수준을 알 수 있겠군."

"가이야 씨, 이 시합은 작게는 형님들 사이의 힘 겨루기도 되지만 크게는 각 진영의 사기와도 직결되는 일이오. 그러니 부디 형님과 동생 측 용병들을 꼭 물리쳐 주시오."

유리의 말에 쟌은 그저 고개를 끄덕였을 뿐이었다. 그런 형제들 가운데에서도 입을 꾹 다물고 고개를 숙인 채 묵묵히 식사를 하고 있는 사람이 있었으니, 바로 필립이었다.

킬라우림 대회의 마지막 날이 바로 자신의 생일이기 때문이었다. 아버지인 쿼헤리건은 그날 승계 전쟁이 시작되었음을 선언할 것이 틀림없었다. 하필이면 자신의 생일날에 형제들 간의 싸움이 시작된다는 사실이 가슴 아팠다.

이런 자신의 생각을 말했다면 아마도 루이스는 자신의 마음이 너무나 여리기 때문이라고 말할 것이 분명했다. 게다가 다른 형제들도 비록 말로 뭐라고 하지는 않겠지만 속으로는 자신을 탓할 것이란 생각이 머리 속을 떠나지 않았다.

직접적인 위해를 가하지는 못하지만 승계 전쟁에서 승리하기 위해 형제들을 노려야만 하는 현실을 필립은 도저히 받아들이기 힘들었다. 그런 생각 때문인지 그의 얼굴에는 검은 그림자가 드리워져 있었다.

그런 동생을 쳐다보는 헤르난의 시선도 어둡기는 마찬가지였다. 헤르난은 누구에게든 고개를 숙이기 싫어 승계 전쟁에 뛰어든 것이었다. 그런 자신과는 달리 마음이 여린 필립이 하필이면 자신의 생일날 승계 전쟁이 시작된다는 것에 대해 어떻게 생각하고 있을지 충분히 짐작할 수 있었다.

잠시 어색한 분위기가 지속되자 헤르난이 쟌과 셀에게 사과했다.

"승리를 기원하기 위해 마련한 자린데 괜히 우리 때문에 어색한 자리가 돼버렸군. 미안하네."

"사과할 필요 없소. 기분 때문에 이길 시합을 지지는 않을 테니까."

"그 말을 들으니 마음이 놓이는군. 그리고 레이디 쥬벨도 무리하지 않도록 하시오."

"감사합니다, 전하."

"다시 한 번 이야기하지만 위험하다고 생각이 들면 즉시 포기하도록 하게."

헤르난의 말에 피식 웃음을 터뜨린 쟌은 곧 대답을 했다.

"이런 대회에서 다칠 일은 없으니 왕자 나으리께서는 마음 놓고 구경이나 하시오. 아마도 맨손 격투기에 새로운 모습을 볼 수 있을 것이오."

"새로운 모습?"

"기대해도 좋을 거요."

"그 말을 들으니 더욱 기대가 되는군. 무운을 비네."

헤르난의 격려의 말에 쟌은 들은 척도 하지 않은 채 식사를 마쳤다. 그리곤 왕자들을 향해 가볍게 머리를 한 번 까딱 하고는 셀과 함께 식당을 벗어났다.

쨍그랑~

"대체 저 자식의 저 건방진 꼴을 언제까지 봐야 하는 거지?"

루이스가 분통을 터뜨리자 부케인도 그의 말을 거들었다.

"형, 내 생각도 루이스와 마찬가지야. 아무리 능력이 뛰어난 자라 하더라도 하는 행동이 너무 무례해. 저자를 그냥 둔다면 형이 황제가 되었을 때 형에게 무슨 요구를 해올지 짐작도 되지 않아."

부케인의 말에 유리마저 고개를 끄덕이는 것을 보면 동생들의 생각이 대동소이한 모양이었다.

술을 가져오라고 시종에게 지시한 헤르난은 천천히 자신의 쟌에 임페슈넬리를 가득 따라 한 모금을 마시고는 조용히 테이블 위에 내려놓았다.

"너희들이 쟌이라는 용병을 어떻게 생각하는지 대략 알겠지만 지금까지 내가 보고 알아온 쟌이란 용병은 이렇다. 그저 단순하게 무례하다는 말로는 그를 제대로 설명할 수 없어. 우선 4년 전 그는 극심한 부상을 입은 상태에서 어떤 레이디에게 구함을 받았다. 그가 그 은혜를 어떻게 갚은지 아느냐?"

쟌은 셀에게 들었던 이야기를 동생들에게 자세히 이야기해 주었다.

쟌이 마침내 카비렌 벨파스에게 씌워졌던 음모를 완벽하게 밝혔다는 말을 하자 왕자들의 얼굴에는 하나같이 불신의 기색이 완연했다. 요즘 같이 개인의 이익만 추구하는 시대에 자신의 목숨을 구해준 은혜를 갚기 위해 그렇게 노력하는 사람이 있다는 것은 정말 의외가 아닐 수 없었다.

"쟌이 왜 나를 돕는지 그 이유를 아느냐?"

헤르난의 계속된 질문에 왕자들은 호기심 어린 얼굴로 그의 얼굴을 바라봤다.

"사실 쟌이 용병 생활을 시작한 것은 많은 돈을 벌 수 있다는 누군가의 말을 들었기 때문이라는구나. 물론 은인에게 보답을 하기 위해서 그 돈이 필요했던 거지. 그런 와중에 격투 대회에 참가하면 많은 돈을 벌 수 있다는 말을 듣고 바리타스 왕국의 웨스펀 시에서 열리는 격투 대회에 참가하게 되었단다. 그 과정에서 쟌은 바리타스 왕국의 공주인……."

"카타리나 공주?"

"그래, 그 과정에서 적에게 쫓기고 있는 카타리나 공주와 우연히 만나게 되었다는구나."

헤르난의 이야기는 계속되었고, 이야기가 진행되면 될수록 형제들은 점점 이야기에 빠져들었다.

"그렇게 공주를 무사히 신전에 데려다 주어 그녀와의 인연은 그것으로 끝난 것처럼 보였지. 하지만 나를 만나게 되면서 다시 그녀와의 인연도 연결이 된 거야. 왜 그랬느냐고 묻는다면 이미 우리의 속국이 되어버린 바리타스 왕국의 일시적인 자치권을 공주에게 선물하기 위해서라고 답변할 수밖에 없다. 너희가 걱정하는 것을 나도 잘 알고 있다. 하지만 오히려 내가 걱정하는 것은 나에게 이렇게 큰 도움을 준 그가 승계 전쟁이 끝난 후 말도 없이 사라지면 어떡하나 하는 것이다. 내가 아는 쟌은 절대 남에게 보답을 바라거나 무리한 요구를 할 사람이 아니다. 그러니 너희들도 그렇게 쟌을 너무 나쁘게만 생각하지 말거라."

헤르난의 이야기를 들은 왕자들은 갑자기 싸가지없던 쟌이 너무나 사내답고 멋있다는 생각을 감출 수 없었다. 한번 인연을 맺은 사람에게는 묵묵하게 결코 드러내 놓지 않고 정을 주는 그를 어떻게 멋있다고 생각하지 않을 수 있겠는가. 하지만 그렇지 않은 사람도 있는 모양이다.

"빌어먹을, 난 그 자식이 그렇게 멋있는 놈이라고는 절대 생각하지 않아. 젠장, 어떤 자식이 만든 거야? 정말 맛도 더럽게 없군."

툴툴거리던 루이스는 자리에서 벌떡 일어나 식당을 빠져나가 버렸다.

*　　　　*　　　　*

킬라우림 조직위원회에 지시를 내려 6조와 7조, 그리고 21조 시합장을 로열석 바로 앞으로 이동시킨 사람은 뜻밖에도 황제인 쿼헤리건이었다. 그 역시 어제 세 사람이 싸우는 모습을 보고는 다른 관중들처럼 열광하지 않을 수 없었다.

눈초리가 독사처럼 살벌하지만 보통 체격을 가진 쟌과 설사 100만 명 속에 섞여 있다고 하더라도 단번에 찾아낼 수 있을 정도로 아름다운 셸,

그리고 멋진 근육과 잘 다듬어진 수염이 인상적인 올리비에. 이 세 사람이 싸우는 모습은 지금까지 단지 맷집이 좋은 사람이 이기는 판클라치온 시합과는 달리 진짜 싸움이라는 생생한 느낌을 느끼게 해주었다.

가장 먼저 나선 사람은 쟌.

다시 한 번 그의 전신을 살폈지만 오히려 일반 병사보다도 몸이 더 부실해 보였다. 하지만 어제 그가 보여준 공중 돌려차기의 모습이 너무나 강렬해 꿈에서까지 나타날 지경이었다.

게다가 셀은 또 어떤가?

자신보다 몇 배나 더 커다란 사내를 팔꿈치 돌려 치기 한 방으로 간단히 끝내지 않았는가. 더구나 올리비에라는 사내는 장난이라도 치듯 주먹을 몇 번 빠르게 뻗었다 거두어들이기를 반복하더니 너무나 간단하게 상대를 무력화시켰다.

지금까지의 시합만 생각하고 큰 관심을 두지 않았던 것인데 대체 어디에서 이런 자들이 느닷없이 튀어나온 것인지 의문이 아닐 수 없었다.

시합장 안으로 들어선 쟌은 가볍게 목을 몇 번 까딱이며 근육을 풀며 상대를 확인했다.

30대 중반으로 보이는 사내의 키는 쟌과 비슷했지만 몸집은 쟌의 세 배는 족히 돼 보였다. 저런 자와 맨손으로 싸운다면 누가 봐도 이길 확률이 제로였다. 하지만 그 상대가 쟌이기에 기대가 되었다.

어떤 기발한 방법으로 상대를 때려눕힐 것인지 궁금한 생각이 들어 시합이 시작되기만을 간절히 기다렸다. 그리고 보니 이렇게 뭔가에 열중해 본 것이 얼마만인지 기억도 잘 나지 않았다.

슬쩍 옆을 보니 동생들도 자신과 마찬가지인 듯 7조의 시합장만 뚫어져라 쳐다보고 있었다.

뚱보사내는 자신의 육중한 몸무게와 무지막지한 주먹을 믿고 있었지만 어제 쟌이 보여주었던 괴상한 발차기를 잊지 않고 있었다. 더불어 그 따위 발차기조차 막아내지 못한 껵다리를 욕하고 있었다.

'병신 같은 자식, 저런 애송이 하나 혼내주지 못하고 뭘 한 거야?'

그가 막 생각에 빠져 있는 동안 그의 눈에 이상한 광경이 들어왔다. 쟌이 자신에게 손가락질을 하더니 검지만을 굽혔다 폈다를 반복하고 있었다. 마치 지나가는 개를 부르듯이 말이다.

너무나 황당한 일을 당하면 오히려 차분해지는 것일까?

뚱보사내는 차분한 음성으로 입을 열었다.

"애송아, 방금 그 손가락질은 나에게 한 것이냐?"

"그럼 이 시합장 안에 너와 나 두 사람 말고 또 누가 있지, 뚱보?"

물론 친구들이 자신을 부를 때 가끔 이름 대신 '뚱보'라는 별명을 부르기는 한다. 하지만 자신의 육중한 몸에 한 번 깔리고 나면 다시는 그 별명을 부르지 못한다. 하물며 친구도 부르지 못하는 별명을 한 번도 본 적 없는 애송이 따위가 부르는 것을 용납할 뚱보사내가 아니었다.

"방금 한 말을 후회하게 될 거다!"

"이봐, 말로만 떠들지 말고 어서 덤벼. 그렇게 말로만 떠드니 살이 찌지. 그렇게 생각하지 않나, 뚱보?"

"이 자식! 죽여 버릴 테다!"

비명 같은 괴상한 고함 소리와 함께 뚱보사내가 달려들었지만 쟌은 마치 시합을 포기라도 한 듯 그 자리에서 꼼짝도 하지 않았다.

주먹을 휘두르며 달려들던 뚱보사내의 눈에 이상한 광경이 들어왔다. 조금 전까지 분명히 두 개였던 쟌의 다리가 갑자기 하나만 남은 것이다. 자신도 모르게 주먹을 멈추고 고개를 들었을 때 하늘에서 떨어지는 뭔가가 있었다.

'아차! 발 공격!'

쟌의 발차기가 떠오른 순간 뚱보사내는 번개 같은 동작으로 팔을 들어 얼굴을 막았지만 상대의 공격을 막기는 전혀 불가능했다.

퍽!

정수리 부분에 엄청난 타격을 받은 뚱보사내는 자신의 의지와는 상관없이 그 자리에 주저앉듯 쓰러지고 말았다.

"짜식이 살만 디룩디룩 쪄가지고 둔하기는……."

쟌은 볼 것도 없다는 듯 시합장을 빠져나갔고, 네 명의 진행 요원들이 달라붙어서야 겨우 뚱보사내를 시합장에서 끌어낼 수 있었다.

그 광경을 지켜보던 쿼헤리건은 쟌의 공격—내려찍기—에 매료되어 한동안 그에게서 눈을 떼지 못했다.

뚱보사내가 2미터 앞에 올 때까지 꼼짝도 하지 않고 있던 쟌의 다리는 순간 놀라운 속도로 허공으로 치솟았다 그보다 훨씬 빠른 속도로 떨어져 내리며 정확하게 상대의 정수리 부분을 발뒤꿈치로 공격한 것이었다. 그 동작이 얼마나 빠르고, 간결했으며, 정확했는지 보고 있던 쿼헤리건의 전신에 소름이 오싹 돋을 정도였다.

"휴우~ 정말 대단한 용병이군요."

긴 한숨 소리가 들리더니 함께 보고 있던 총리대신 아렌시스가 입을 열었다.

"대단하다는 말로는 부족하고 뭐라고 해야 할까? 음……."

"전율이 일 정도라고 해야겠지?"

퀘헤리건의 말에 내무대신 토르스트는 고개를 끄덕였다.

"그렇습니다, 폐하. 정말 소름 끼치도록 강한 자이옵니다. 지금까지 저런 자가 알려져 있지 않았다는 것이 정말 이상한 일이군요."

"제게 들어온 정보에 의하면 조금 전 놀라운 무용(武勇)을 떨쳤던 용병이 바로 소문만 무성했던 도그 슬레이어 쟌 가이야랍니다. 그리고 폐하께서 관심을 가지고 계시는 6조의 여자 용병은 그의 연인인 티오네스의 미소라 알려진 셀레니온느 쥬벨이라고 합니다. 그리고 21조에 있는 턱수염 용병은 이 두 남녀와 일행인 올리비에 렌죠랍니다."

"그들이 도그 슬레이어와 티오네스의 미소인가? 그들은 대체 어디서 저렇게 독특한 싸움 방법을 배운 것일까? 저들 정도라면 무기를 든 상대도 충분히 상대할 수 있을 것 같군."

퀘헤리건의 말에 아렌시스가 대답을 했다.

"아무리 맨손 싸움 실력이 뛰어나다고 하더라도 어디 무기를 든 사람을 당해낼 수야 있겠습니까마는 그래도 저들 정도의 실력을 가진 사람을 만나기는 쉽지 않을 것 같습니다."

"귀족원에 들어온 정보에 의하면 헤르난 전하께서 거느리고 계시는 사설 용병단의 부단장인 제론 샤겔스가 저희의 속국인 바리타스 왕국에서 데리고 온 용병이랍니다. 좀 더 조사를 해보니 웨스펀 시 격투 대회라는 작은 대회에서 우승한 경력도 있더군요. 게다가 그 대회에서도 저 청년은 아무런 무기도 사용하지 않고 모든 상대, 그러니까 용병, 기사, 마법사, 정령사 등을 모두 맨손으로 상대하고 우승을 했답니다."

"그래?"

대답을 하는 퀘헤리건은 셀과 이야기를 나누기 여념이 없는 쟌에게서 눈을 떼지 않았다.

다행인지 불행인지 퀘헤리건은 소드 마스터가 될 재능은 애초에 타고나질 못했다. 그 사실을 안 순간부터 그는 그의 모든 재능을 전략과 전술을 익히는 데 사용했다.

저돌적인 추진력이나 냉정한 판단력, 치를 떨 정도로 잔인한 성격. 이 모든 것은 그가 가질 수 없는 검술에 대한 욕망을 잠재울 수 있을 정도로 대단한 것이었다. 하지만 그도 사내였다.

지금보다 강해질 수 있다면 어떠한 노력이라도 아끼지 않을 것이고, 또 지금까지 그렇게 해왔다. 그런데 뜻밖에 이곳에서 그 가능성을 발견한 것이다.

지금까지는 검술을 익히지 못한 사람은 어디에서도 환영받지 못했다. 적어도 기사 이상의 작위를 가진 사람이라면, 또 그가 남자라면 당연히 검술을 익혀야만 했다. 물론 자신에게는 지혜가 있긴 했지만 그것도 왕족이니까 통용이 된 것이지 일반 귀족 같았으면 다른 귀족들에게 많은 따돌림을 받았을 것이다.

"만약 저 청년에게서 저 싸움 기술을 배워 병사들에게 가르친다면 검술을 제대로 익히지 못한 병사들에게 큰 힘이 되지 않을까?"

"그야 물론 그렇기는 하겠습니다만, 문제는 저 청년의 정체가 분명하지 않다는 겁니다. 어느 왕국 사람인지, 또 어떻게 저런 무술을 익히게 된 것인지, 무슨 목적이 있어 헤르난 전하께 접근을 한 것인지 분명하게 밝혀진 것이 하나도 없습니다. 이런 상황에서 저런 자를 중용한다는 것은 큰 화를 불러일으킬 수도 있는 일입니다, 폐하.”

리에니의 말에도 퀘헤리건은 들은 척도 하지 않았다.

그러는 사이 21조 시합장에 올리비에가 모습을 드러냈다.

“잠깐, 저 시합을 보고 이야기를 계속하도록 하자꾸나.”

퀘헤리건의 말에 동생들의 시선은 21조 시합장으로 향했다.

그렇지 않아도 난격의 기본형을 제대로 시험하지 못해 아쉬워했던 올리비에는 비교적 맷집이 좋아 보이는 상대가 시합장 안으로 들어서자 기쁜 마음에 상대를 향해 빙그레 미소 지었다.

시합장 안으로 들어서던 사내는 올리비에가 자신을 향해 느끼한 미소를 짓자 갑자기 온몸이 소름이 오싹 돋았다.

‘뭐, 뭐야? 저 자식 대체 뭔데 사람을 보고 웃는 거야? 호, 혹시 나의 준수한(?) 외모에 반해 사랑을 느꼈다든지 뭐 그런 것 아니야?’

온몸을 부르르 떨던 사내는 올리비에가 짓던 미소를 사랑스러운(?) 자신에게 보내는 그의 연정이라는 삶은 호박에 이도 들어가지 않을 상상을 하며 그가 정신을 차릴 수 있도록 철저하게 두들겨 패주어야겠다고 결심했다.

심판의 개시 신호와 함께 달려든 사내를 향해 올리비에는 옆으로 피하며 몇 번의 짧은 끊어 치기를 시도했다. 그리고는 거의 무의식적으로 상대의 품 안으로 뛰어들며 마치 파이크로 상대를 찌르듯 오른 주먹으로 상대의 턱을 공격했다.

퍽! 쿵!

올리비에의 끊어 치기에 정신을 차리지 못하고 있던 사내는 곧 이어 날아온 그의 오른 주먹 한 방에 그대로 공중에서 한 바퀴 돈 후 몇 미터 밖의 지면으로 떨어져서는 그대로 정신을 잃었다. 그야말로 눈 깜빡할 사이였다.

"와~"

"정말 대단한 주먹이야!"

"난 눈에 보이지도 않던데 자넨 봤나?"

"몰라, 뭔가 번쩍 하더니 사람이 날아가는 모습밖에는."

"주먹 한 방에 사람이 저렇게 멀리 날아가다니……."

관중들의 열화와 같은 환호성도 들리지 않는지 올리비에는 자신의 주먹을 멍하니 바라보고 있을 뿐이었다.

쟌에게 배운 그대로를 움직였을 뿐이었다.

왼발을 앞에, 오른발은 뒤로 이렇게 양 발을 편하게 앞뒤로 두었다. 그리고 양손을 얼굴까지 들어 먼저 왼손으로 상대와의 거리를 재기 위해 몇 번 끊어 치기를 시도한 후 충분히 충격을 줄 수 있는 거리가 되었다는 것을 깨닫게 되자 거의 무의식적으로 오른 주먹을 일직선으로 뻗었을 뿐인데 결과는 눈앞에 벌어진 광경이었다.

코뼈가 주저앉고 이빨도 두어 개 부러졌는지 쓰러진 사내의 입에서는 끊임없이 피가 흐르고 있었다. 재빨리 사내의 상태를 확인한 심판이 그의 승리를 선언하지 않았다면 올리비에는 언제까지라도 자신의 주먹만 쳐다보고 있었을 것이다.

시합장을 벗어난 올리비에는 신이 나 쟌에게 달려갔다. 그리고 자신이 느낀 신기함을 이야기하려다가 딱딱하기 굳어 있는 쟌의 얼굴을 발견하고는 자신도 모르게 발걸음을 멈췄다.

"멍청한 놈! 상대도 안 되는 놈을 물리치고 뭘 그리 멍청하게 서 있는 거냐?"

"죄, 죄송합니다, 마스터."

"올리비에."

"옛?"

자신이 쟌과 인연을 맺은 후 그가 자신의 이름을 부른 적은 거의 손에 꼽을 정도밖에 안 되었다. 갑자기 그가 자신의 이름을 부르자 올리비에는 잔뜩 굳어 있는 자신을 발견하고는 속으로 쓴웃음을 짓지 않을 수 없었다.

"너는 네 수준을 자꾸 나에게 견주려는 경향이 있는데 그러지 말고 눈을 돌려 다른 사람들을 볼 줄도 알아야 한다 이 말이다. 솔직히 이 자리에 모인 인간들 가운데 너의 적수가 될 만한 녀석들은 겨우 한 손에 꼽을 정도밖에 안 된다는 것을 넌 알아야 해. 그러니 네가 훈련한 모든 것을 믿고 그냥 상대를 묵사발 내면 돼. 알겠어?"

쟌의 말을 듣고서야 올리비에는 자신이 무엇을 잘못 생각하고 있었는지 깨달을 수 있었다.

그동안 올리비에는 쟌에 비해 스스로의 수준이 한참 떨어진다고 생각하고 있었기 때문에 자신의 실력을 낮춰보고 있었다. 그래서 뜻밖의 결과가 나타날 때마다 놀랐던 것이다. 그래서 이렇게 많은 사람들 가운데 자신의 적수가 될 만한 사람이 겨우 다섯 명밖에 안 된다는 말은 좀처럼 믿기 힘들었다.

"마스터, 정말 이렇게 많은 사람들 가운데 제 적수가 될 만한 사람이 겨우 다섯 명밖에 안 된다는 말씀이십니까?"

“지금 내 말을 의심하는 거냐?”

“아니, 그런 것은 아니지만…….”

“후후후.”

우물쭈물하는 올리비에를 바라보던 쟌은 의미를 알 수 없는 웃음을 흘렸다.

“올리비에, 내 말을 믿지 못하겠느냐?”

빙그레 미소 지으며 입을 여는 쟌의 태도는 지금껏 단 한 번도 본 적이 없었기에 올리비에는 당황하지 않을 수 없었다. 그러나 마음 한구석에는 쟌의 미소를 발견하는 순간 ‘나도 할 수 있다’ 라는 자신감이 생겨났다.

“아닙니다, 마스터! 한번 해보겠습니다!”

“그래, 바로 그거야. 이미 넌 맨손 격투술의 기본을 거의 다 익혔어. 이제 남은 것은 실전뿐이란 말이야. 너도 잘 알고 있겠지만, 실전에서는 우물쭈물하고 있을 틈이 없어. ‘난 할 수 있다’ 라는 자신감이 무엇보다 중요한 거야. 실패는 누구든 할 수 있어. 그리고 그 실패에서 자신의 실수가 무엇인지 배울 수 있지만 실패가 두려워 우물쭈물하다 상대에게 지게 된다면 그것에서는 아무것도 배울 것이 없어. 내 말을 명심하도록 해. 실패를 두려워하지 다.”

“명심하겠습니다, 마스터.”

그러는 사이 셀의 차례가 되었다.

셀의 상대는 장신의 20대 후반으로 보이는 용병이었다. 셀도 작은 키가 아니었지만 그와 함께 서니 마치 아빠 손을 잡고 나들이 나온 딸처럼 보였다.

상대가 너무 큰 탓에 어떻게 공격을 해야 좋을지 판단을 내릴 수가 없었다. 셀이 잠시 머뭇거리는 사이 장신의 사내가 먼저 공격을 해왔다.

거의 그녀의 얼굴 정도의 크기로 보이는 주먹이 날아들자 셀은 재빨리 뒤로 물러났지만 상대의 공격이 의외로 빨라 아슬아슬하게 주먹을 피할 수 있었다. 그러나 주먹이 일으킨 바람 때문에 그녀의 긴 머리카락이 허공에서 춤을 췄다.

휘익!

세찬 바람을 느끼며 뒤로 물러난 셀은 상대의 공격에 대비해 수비를 취했는데 이번엔 그녀의 가슴 부분을 노리고 주먹이 날아들었다.

상대가 뜻밖에 자신의 가슴 부위를 공격하자 셀은 잠시 얼굴을 붉혔지만 지금은 그러고 있을 시간이 없었다. 급하게 숨을 들이키며 사내의 옆으로 돌아가서는 사내의 허벅지를 향해 힘껏 발길질을 했다.

퍽!

제법 둔탁한 소리가 들렸지만 장신사내는 아무런 타격도 받지 않았는지 재차 주먹을 휘둘러 왔다. 사내의 주먹을 피하며 몇 번이나 한쪽 허벅지에 발길질을 했지만 사내는 여전히 아무런 타격도 받지 않은 얼굴이었다.

이대로는 안 되겠다 생각하는 순간 사내의 주먹이 복부로 날아들었고, 미처 피할 시간이 없었던 셀은 재빨리 두 팔로 복부를 방어했다.

퍽!

둔탁한 소리와 함께 셀의 몸은 낙엽처럼 시합장에 뒹굴었다. 몇 바퀴나 지면을 뒹구는 그녀의 모습에 그녀의 호쾌한 승리를 기원하며 응원하던 관중들의 입에서 일제히 안타까운 신음이 흘렀다.

누가 봐도 다시 일어나기 힘들어 보였다.

참고적으로 말하자면 판클라치온 시합은 무기만 사용하지만 않는다면 어떤 공격이든 허용을 하고 있었다.

인체의 중요한 급소—사내의 거시기한 곳과 여인은 거시기하고 뭐시기한 두 곳—의 공격도 허용될 뿐 아니라 물어뜯기, 할퀴기, 꼬집기 등등 인간이 취할 수 있는 행동 가운데 공격이라고 부를 수 있는 모든 행동이 다 포함되어 있었다.

조금 전 장신의 사내가 셀의 가슴을 공격했던 것도 이 시합의 룰을 위반했던 것은 아니었다. 100여 년 전 여자 용병들이 이 격투 시합에 참가하기를 원했을 때부터 세워진 룰인데 당연히 여자 용병들은 이 룰에 격렬히 반대를 했다. 하지만 이런 룰이 싫다면 그만두라는 조직위원회 측의 반응에 울며 겨자 먹기로 그녀들은 룰을 받아들이는 수밖에 없었다.

노골적으로 여자 용병들의 가슴이나 하복부만 노렸다가는 변태라는 말을 들어야 했지만 하여튼 간에 반칙은 아니었다.

셀이 뒹구는 모습에 자리에서 벌떡 일어났던 쟌은 주먹을 불끈 쥐었고, 그의 손에서는 뼈가 부러지는 듯한 살벌한 소리가 터져 나왔다.

우두둑!

금방이라도 시합장에 난입할 것 같아 그를 막아야 될지 아니면 그냥 두어야 할지를 망설이던 올리비에는 뜻밖에 쟌이 그 자리에서 꼼짝도 하지 않자 안도의 한숨을 내쉬었다.

도저히 일어나지 못할 것 같았던 셀이 조금씩 일어나려 하자 장신의 용병은 달려들며 그녀의 옆구리를 걷어차려고 했다. 지금과 같은 상태에서 다시 한 번 상대의 공격을 허용했다가는 큰 부상을 입을 것이 분명했기에 관중들은 열렬한 응원을 그녀에게 보냈다.

금방이라도 사내의 발길질에 당할 것 같았던 셀은 쓰러지듯 지면을 박차며 뒤로 몸을 날려 사내의 공격을 피했다. 아니, 그뿐이 아니었다. 상대가 헛발질로 잠시 중심이 흔들린 것을 언제 발견한 것인지 쓰러진 상태에서 중심을 잡고 있던 나머지 발의 아킬레스건을 사정없이 걷어찼다.

퍽! 쿵!

덩치만큼이나 요란한 소리를 내며 그 자리에 쓰러진 사내는 꽤나 충격이 심했는지 도리질을 치며 정신을 차리려고 애를 썼다. 겨우 정신을 차리고 그가 자리에서 일어났을 때 어느 틈에 다가온 셀이 그의 복부를 향해 힘껏 발길질을 했다.

이번만큼은 사내도 타격을 받았는지 배를 움켜잡으며 고통스러워했다. 사내의 등 뒤로 재빨리 돌아간 셀은 황소의 목만큼이나 굵은 사내의 목을 향해 힘껏 주먹을 내려쳤다.

퍽!

셀의 공격에 간지럽지도 않다는 표정으로 고개를 돌리던 용병은 그대로 쓰러져 정신을 잃었다. 그제야 마음을 놓은 셀은 길고 긴 안도의 한숨을 내쉬었다.

장신사내의 기절을 확인한 심판은 셀의 승리를 선언했다.

시합의 승패를 가리는 것은 기권이나 기절밖에 없었다. 물론 아주 드물게 사람이 죽는 경우도 있었지만 그런 경우는 몇십 년에 한 번 일어날까 말까 한 일이었다.

　실력 차이가 상당히 난다면 승패는 쉽게 갈리지만 서로 간의 실력이 비슷한 경우에는 반나절 이상을 싸우는 경우도 그리 드문 것은 아니었다. 지금까지 기록된 시합 가운데 가장 길었던 건 15시간 동안 혈투를 벌인 시합이었다. 결국 그 시합에서 패한 용병은 목숨까지 잃었던 아주 불행한 시합이었지만, 이 판클라치온 시합이 생긴 동기가 바로 무기마저 떨어진 상황에서의 백병전을 위해 생긴 경기이기 때문에 판클라치온 시합은 시간이 흐르면 흐를수록 점점 사람들의 관심 속에서 치러졌다.

　"정말 대단하지 않은가? 저렇게 여리디여린 레이디가 자신의 몇 배나 되는 사내를 쓰러뜨리다니 말이야!"

　퀘헤리건의 감탄에 근처에 있던 그의 동생들도 일제히 고개를 끄덕였다.

　사실 조금 전 셀이 상대의 공격에 당해 쓰러졌을 때 그녀가 다시 일어날 것이라고 생각했던 사람은 아무도 없었다. 하지만 그런 그들의 예상을 깨고 그녀는 오히려 상대를 간단히 제압해 버린 것이다.

　맨손 격투술에 대해 비교적 부정적인 생각을 가지고 있던 아렌시스마저 감탄시킬 정도로 깔끔한 시합이었다.

　"참으로 이상한 일입니다. 제가 알기로 저런 무술을 익히고 있는 나라는 없는 것으로 아는데 대체 저들은 어디에서 저런 무술을 익힌 것일까요?"

　"아렌시스 형님, 스스로 개발했을 수도 있지 있잖습니까?"

토르스트의 말에 아렌시스는 고개를 흔들었다.

"자네 눈에는 저기 있는 저 커플의 나이가 대체 얼마나 된 것 같은 가? 아무리 좋게 봐도 20대 중반이야. 그런데 그런 나이에 스스로 무술을 개발하고 저런 실력을 가지는 것이 가능한 일일까?"

"또 누가 압니까? 겉보기에는 인간처럼 보이지만 인간으로 폴리모프한 엘프일 수도 있지 않습니까?"

"엘프가 인간으로 폴리모프해? 푸하하하!"

토르스트의 말에 반문을 하던 아렌시스는 폭소를 터뜨렸다. 다른 형제들은 그런 아렌시스가 이해가 되지 않는지 그저 멍하니 쳐다볼 뿐이었다.

"토르스트, 넌 뭔가 상당히 오해를 하고 있는 것 같구나. 엘프는 인간의 모습으로 절대 폴리모프하지 않아. 그들이 얼마나 자존심이 강하고 인간을 싫어하는 종족인데 자신들이 싫어하는 인간으로 폴리모프를 한단 말이냐? 하지만 엘프의 무술은 본 적이 없으니 저들의 무술이 엘프들의 무술일 수는 있겠구나."

아렌시스의 설명에 형제들은 그제야 고개를 끄덕였다.

"타리아노 단장."

"말씀하십시오, 폐하."

"당장 사람들을 풀어 엘프들의 무술, 특히 맨손 무술에 대해 알아보도록 하시오. 그리고 그들의 맨손 무술이 저렇게 강하다면 수단과 방법을 가리지 말고 배울 수 있는 방법을 강구하시오. 필요하다면 코렌 드래곤 기사단과 레드 와이번 기사단을 그대에게 붙여주겠소."

퀘헤리건의 명령에 켈리거는 그의 결심이 완전히 굳어졌다는 것을 깨달을 수 있었다.

하기야 자신마저도 반할 정도이니 황저가 이런 명령을 내리는 것에 충분히 수긍이 갔다. 자신도 소드 마스터라고 불릴 정도로 검을 잘 쓰는 사람이지만 만약 자신에게 검이 없다던 정말 다급한 상황에서는 속수무책일 수밖에 없었다.

그런 상황에서 상대의 검을 빼앗든, 아니면 무기가 될 만한 것을 찾을 때까지라도 자신의 몸을 보호할 수 있는 무술의 필요성은 항상 느끼고 있었다. 만약 그런 무술을 찾아 배울 수만 있다면 제국의 힘이 순식간에 몇 배로 강해지는 것은 일도 아니었다.

황제에게 허리를 숙인 켈리거는 로열석 외곽을 지키고 있는 부단장을 찾아갔다.

"저 세 사람이 다시 나오는 것이 언제냐?"

"아마도 오후 서너 시는 되어야 할 것 같습니다."

"그래? 만약 내일 오전까지 계속해 승리를 한다면 점심 식사에 초대하는 것은 어떨까?"

"예?"

쿼헤리건의 말에 형제들의 눈이 일제히 커다래졌다.

겨우 용병 나부랭이를 점심 식사에 초대를 하다니……. 저들에 대한 황제의 관심이 보통이 넘는다는 것은 알지만 설마 이 정도 일 줄은 상상도 못했다.

"폐하, 저들이 싸움을 아무리 잘해봐야 용병에 불과합니다. 게다가 아직 정체도 확실하지 않은 자들을 어찌 식사에 초대한다는 말씀이십니까? 저들에 대한 조사가 끝날 대까지는 보류를 해주십시오."

아렌시스의 말에 다른 두 형제들도 같은 생각인 듯 고개를 끄덕였다. 하지만 퀘헤리건은 고개를 저었다.

"아니야. 어쩌면 이건 내가 황제로서 제국을 위해 할 수 있는 마지막 일인지도 몰라. 그리고 난 헤르난의 눈을 믿네. 누구에게도 속을 보이지 않았던 헤르난 녀석이 중용을 했을 정도라면 뭔가 그 녀석에게 믿음을 준 부분이 있다는 말이 아닌가. 난 내 자식의 눈을 믿네. 그리고 난 단지 점심 식사에 초대를 하려는 것뿐이야. 그렇게 반대만 할 일이 아니라니까 그러네."

그의 얼굴을 보니 이미 결심을 굳힌 듯 보였다. 이럴 때의 퀘헤리건은 선택적 귀머거리가 되는지 아무리 충언을 해도 들은 척도 하지 않는다는 것은 이미 오랜 시간 동안 그를 보아왔기에 충분히 알고 있었다.

"그럼 식사나 하러 갈까?"

황제가 자리에서 일어서자 그의 형제들과 몇 명의 공작들이 자리에서 일어나 그의 뒤를 따라갔다.

점심 식사를 마친 쟌과 셀, 그리고 올리비에는 킬라우림 스타디움에서 조금 떨어진 풀밭에서 휴식을 취하고 있었다.

시합장의 복잡함과 소란스러움에서 벗어나 파랗게 돋아나기 시작한 풀밭에 누우니 긴장되어 있던 전신의 근육이 다 풀리는 것 같았다. 셀에게 팔베개를 해주고 있던 쟌은 아직도 안심이 되지 않는지 다시 한 번 그녀에게 물었다.

"정말 시합을 계속할 수 있겠어?"

"쟌, 난 괜찮으니까 그렇게 신경 쓰지 않아도 돼요."

"신경을 쓰지 말라니, 내가 어떻게 셀의 안전에 신경 쓰지 않을 수 있겠어."

"정말 전 괜찮아요. 그것보다 왜 우리들의 시합장을 옮긴 것일까요?"

"글쎄? 왕자들이 옮긴 것 아닐까?"

"왕자님들이요?"

"그래. 우리끼리 싸우는 것을 두고 내기를 했다고 했잖아."

쟌의 말에 고개를 끄덕인 셀은 곧 몸을 일으켰다.

"시합이 다시 시작될 모양이에요. 우리드 어서 가요."

"셀, 올리비에, 한마디만 할게. 절대 당황하지 마. 그리고 자신을 믿어. 두 사람은 충분히 강하니까 말이야. 내 말 알아듣겠어?"

두 사람이 고개를 끄덕인 것을 보고서야 쟌은 두 사람과 함께 스타디움으로 향했다.

먼저 시합을 하게 된 사람은 올리비에였다.

시합장에 들어서 상대를 확인한 올리비에는 하마터면 웃음을 터뜨릴 뻔했다.

이건 쩌도 너무 쪘다. 마치 커다란 공 하나가 자신을 쳐다보고 있는 것 같아 터져 나오려는 웃음을 가까스로 참았다. 180센티미터 정도 되는 키에 300킬로그램은 족히 넘어 보이는 상대의 모습은 아무리 생각을 해봐도 둥근 공이었다.

시합 개시 선언이 떨어지자마자 그에게 달려간 올리비에는 그의 옆구리를 향해 힘껏 주먹을 올려 쳤다. 그러자 한 번도 느껴보지 못한 묘한 느낌이 주먹에 전달되었다.

출렁~

자신도 모르게 상대의 얼굴을 쳐다보았던 올리비에는 상대의 입가에 걸린 조소를 발견하고는 분노가 치밀어 반대쪽 주먹으로 다시 그의 배를 힘껏 쳤지만 주먹에 전달되는 느낌은 이전과 다를 바가 없었다.

출렁~

물결처럼 출렁이는 뱃살을 무시한 채 뚱보는 주먹을 휘둘렀지만 그런 부실한 주먹에 맞을 올리비에가 아니었다. 재빨리 뒤로 물러서자 뚱보는 어기적거리는 걸음으로 올리비에에게 달려들었다. 아니, 걸어왔다. 아니, 굴러온 것일까?

상상을 초월하는 비계 때문에 도저히 제대로 된 타격을 줄 수 없다는 것을 깨달은 올리비에는 작전을 바꾸는 수밖에 없었다. 자신에게 다가오는 뚱보의 모습을 살피던 올리비에는 그의 결정적인 약점을 곧 발견할 수 있었다.

비록 그가 가공할 지방층 때문에 타격을 받지 않는다 하더라도 그 무게 때문에 재빠른 동작은 절대 불가능할 수밖에 없었다.

재빨리 양 발을 벌려 타격 자세를 취한 올리비에는 가볍게 뚱보의 안면을 향해 몇 발의 주먹을 날렸다. 다른 사람 같았으면 퍽 하는 소리가 들렸을 텐데 뚱보에게서는 철썩거리는 소리만 들려왔다.

물론 얼굴에도 살이 디룩디룩 찌기는 했지만 몸에 비해 상대적으로 살이 적었기에 어느 정도의 타격은 받은 듯 보였다. 올리비에가 노린 것은 뚱보의 고개가 뒤로 젖혀질 때 드러나는 결후였다.

몇 차례의 타격을 받은 뚱보의 고개가 마침내 충격을 견디지 못하고 뒤로 젖혀졌고, 올리비에는 그 순간을 놓치지 않고 힘껏 오른 주먹을 날렸다.

"컥!"

금방이라도 숨이 끊어질 듯 급박하게 신음을 내뱉은 뚱보는 몸을 숙이며 양손으로 목을 움켜잡았다. 하지만 그런 뚱보의 행동은 올리비에가 기다렸던 것이다.

상대의 고개가 숙여지자 왼 주먹으로는 뚱보의 턱을, 곧 이어 오른 주먹으로는 뚱보의 정수리를 사정없이 공격했다.

두 번의 정확한 공격에 뚱보는 가침내 정신을 잃고 요란한 소리와 함께 지면으로 쓰러졌다. 뚱보의 상태를 확인한 심판은 곧 올리비에의 승리를 선언했다. 하지만 심판은 곧 곤란한 일을 겪어야만 했다.

기절한 뚱보를 치워야 다음 시합을 진행할 수 있는데 축 늘어진 뚱보가 너무 무거워 대여섯 명의 진행 요원들이 달려들었지만 꼼짝도 하지 않는 것이었다. 시합장을 빠져나가려던 올리비에는 그 모습을 보고는 그들에게 다가갔다.

진행 요원들의 도움을 받아 뚱보를 일으켜 앉힌 올리비에는 그를 어깨에 둘러멨다. 그리고는 뚱보를 번쩍—사실은 후들거렸지만—들고 그를 프리스트에게 데려다 주었다.

관중들은 그의 승리보다도 엄청난 체구의 뚱보를 번쩍 들었다는 것에 더 열광했다.

그런 환호성이 끝나기 전 이번에 셀이 시합장으로 들어섰다. 그러자 이번에는 6조 시합장을 주시하던 관중들이 일제히 환호성을 터뜨렸다.

눈부시게 아름다운 레이디가 산만한 덩치를 가진 사내들을 물리치는 광경에 관중들은 열광하고 또 열광했다. 셀은 이번에도 그런 관중들의 열렬한 환호성에 보답하기라도 하듯 깔끔하게 상대를 제압했다.

셀도 열광적인 분위기에 휩쓸린 것일까?

자신에게 환호성을 터뜨리는 관중들을 향해 미소와 함께 몇 번이나 손을 흔들어주고는 시합장을 벗어났다. 셀의 시합이 끝나고 난 후에도 관중들의 환호성은 잦아들 줄을 몰랐다. 하지만 쟌이 들어서고 있는 7조의 시합장의 관중들은 오히려 침묵을 지킨 채 두 사람을 바라보고 있었다.

쟌의 상대가 이전 대회 4강 진출자인 베냐라는 것을 안 관중들은 과연 쟌이 그를 상대로 어떻게 싸울 것인가 하는 것이 관심거리였기 때문이다.

베냐란 용병은 30대 중반의 골고루 발달해 있는 전신 근육을 가진 사내였다. 눈빛도 제법 날카로운 것이 지금껏 상대해 왔던 선수들과는 뭔가 다른 것 같았다.

'올리비에와 붙여놓으면 좋은 시합이 될 것 같군. 하지만 날 만난 것이 너에겐 지독한 악몽이 될 거다.'

어떤 방법으로 베냐를 물리칠 것인가를 고민하는 사이 심판은 시합 개시를 선언했다.

사실 베냐는 눈앞에 있는 저 검은 머리 청년의 싸우는 모습에 충격을 받지 않을 수 없었다. 싸움에 발을 사용하다니…… 그것도 상상을 초월할 정도로 빠르게 말이다.

두 번째 싸울 때 쟌은 단 한 차례 공격을 했을 뿐이었다. 비명도 남기지 못하고 상대가 쓰러지는 광경은 너무나 강렬해 좀처럼 잊혀지지가 않았다. 하지만 자신도 저번 대회의 패배를 설욕하고자 지난 3년 동안 부단히 노력했지 않은가.

쟌의 싸움 실력이 비록 충격적이라고는 하지만 그의 나이는 이제 겨우 20대 초반인 것을 생각해 보면 상대와 싸운 경험이 별로 없을 것이 틀림없었다. 서로가 비슷한 실력이라면 경험이 앞서는 자신의 승리가 틀림없기는 했지만 쟌의 발차기만은 조심해야겠다고 생각하면서 천천히 옆으로 걸음을 옮기기 시작했다.

'꽤나 조심스럽군. 어떤 공격을 하는지 어디 지켜볼까?'

베냐를 쳐다보는 쟌의 태도는 처음 시합장에 들어올 때와 전혀 달라지지 않았다. 오히려 전 대회 준결승 진출자인 베냐가 더욱 긴장하며 조심을 하자 치열한 타격전을 예상했던 관중들은 이상한 생각이 들었다.

쟌이 선 자세에서 꼼짝할 생각도 하지 않자 베냐는 자신이 마치 그에게 놀림을 받는 듯한 느낌이 들었다. 끓어오르는 분노를 억지로 누르며 일단 가볍게 주먹을 날렸다.

가볍다고는 했지만 탄탄한 근육에서 뿜어지는 힘은 꽤나 강했다. 간단하게 고개를 좌우로 기울이며 베냐의 공격을 피한 쟌은 상대의 공격이 커지기를 기다렸다.

계속된 공격에도 전혀 쟌을 맞출 수 없게 되자 공격하는 베냐의 동작이 커졌지만 스스로는 전혀 깨닫지 못하고 있었다. 슬쩍슬쩍 베냐의 공격을 피하기만 하던 쟌이 갑자기 베냐의 공격권 안으로 뛰어들더니 베냐의 팔을 왼쪽 겨드랑이에 꼈다. 그리고는 왼팔로 그의 팔을 휘감고는 강하게 힘을 주었다.

"크윽!"

베냐는 순간 자신의 팔이 금방이라도 부러질 것 같은 통증을 느끼며 자신도 모르게 신음을 토했다. 베냐의 관절을 조르던 쟌은 오른 주먹으로 그의 겨드랑이 밑을 강타했다.

퍽!

둔탁한 소리와 함께 베냐는 겨드랑이를 감싸 안은 채 뒷걸음질을 쳤다. 계속 공격할 것 같았던 쟌은 그 자리에 서서 그런 베냐의 모습을 쳐다보고만 있었다. 마치 불쌍하다는 듯이 말이다.

그런 쟌의 태도에 베냐는 어금니를 깨물며 달려들었다. 오른손은 조금 전 쟌의 공격 때문에 제대로 힘을 줄 수가 없었다. 해서 왼손으로 공격을 했는데, 비틀며 몸을 피한 쟌은 그의 왼쪽 겨드랑이를 향해 주먹을 날렸다.

쟌의 주먹에 맞는 순간 베냐는 지독한 통증을 느꼈지만 애써 통증을 참으며 자신만만해하는 쟌의 얼굴을 향해 주먹을 날리려고 했다. 하지만 그의 왼팔이 꼼짝도 하지 않았다.

황급히 뒤로 물러나 팔을 확인해 보니 축 늘어진 것이 아마도 탈골이 된 모양이었다. 뿐만이 아니었다. 숨 쉬기도 거북한 것을 보면 늑골에 금까지 간 모양이었다.

어금니를 악물고 스스로 뼈를 맞추려고 했지만 쟌이 그럴 만한 시간을 줄 리 만무했다. 자신을 향해 걸음을 옮기는 쟌을 발견한 베냐는 자신도 모르게 뒷걸음질을 쳤다. 하나 곧 자신의 행동을 깨닫고는 치욕감을 억누르며 쟌을 향해 오른 주먹을 휘둘렀다.

가늘게 눈을 뜨고 있던 쟌은 베냐의 손목을 움켜잡고는 힘껏 비틀며 잡아당겼다. 비명을 지르려던 베냐의 복부를 힘껏 가격하고는 그의 목을 통과해 왼쪽 겨드랑이로 팔을 넣어 힘껏 조르기 시작했다.

그 괴상한 자세에 구경을 하던 사람들은 지금 쟌이 무엇을 하고 있는지 전혀 알 수 없었다. 차라리 목을 졸랐다면 이해가 갔지만 왜 저렇게 이상한 자세로 있는 것인지 전혀 이해를 할 수 없었다. 하지만 그 이유는 곧 밝혀졌다.

쟌이 조르고 있던 팔을 풀자 안색이 창백해진 베냐가 기절이라도 했는지 그대로 지면에 널브러졌기 때문이었다.

"쟌 가이야의 승리요!"

관중들의 반응에는 아랑곳하지 않은 채 쟌은 셀이 있던 곳으로 걸음을 옮겼고, 관중들은 어떻게 해서 베냐가 기절한 것인지 영문을 몰라 서로의 얼굴만 쳐다보고 있었다.

예선 3차전을 무사히 치른 쟌과 셀, 올리비에는 오늘의 승리를 자축하기 위해 그런 관중들을 뒤로하고 자신들의 거처로 향했다.

40장

판클라치온 3

킬라우림 스타디움으로 향하던 쟌에게 다가온 사람은 로고스였다. 항상 헤르난 곁에서 떨어지지 않던 그가 무슨 일로 자신을 찾은 것인지 궁금했지만 일단 그가 입을 열 때까지 기다리기로 했다.

담담한 표정으로 일행을 훑어보던 로고스는 곧 자신의 용무를 밝혔다.

"어제까지 정말 잘 싸웠네. 자네를 비롯해 나머지 두 사람의 승리를 진심으로 축하하네."

"고맙소. 하지만 다른 용무가 있는 것 같은데, 무슨 일이기에 귀하가 여기까지 온 거요?"

"내가 자네들을 찾은 이유는 황제 폐하의 명을 전달하기 위해서라네."

"황제의 명이라니? 그게 무슨 소리요?"

뜻하지 않은 로고스의 대답에 잔은 고개를 갸웃거렸고, 셀과 올리비에도 영문을 몰라 어리둥절한 표정을 지었다.

"만약 자네들이 오전에 있을 시합에서도 승리를 한다면 황제 폐하께서 자네들을 점심 식사에 초대하겠다는 말씀이 있으셨다네."

"황제가 우리를 점심 식사에 초대했다고?"

"말조심하게. 황제께 무례를 범하고 살아남은 자는 지금껏 단 한 사람도 없었네."

"그건 그 사람들 사정이고, 그것보다 대체 무슨 이유로 우리를 점심 식사에 초대한다는 것이오?"

쟌의 반문에 셀과 올리비에도 자신의 얼굴을 빤히 쳐다보자 로고스는 어이가 없었다. 정작 사건을 일으킨 당사자는 자신들이면서 그 이유를 왜 남에게 묻는단 말인가?

"정말 왜 황제께서 자네들을 부르는 것인지 이해가 안 된단 말인가?"

"거 이유를 알면 속 시원하게 말을 해보구려. 정말 답답해 죽겠네."

"후후후, 이유를 모르겠다니 내 대답을 해주지. 바로 자네들이 싸우는 모습 때문이라네."

"에? 좀 더 자세히 설명을 해주겠소?"

잔뜩 인상을 찡그리는 쟌의 얼굴은 별로 보기 좋은 모습이 아니었지만 로고스는 좀 더 상세하게 설명을 해주었다.

"자네들은 이제껏 판클라치온 대회에 참가했던 선수들과 판이하게 다른 방식으로 상대와 싸운단 말이네. 발을 사용하고 팔꿈치로 공격을 하거나 날렵한 동작으로 공격과 방어를 하며 상대를 철저히 제압하지 않았는가? 황제 폐하께서는 바로 그 점을 마음에 들어하셔서 자네들을 점심 식사에 초대하려 하시는 거지."

셸과 올리비에가 어리둥절한 표정을 짓는 데 반해 쟌은 여전히 인상을 쓰고 있었다.

"번거롭고 귀찮은 것이 싫어 헤르난 왕자와도……."

"역시 전하께서 짐작하신 대로군."

"그건 또 무슨 소리요?"

"전하께서는 내가 황제 폐하의 명을 자네에게 전하면 틀림없이 가기 싫다고 툴툴댈 거라고 하셨네. 그러시면서 이 말을 반드시 전하라고 하셨지. 자네들이 황제 폐하와 함께 식사를 하는 것은 자네들 개인적으로도 영광이겠지만 헤르난 전하께 충성을 맹세한 용병들의 사기를 일시에 올릴 수 있는 좋은 기회라고 하셨네. 만약 자네가 헤르난 전하의 부탁을 들어주지 않는다면 두고두고 자네를 원망하겠다고 하시더군. 어떻게 하겠는가?"

로고스는 말을 마치고는 팔짱 낀 채 쟌의 대답을 기다렸다. 곤혹스러운 표정을 감추지 못하던 쟌의 입에서 곧 푸념이 흘러나왔다.

"제기랄, 시합에서 이기는 것은 아무것도 아니지만 왜 황제와 식사를 해야 한다는 거야? 단독으로 식사를 할 리도 없을 거고, 수많은 귀족들과 또 근위 기사들이 우리가 허튼 짓을 하는지 안 하는지 노려볼 텐데, 그런 자리에서 식사를 꼭 해야 한단 말이야? 빌어먹을, 일이 왜 이렇게 꼬이는 거지?"

투덜대는 쟌의 모습을 지켜보던 로고스는 배를 잡고 웃고 싶었지만 애써 꾹 참으며 계속 근엄한 표정을 짓고 있었다. 사실 쟌이 헤르난의 지시를 거부할 생각이었다면 이렇게 고민할 필요도 없지 않은가.

결국 헤르난의 지시가 아닌 부탁이란 말에 차마 거부를 하지 못하는 쟌의 순진한(?) 모습을 보며 가슴 한구석이 따스해지는 것을 느꼈다. 강한 자에게는 기를 쓰고 반발하지만 자신에게 부탁을 하는 자에게는 차마 거절하지 못하고 고민하는 쟌의 모습에 마음이 끌리지 않을 수 없었다.

"어서 결정을 하게."

"알았소, 알았다고. 휴우~ 이 빌어먹을 세계에 와서 좋은 일이라고는 셀을 만난 것밖에 없군. 헤르난 왕자에게 알았다고 전해주시오."

"잘 생각했네. 헤르난 전하께서도 자네의 결정에 기뻐하실 것이네. 후후후."

흡족한 웃음을 흘리며 멀어져가는 로고스의 뒷모습을 노려보던 쟌은 곧 힘이 빠진 모습으로 킬라우림 스타디움을 향해 걸음을 옮겼고, 그 뒤를 셀과 올리비에가 따랐다.

꿀꿀한 심정 탓일까?

가장 먼저 시합장에 들어서 시합 개시 신호와 함께 달려나간 쟌은 상대를 흠씬 두들겨 패주었다. 도저히 막거나 피할 시간도 없이 유령처럼 다가와 주먹과 발을 날리는 쟌의 모습은 지옥에서 뛰쳐나온 악마처럼 보였다. 들리는 것이라고는 둔탁한 타격음과 고통에 겨운 신음 소리뿐이었다.

공격을 하던 쟌이 갑자기 뒤로 물러섰을 때 상대 사내는 그대로 그 자리에 널브러졌다. 얼굴이 찐빵처럼 부푼 것을 말할 것도 없고 코와 입에서는 피가 흘러나오고 있었으며 전신의 뼈가 모두 부러졌는지 흐물흐물하게 변해 있었다.

재빨리 진행 요원들을 불러 사내를 프리스트에게 보낸 후 심판이 쟌의 승리를 선언했지만 아무런 환호성도 들리지 않았다.

그렇게 잔인하게 공격하지 않아도 쟌이 승리를 거둘 것이 분명해 보였다. 그런데 무슨 이유로 상대를 저렇게 재기 불능이 될 때까지 공격을 했단 말인가?

관중들은 쟌의 잔인한 공격과 그 성격에 몸서리를 쳤다. 하지만 쟌은 그런 관중들과는 달리 한결 마음이 가벼워지는 것을 느끼고 있었다.

"호오~ 오늘은 상당히 거칠군. 주먹과 발을 저렇게 자유자재로 쓰려면 대체 얼마나 훈련을 해야 할까? 보면 볼수록 정말 대단한 청년이야."

퀘헤리건의 감탄은 오늘도 계속되었다. 물론 그렇기는 그의 세 동생도 마찬가지였지만 그들이 정작 신경 쓰는 것은 저런 야생마처럼 위험한 인간을 점심 식사에 초대했다는 것이었다. 게다가 그의 동료로 보이는 두 사람과 함께 말이다.

당연히 식당 주위에 근위 기사들이 배치될 것이지만 신경 쓰이는 것만은 어쩔 수 없었다.

그러는 사이 셀의 차례가 되었다.

이번에도 셀의 상대는 거구의 용병이었다. 하지만 셀도 며칠째 계속된 시합에 익숙해졌는지 상대의 공격을 가볍게 피하면서 몇 차례 반격을 했다. 하지만 셀의 힘으로는 제대로 된 타격을 줄 수 없었다.

결심을 굳힌 셀은 상대의 공격을 피하며 뛰어들었다. 그리고는 그대로 지면을 박차고 무릎으로 상대의 복부를 걷어찼다. 서로 달려드는 순간에 터진 충격이기에 이번만큼은 사내 역시 타격을 받지 않을 수 없었다.

그가 복부를 움켜잡고 잠시 주춤하는 사이 그 자리에서 회전한 셀은 원심력을 이용해 사내의 관자놀이에 팔꿈치를 찍어버렸다.

둔탁한 소리와 함께 사내는 거품을 물고 그 자리에서 쓰러졌고, 심판에 의해 그가 기절했음이 밝혀짐과 동시에 셀의 승리가 선언되었다.

관중들이 열광했음은 말할 필요도 없었다.

바람만 불어도 날아갈 것처럼 가냘픈 레이디가 거구의 사내들을 물리쳐 나가는 모습은 소름이 돋을 만큼 우아했고 아름다웠다. 혹시 전쟁의 여신이 있다면 저런 모습이 아닐까?

관중들이 환호성을 끝없이 질러대는 동안 올리비에가 시합장에 들어섰다.

상대는 올리비에와 비슷한 체구를 가진 건장한 용병이었다. 3승을 한 사람답게 동작도 기민해 보였고 힘도 꽤 있어 보였다. 한 방을 허용하면 자신도 위험할 수 있다고 판단한 올리비에는 처음부터 격투 자세를 취하고는 가볍게 제자리에서 뛰기 시작했다.

빠르게 왼 주먹을 뻗었지만 마치 그런 공격을 예상이라도 한 듯 상대는 가볍게 피하며 올리비에의 왼쪽으로 접근해 왔다. 아마 올리비에가 시합하는 모습을 자세히 살펴보고 나름대로 약점일 것이라 생각한 곳을 공격하려는 모양이었다.

사내의 주먹이 막 옆구리에 닿으려는 순간 올리비에는 뒤로 물러났고, 사내가 재차 공격하기 위해 주먹을 휘두르는 순간 올리비에는 왼팔을 구부려 옆구리를 막으며 동시에 오른 주먹을 휘둘렀다.

휘이익!

놀랍게도 날아오는 올리비에의 주먹은 하나가 아니고 둘이었다. 하나는 머리를 향해, 또 하나는 복부를 향해 날아들었다. 어느 것이 진짜고 어느 것이 가짜인지 구별할 시간도 없었다. 황급히 머리를 숙임과 동시에 양쪽 팔을 세워 머리와 복부를 함께 방어했다.

퍽퍽!

팔에 전해지는 타격은 분명 하나가 아니고 둘이었다. 뒤로 몇 걸음이나 물러났던 사내는 머리와 복부 가운데 하나를 포기하고 다른 하나만 막았으면 어찌 되었을까 하는 생각에 전신에 소름이 돋았다. 팔이 쩌릿하기는 했지만 공격을 하지 못할 정도는 아니었다.

그가 다시 팔을 들어 올렸을 때 다시금 올리비에의 공격이 시작되었다. 이번에도 역시 날아오는 주먹은 두 개. 물론 그 자리에서 팔로 상체를 보호할 수도 있었지만 조금 전과 같은 타격을 몇 번만 더 받으면 팔은 사용하지 못하게 될 것이고, 그렇게 된다면 자신이 선택할 수 있는 것은 기권밖에 없었다.

물러서도 이런 상황이 계속될 뿐이라고 생각한 사내는 재빨리 그 자리에 주저앉으며 올리비에의 하복부를 향해 주먹을 날렸다. 자신의 공격이 성공할 것을 의심치 않던 사내의 뒷덜미를 느닷없이 움켜잡는 손

하나가 있었다.

흠칫 놀라던 사내의 눈에 올리비에의 무릎이 빠르게 다가오는 것이 보였고, 그 모습에 자신도 모르게 눈을 질끈 감은 사내는 얼굴 전체에서 느껴지는 지독한 통증에 비명을 지를 사이도 없이 기절해 버리고 말았다.

기절해 있는 사내를 바라보던 올리비에는 신기할 정도로 기민하게 움직이는 자신의 몸놀림에 스스로 감탄하고 있었다. 자신을 향해 열광적인 환호성을 지르고 있던 관중들을 향해 오른팔을 쳐들고는 주먹을 불끈 쥐어 보였다. 그러자 관중들은 더욱 열광적인 환호성을 터뜨렸고, 군데군데 섞여 있던 여자 관객들은 올리비에의 당당하면서도 남성다운 매력이 물씬 풍기는 미소를 보고는 대부분 그 자리에서 자지러졌다.

올리비에마저 승리를 거두자 그들 세 사람에게 다가오는 사람이 있었다. 이렇게 화창한 날씨에 풀 플레이트 메일을 걸쳐 보는 사람으로 하여금 숨이 막히게 만드는 사람은 바로 근위 기사단 단장 켈리거 타리아노였다.

막상 와서 직접 보니 쟌이나 셀의 체격이 자신의 생각보다도 훨씬 왜소해서(?) 그들이 4승이나 거둔 사람들이라고 믿기 힘들 정도였다. 오로지 올리비에 한 명만이 제몫을 할 것 같았다. 하지만 자신의 생각은 생각이고, 일단 황제의 명부터 이들에게 전달해야 했다.

"그대들이 쟌 가이야, 셀레니온느 쥬벨, 그리고 올리비에 렌죠가 틀림없는가?"

"그렇소. 그런데 귀하는 누구요?"

켈리거의 말에 눈을 꿈틀거렸던 쟌이 기어코 불편한 심사를 드러냈다.

"귀하? 흐흐흐, 감히 본인에게 귀하 운운하는 자가 있을 줄은 상상도 못했군."

"흐흐흐, 감히 본인 앞에서 헛소리나 늘어놓는 인간이 있을 줄은 상상도 못했군."

자신의 말을 똑같이 따라 하는 쟌의 말에 켈리거의 안색이 싸늘하게 굳어졌다. 잔뜩 굳어진 얼굴로 서로를 노려보던 두 사람의 기세가 워낙 살벌해 주위에 있던 사람들은 이들을 피해 황급히 사방으로 도망갔다.

쟌이 예상외로 불편한 심기를 드러내자 셀과 올리비에는 당황하지 않을 수 없었다. 두 사람이라고 황제와의 자리가 편할 리 없겠지만 그래도 쟌처럼 대놓고 싫다고 할 정도는 아니었다.

셀이 조용히 다가와 쟌의 손을 잡자 쟌은 곧 긴 한숨과 함께 입을 열었다.

"그래, 무슨 일로 온 거요? 오늘 아침에 들었던 황제 폐하와의 식사 때문에 온 것이오?"

"그렇다."

"제기랄, 어서 갑시다. 후딱 식사를 마치고 쉬든지 해야지 도시 갑갑해서 견딜 수가 없구만 그래."

켈리거는 속에서 부글거리는 분노를 억지로 짓눌렀지만 도저히 한마디 하지 않고는 견딜 수가 없었다.

"말을 함부로 하지 마라. 본인은 너 따위가 무시해도 좋을 만한 사람이 아니다."

"거 정말 사람 열받게 만드는 위인일세 그래. 가겠다고 했잖아. 대체 뭐가 불만이야? 자신의 이름도 밝히지 않은 사람은 바로 귀하란 말이야. 그럼에도 불구하고 대체 누구한테 충고야, 충고가! 그렇게 못마땅하면 이 자리에서 한번 박 터지게 붙어볼까?"

쟌 역시 끓어오르는 분노를 참지 못하고 한마디 했다.

켈리거는 대체 어디서 이런 천둥벌거숭이 같은 녀석이 튀어나온 것인지 이해가 되지 않았다. 그러나 자신은 참을 수 있지만 만약 황제의 눈 밖에 벗어난다면 그는 절대 그걸 용서할 사람이 아니었다.

"애송이, 나에게는 무례를 저질러도 용서할 수 있지만 황제 폐하께는 깍듯하게 예의를 차리도록 해라. 만약 그분께 조금만이라도 무례를 저지른다면 그때는 내 손으로 네 목숨을 거두어주겠다."

켈리거의 말에 쟌은 다시 한 번 발작을 일으키려 했지만 셀의 필사적인 제지 때문에 억지로 눌러 참아야만 했다. 그렇다고 입까지 다물 쟌이 아니었다.

"어이~ 심부름꾼 양반, 그만 떠들고 황제께 갑시다."

켈리거의 눈썹이 크게 꿈틀거렸지만 다행히도 아무 말 않고 돌아서서 일행을 안내하기 시작했다.

켈리거와 말다툼을 벌이는 쟌의 모습에 올리비에는 금방이라도 심장이 멎을 것 같은 두려움에 아무 말도 못하고 식은땀만 흘리고 있었다. 근처에 있던 사람들이 하는 말을 들으니 눈앞의 이 근엄한 표정의 고지식한 기사가 바로 제국의 황제를 가장 가까운 곳에서 호위한다고 알려진 근위 기사단장 켈리거 타리아노였기 때문이다. 그가 만약 화를 참지 않았다면 아마도 자신들은 전 제국의 군대를 상대로 싸우다 죽을 것이 분명했기에 올리비에는 겁을 먹을 수밖에 없었다. 올리비에는 숨을 죽이며 그들의 뒤를 따라 걸음을 옮겼다.

잠시 후 그들이 안내를 받아 도착한 곳은 킬라우림 스타디움 내부에 마련된 식당이었는데, 왕족이나 귀족들을 위해 마련된 곳인 듯 내부 장식들의 화려함은 말할 것도 없고, 갖가지 진귀한 그림과 태피스트리, 골동품들이 벽면을 빽빽하게 메우고 있었다.

30여 명이 충분히 앉을 수 있을 것 같은 테이블에 둘러앉아 있는 사람은 고작 일곱 명뿐이었다. 황제 쿼헤리건, 아렌시스, 리에니, 토르스트, 제국의 3대 공작인 제이알 알렉산더 공작, 가엘 루스펠 공작, 알게레프 공작이 자리한 채 형형한 눈빛으로 세 사람을 바라보고 있었다.

"오~ 어서 오라."

"미천한 저희들을 황공하옵게도 식사에 초대해 주시다니 삼생의 영광입니다."

쟌을 대신해 쿼헤리건에게 인사를 하려던 셀은 너무나 정중한 쟌의 인사말에 할 말을 잃고 엉겁결에 그와 같이 고개를 숙였다. 용병들은 당연히 무식할 것이라고 생각했던 세 공작들은 쟌의 인사말에 눈빛을 반짝이며 그들 세 사람을 다시 한 번 샅샅이 살폈다.

"세 사람 모두 오전에 승리를 거둔 것을 축하한다."

"황공하옵니다, 폐하."

"어서 저들에게 자리를 마련해 주도록 하거라."

쿼헤리건의 말에 주위에서 대기하고 있던 시종들은 재빨리 그들 일곱 명과 조금 떨어진 곳의 의자를 뽑아 그곳이 그들의 자리임을 알려 주었다. 세 사람이 자리에 앉는 것을 확인한 쾌헤리건은 도저히 궁금증을 참을 수 없었는지 조금은 흥분한 음성으로 질문을 했다.

"그대들이 시합하는 모습을 보면 다른 사람들과는 판이하게 다른 무술을 사용하던데, 그 무술의 이름은 무엇인가? 그리고 그대들은 대체 어디서 그 무술을 익혔는가? 또 그대들은 어느 왕국 사람들인가?"

'결국 그것 때문에 부른 것인가? 이미 저국의 힘은 대륙 최강이거늘 그걸 알아 뭐 하겠다는 거지?'

폭포처럼 쏟아진 쾌헤리건의 질문을 나름대로 정리한 쟌이 진중한 음성으로 입을 열었다.

"저는 대륙 남부에 있는 미노타 왕국 사람입니다. 미노타 왕국은 겨우 10여 개의 섬으로 이루어진 아주 작은 왕국이라 폐하께서는 아마도 들어보지 못하셨을 것이옵니다."

"미노타 왕국이란 나라가 있었던가? 그럼 그대가 사용한 그 무술을 미노타 왕국의……."

"그렇지는 않사옵니다. 어렸을 대 아버지를 따라 고기잡이를 나갔다가 거대한 폭풍을 만나 표류를 하게 되었는데, 우연히 어느 섬에 도착하게 되어 목숨을 구할 수 있게 되었사옵니다. 그리고 저희들이 사용하는 무술은 바로 그 섬의 주민들에게서 배운 것이옵니다."

"그래, 그럼 그 무술의 이름은 므어라 하느냐?"

"비격이라고 합니다."

"비기억?"

"비기억이 아니라 음… 이곳 말로 하면 아마도 플라잉 비트 정도로 해석이 될 것 같사옵니다."

"플라잉 비트? 날아서 때린다? 정말 그 무술에 어울리는 이름이구나. 그래, 곁에 있는 두 사람과는 어떤 관계인가?"

"이쪽은 하프 엘프로 저의 아내인 셸이고, 이쪽은 저희 동료인 올리비에 렌죠라고 합니다. 저와는 아주 막역하게 지내는 친구 사이입니다. 이들이 사용한 무술은 제가 가르쳐 준 것입니다."

"호오~ 그래, 내가 이거 크게 실례를 범했구려. 마담 가이야, 무례를 용서하시오."

"아닙니다, 폐하."

"하하하, 정말 소문에서 들었던 대로 정말 아름답구려."

쿼헤리건의 말에 셸이 영문을 모르겠다는 표정을 짓자 곁에 있던 아렌시스가 웃으며 설명을 해주었다.

"마담 가이야, 폐하께서는 일전에 그대가 흑장미성에서 티오네스의 미소로 불린다는 소문을 들은 적이 있으셨소. 대체 얼마나 아름다운 여인이기에 미의 여신 티오네스의 미소라 불리는지 많이 궁금해하셨소. 그러다 며칠 전 마담을 보고는 그런 별명으로도 마담의 아름다움을 모두 표현할 수 없다고 말씀하셨다오. 하하하."

"황공하옵니다, 폐하."

은은하게 볼을 붉힌 셸은 고개를 숙이다가 우연하게 벽을 장식하고 있던 그리 크지 않은 태피스트리를 발견했다. 이상한 예감이 들어 슬쩍 뷰 마나 포스의 스펠을 이용해 태피스트리를 살펴보니 태피스트리에서 희미하지만 분명하게 마법의 기운을 느낄 수 있었다.

셸이 정신없이 태피스트리를 바라보는 모습을 의아하게 생각한 황제가 문제의 태피스트리를 확인하니 우연찮게도 메마른 대지에 비를 뿌리고 있는 티오네스의 모습을 양털로 정성을 들여 만든 수공예품이었다. 티오네스의 등 뒤로는 일곱 빛깔 무지개가 떠 있어 그녀가 티오네스임을 더욱 분명히 하고 있었다.

물론 정성 들여 짠 태피스트리이긴 했지만 그렇다고 셀이 정신을 잃고 볼 만큼 화사하거나 귀해 보이는 태피스트리는 아니었다.

"마담 가이야, 그 태피스트리에 관심이 있소?"

"아, 아니옵니다, 폐하."

"만약 그 태피스트리를 가지고 싶다면 가져도 좋소."

"아니옵니다, 폐하. 그저 보는 것만으로도 충분합니다."

셀을 계속해서 바라보고 있던 쟌은 그녀가 왜 그런 반응을 보인 것인지 어렴풋이 짐작이 되었다.

"폐하, 한 가지 청을 드려도 되겠사옵니까?"

"무엇인가. 말해 보라."

"죄송하지만 저 태피스트리를 제 아내에게 며칠만 빌려주십시오. 그러면 제가……."

"후후후, 그렇다면 자네가 나에게 뭔가 보답이라도 하겠다는 건가?"

쿼헤리건은 자신에게 당당히 요구하는 쟌의 태도가 조금도 건방져 보이지 않았다. 아내를 아끼려는 남편의 지극한 사랑을 보는 것 같아 오히려 좋게만 보였다.

"이것을 보답이라고 할 수 있을지는 모르지만 앞으로 예선전을 치르는 동안 계속 다른 수법으로 상대를 꺾으며 예선을 통과할 것을 약속

드리겠습니다."

"계속 다른 수법을 이용해 상대를 꺾겠다? 그게 가능하단 말인가?"

"물론이옵니다, 폐하."

쟌의 자신만만한 대답에 퀘헤리건을 비롯해 그 자리에 모여 있던 사람들은 그가 무엇을 믿고 저리도 자신만만해하는 것인지 궁금했다. 동시에 그가 익혔다는 그 무술이 결코 단순한 것이 아님을 직감할 수 있었다.

시종들에게 식사를 가져오라고 손짓을 한 퀘헤리건은 고개를 끄덕였다.

"좋아. 자네가 나에게 약속한 그런 모습을 보여준다면 내가 저 태피스트리를 자네 부인에게 선물하지."

"선물까지는 하지 않으셔도……."

"아니야, 그렇지 않아도 오늘 자네들을 만난 것을 기념해 무엇을 선물하나 고심하고 있었는데 마침 잘됐군. 후후후, 자네들도 이 방 안에서 마음에 드는 것이 있으면 어디 골라보게. 내가 선물할 테니 말이야."

"아닙니다, 저희들은 괜찮습니다."

"이건 내 개인적인 질문인데, 자네의 그 플라잉 비트를 익히면 맨손으로 무기를 든 상대를 제압할 수 있나?"

"물론 가능합니다. 다만 충실하게 훈련을 했을 때의 일이긴 합니다만."

"자네는 어떤가? 맨손으로 검을 든 상대를 제압하는 것이 가능한가?

그리고 자넨 무기를 사용하지 않는가?”

“제압하는 것이 가능합니다. 그리고 무기는 저도 사용합니다.”

“무기를 사용한다고? 그래, 어떤 무기를 사용하지?”

퀘헤리건의 질문에 쟌은 어떻게 할까 잠시 망설였다. 다행히도 유엽비도와 핸드보우는 풀어놓고 왔지만 유성추와 목검은 지금도 가지고 있었기 때문이다. 하지만 곧 결심을 하고는 테이블 위에 목검과 유성추를 풀어 올려놓았다.

쟌이 뭔가를 꺼내려는 듯한 몸짓을 하자 폼멜에 손을 올려놓았던 켈리거는 그가 꺼내놓은 물건을 확인하고는 황제 앞에서 웃음을 터뜨리는 무례를 저지를 뻔했다.

장난감 같은 목검과 이상한 끈 뭉치를 설마 무기라고 꺼내놓은 것이란 말인가?

“그게 자네의 무기인가?”

“그렇습니다, 폐하.”

“장난감처럼 보이는 그것이 무기라니 좀처럼 믿기 힘들군.”

“제가 시범을 좀 보여도 되겠습니까?”

“시범? 어떻게 시범을 보이겠다는 말인가?”

자리에서 일어나 주위를 두리번거리던 쟌은 한쪽 구석에 세워져 있는 풀 플레이트 메일을 발견하고는 퀘헤리건에게 양해를 구했다.

“폐하께서 허락하신다면 저 플레이트 메일을 사용했으면 합니다. 파손이 되더라도 양해를 해주셨으면 합니다.”

“그러니까 저 플레이트 메일로 자네가 가진 무기의 위력을 보여주겠다, 그런 말인가?”

"그렇사옵니다, 폐하."

"허락하겠다. 하지만 저 플레이트 메일을 파괴하기는 그리 쉽지 않을 거야. 저건 드워프에게 부탁해 엷은 철판 열두 겹을 덧붙여 만든 플레이트 메일이거든."

쾌헤리건의 말을 듣는 둥 마는 둥 하며 쟌은 플레이트 메일과 5미터 정도 떨어진 곳에 서서 목검을 옆구리에 끼고는 서서히 유성추를 돌리기 시작했다.

휘리리릭~ 윙~

처음 날카로운 소리를 내며 돌아가던 유성추는 곧 사람들의 시야에서 완전히 모습을 감추었다. 만약 윙 하는 그 소리만 아니었다면 쟌이 그냥 멍청하게 서 있다고 생각할 정도였다.

쟌의 손목이 살짝 움직이는 순간 유성추는 엄청난 속도로 플레이트 메일을 덮쳤다.

쾅!

요란한 폭음과 함께 투구가 날아가 지면을 뒹굴었다. 하지만 어느 누구도 왜 투구가 날아간 것인지 그 이유를 알지 못했다. 셀도 그저 막연하게 쟌이 유성추로 공격을 했으리라 생각만 했을 뿐 자신의 눈으로 직접 확인하지는 못했다. 그렇기는 켈리거 역시 마찬가지였다.

쾅! 쾅! 쾅!

폭음이 들릴 때마다 플레이트 메일에는 마치 화살이 관통한 자리처럼 손가락 두 개는 충분히 들어갈 만한 구멍이 뚫렸다. 처음 생긴 구멍의 위치는 심장 부위, 두 번째 생긴 구멍은 복부, 세 번째는 왼쪽 허벅지에 구멍이 뚫렸다.

거짓말 같은 현실에 사람들은 할 말을 잃고 쟌을 쳐다보고만 있었다. 유성추를 회수하는 순간 쟌의 몸은 허공을 날고 있었고 그의 몸이 아래로 떨어져 내리기 시작했을 때 그의 손에는 빛으로 이루어진 뭔가가 들려 있었다.

빛나는 무엇인가를 휘두르자 허공에 빛으로 이루어진 어지러운 궤적이 눈에 보였다가 곧 사라졌다. 그때 사람들이 들은 것은 분명 '철컥' 하는 소리였다.

보통 그런 소리는 검을 검집에 넣을 때 나는 소리였다. 그렇다면 조금 전 자신들이 본 빛의 정체가 검이란 말인가?

사람들이 의구심을 더해갈 때 요란한 소리가 들렸다.

와당탕탕~

정신을 차리고 보니 풀 플레이트 메일에서 남은 것은 몸통 부분뿐이었다. 팔꿈치와 무릎, 허벅지와 어깨 부분이 깨끗하게 잘려져 바닥을 뒹굴고 있었다.

정말 보는 사람의 눈을 의심케 만드는 놀라운 광경이었다.

도저히 믿지 못하겠다는 표정으로 플레이트 메일을 살피던 토르스트는 박살이 난 플레이트 메일의 모습에 할 말을 잃었다.

최초로 날아간 투구의 이마 중앙에는 손가락 두 개가 들어가고 남을 정도로 큰 구멍이 뚫려 있었다. 그리고 쟌이 비록 관절 부분을 잘라냈다고는 하지만 관절 부분이 특별히 약한 곳은 아니었다. 오히려 공격을 당하기 쉬운 부분이라 더욱 보강을 한 것인데 마치 바나나를 잘라 버리듯 너무 쉽게 잘라 버린 것이다. 소리도 없이 말이다.

쟌이 목검과 유성추를 다시 테이블 위에 올려놓고 자리에 앉아 조용한 음성으로 입을 열었다.

"엉성한 시범이었습니다. 폐하의 눈을 더럽히지나 않았는지 모르겠군요."

그 말이 사람들의 정신을 차리게 만드는 마법의 언어라도 된 양 사람들은 일제히 정신을 차렸다. 하지만 어느 누구도 입을 여는 사람이 없었다.

"정말 대단한 사람이군, 자네는. 정말 자네처럼 소름 끼치도록 강한 사람은 난생처음 보네."

"아니옵니다, 폐하. 세상에는 자신의 강함을 드러내지 않고 지내는 사람이 정말로 많습니다. 그에 비해 저는 몇 가지 잔재주를 익히고도 은인자중할 줄 모르고 까부는 철없는 인간일 뿐입니다."

한껏 무게를 잡으며 말하는 챤의 모습이 조금 전과는 판이하게 달라 보였다. 신중하면서도 결코 과신하지 않는 진정한 강자의 모습을 본 듯도 했다.

"그것도 자네가 말한 비격이라는 무술인가?"

"그렇사옵니다, 폐하. 비격은 무장을 하든 아니면 비무장이든 언제나 최상의 상태에서 상대를 제압할 수 있도록 하기 위해 만들어진 무술입니다."

"음~ 정말 탐이 나는군."

잠시 고심을 하던 퀘헤리건이 입을 열었다.

"혹시 승계 전쟁이 끝난 후 자네에게 할 일이 있는가?"

"현재로서는 없습니다만……."

"그럼 근위 기사단의 무술 마스터가 돼볼 생각은 없는가?"

"무술 마스터가 뭘 하는 겁니까?"

쟌의 반문에 사람들은 어이가 없었다. 하지만 그가 다른 왕국 사람이기 때문에 모르는 것이라 이해를 하고 아렌시스가 대신 설명해 주었다.

"근위 기사단의 무술 마스터란 한마디로 그들에게 무술을 가르치는 이를 가리키는 말이네. 다시 말해 무술을 익힌 사람으로선 누릴 수 있는 최고의 자리가 바로 무술 마스터란 말일세."

그제야 쾌헤리건이 말한 무술 마스터가 무엇인지 알아들었지만 쟌은 금세 대답할 수 없었다. 황제가 원한 것은 승계 전쟁이 끝난 후의 일이었는데, 자신은 승계 전쟁이 끝나자마자 셸과 함께 곧바로 사라질 생각을 하고 있었던 때문이다.

"저같이 미천한 인간을 중히 여기셔서 그와 같은 말씀을 해주시다니 무상의 영광이옵니다. 하지만 아직 시간이 있으니 저에게도 생각할 시간을 주시면 감사드리겠사옵니다. 무엇보다 저에게 중요한 것은 헤르난 왕자님의 소망을 이루어 드리는 일이지 않습니까? 일단은 그 일에 충실하고 싶사옵니다."

그래도 쟌이 사양한 것이 아니라는 생각에 쾌헤리건은 고개를 끄덕였다.

"그대가 무술 마스터를 승낙한다면 내 그대에게 백작의 작위와 영지, 그리고 그대가 원하는 것이라면 무엇이든 들어주겠노라."

너무나 파격적인 쾌헤리건의 제의에 그 자리에 모여 있던 사람들은 경악에 찬 얼굴로 황제를 바라보고 있었다. 공적이 입증되지 않은 귀족들이 작위를 승계하는 경우를 절대 용납하지 않은 사람이 바로 쾌헤리건이었다. 그런 그가 이런 파격적인 약속을 하다니…… 자신들의 귀로 직접 듣고도 믿을 수 없을 지경이었다.

"이런, 이런, 이야기를 하느라 귀한 손님들을 모셔놓고도 식사도 못했구먼. 뭣들 하고 있는 거냐? 어서 음식을 새로 해오도록 하거라."

황제와의 늦은 식사 덕분에 그날 경기는 황제의 명에 의해 2시간 늦게 거행되게 되었다. 그 후 세 사람이 모두 승리를 거두었음은 물론이었다.

"이렇게 손쉽게 지도 한 장을 찾을 수 있을 줄은 상상도 못했군. 그렇지 않아, 셀?"

"물론이에요. 하지만 저 때문에 쟌이 하지 않아도 될 일을 하는 것은 아닌지 모르겠어요."

"뭐? 내가 황제에게 매번 다른 수법으로 이기겠다고 한 약속 때문에 그런 말을 하는 거야?"

"그것도 그렇고…… 또 승계 전쟁 후에 잘못하면 황제에게 붙잡힐지도 모르는 일이잖아요."

걱정스러운 기색이 가득한 셀의 얼굴을 잠시 바라보던 쟌은 그녀를 끌어당겨 품에 안았다.

"그때 일은 그때 가서 걱정하자고. 우선은 헤르난 녀석을 황제로 만드는 것이 더 급한 일이잖아. 그래도 다른 두 녀석에 비하면 나은 것 같지만 뭘 모르기는 그 녀석도 마찬가지인 것 같아. 2년 동안 전쟁을 치르려면 준비할 것도 많고 신경 쓸 일도 많을 거야. 그리고 그동안 지도의 나머지 부분도 찾아야 하고 말이야."

"전쟁이 시작되면 어디 지도를 찾을 시간이 나겠어요?"

"다른 두 왕자도 바보가 아니라면 승계 전쟁이 시작되었다고 그날로 쳐들어오지는 않을 거야. 어차피 한동안 서로의 눈치만 보는 상황이 조성되겠지. 그때 지도를 찾을 생각이거든. 그러니까 셀도 그렇게 알고 있어."

"고마워요, 쟌. 아마 제겐 쟌이 행운의 신인 것 같아요."

"그건 또 무슨 소리야?"

"제가 5년 동안 찾은 지도가 아홉 장에 불과한데 쟌을 만난 후 몇 개월 만에 벌써 네 장이나 찾았잖아요. 이대로만 간다면 승계 전쟁이 끝나기 전에 나머지를 모두 찾을 수 있을 것 같지 않나요?"

"빨리 찾으면 찾을수록 좋지. 그래야 셀도 마음의 빚에서 벗어날 수 있을 테니까."

쟌의 말을 듣는 순간 셀은 가슴이 뭉클해져 옴을 느끼지 않을 수 없었다. 비록 사납고 날카로워 보이는 얼굴이기는 했지만 셀의 눈에는 어떤 천사의 얼굴보다 더 선하고 아름다워 보였다. 이렇게까지 자신을 위해주는 이를 만난 적이 없기에 그녀가 느끼는 기쁨은 더욱 클 수밖에 없었다.

만약 주위에 자신들을 지켜보는 사람들만 없었다면 그의 얼굴에 미친 듯이 키스했을 것이다. 애써 그런 마음을 참고 있을 때 쟌이 입을 열었다.

"이번에 셀의 상대가 호른이란 놈이잖아. 주네티란 녀석이 내보낸 녀석이라니까 조심하도록 해. 그 녀석도 간단하게 6승을 챙긴 녀석이니까 말이야."

"알겠어요. 쟌도 조심하세요."

"난 걱정하지 마. 제법 기가 센 녀석이긴 하지만 나에겐 안 통한다는 것을 가르쳐 줘야지."

마치 멀리 떠나는 연인을 배웅하듯 신파극을 연기하는 연기자처럼 갖은 닭살스러운 짓을 다 하며 헤어진 두 사람이 향한 곳은 이웃해 있는 시합장이었다.

상대는 강력한 우승 후보로 지목되는 다크호스였지만 쟌은 신경도 쓰지 않았다. 상대의 공격을 대충대충 피하면서 셀이 시합하는 모습을 지켜보던 쟌은 셀이 상대를 몰아치는 것을 보고서야 겨우 자신의 시합에 집중할 수 있었다. 동시에 로열석에서 자신을 바라보고 있을 황제의 눈길이 느껴졌다.

이리저리 빨빨거리고 상대를 피해 도망만 다니던 쟌의 발걸음이 멈춰지는 순간 그것을 빈틈이라 생각한 사내가 쟌을 향해 주먹을 휘둘렀다. 하지만 곧 뭔가 잘못되었다는 것을 사내는 깨달을 수 있었다.

피하든지 같이 공격을 하든지 해야 할 쟌이 느닷없이 자신의 팔을 양손으로 휘감아 잡아당기더니 몸을 돌려 상체를 앞으로 빠르게 숙이는 것이 아닌가? 이게 뭐 하는 짓인가라고 생각을 하는 순간 자신의 몸이 허공으로 떠올랐고, 쟌이 이끄는 대로 공중을 크게 돌아 빠르게 지면으로 내동댕이쳐졌다.

쾅!

하늘이 무너지는 듯한 폭음과 동시에 지독한 통증이 전신에서 몰려드는 것을 느끼며 사내는 정신을 잃고 말았다.

"쟌 가이야의 승리요!"

언제부터인가 쟌이 이겼음에도 관중들은 그에게 어떤 환호성도 보내지 않았다. 상식적으로는 이해가 되지 않는 일이지만 관중들의 생각으로는 어떤 상대를 쟌과 싸우게 해도 쟌이 이기는 것이 당연하게 생각되었기 때문이다. 하지만 어떤 방법으로 상대를 제압할 것인가가 궁금했기 때문에 그의 시합장은 언제나 관중들로 북적였다.

그렇게 오후의 시합이 끝나자 낮은 선수는 겨우 250명에 불과했다. 처음 3만 2천여 명을 넘던 선수들 가운데 격전을 치르고 살아남은 250명이었지만 쟌이 보기엔 그들 가운데 싸울 상대라고 느껴지는 사내는 겨우 한두 명에 불과했다.

빨리 돌아가 셀과 함께 쉬고 싶었다.

예선 마지막 날.

쟌의 여덟 번째 상대로 시합장에 들어선 이는 전 대회 준우승자인 루미넨이었다. 준우승자란 말을 들었기 때문인지 아니면 자신의 눈에도 그렇게 보이는 것인지 차분해 보이는 얼굴과 가벼워 보이는 몸놀림이 예사롭지 않게 보였다.

30대 초반으로 보이는 루미넨은 쟌을 바라보다 빙그레 미소를 지었다. 뜻하지 않은 상대의 미소에 쟌도 조금은 당황하지 않을 수 없었다.

"귀하가 싸우는 모습은 참으로 인상적이었소. 나도 열다섯 살 때부터 용병 생활을 해왔지만 귀하 같은 사람은 만난 적이 없소. 아쉬드 전하는 무조건 이기라고 하셨지만, 이 순간만은 모든 걸 잊어버리고 한번 겨뤄봅시다."

묵직한 음성도 마음에 들었고 적이 될 상대에게 미소를 보내는 그 마음도 마음에 들었다.

"좋소. 특히 귀하의 마지막 말이 정말 마음에 드는구려. 그런 뜻에서 귀하에게는 오직 발만 사용하겠소. 오해가 있을까 봐 미리 이야기하지만, 이건 귀하를 무시해서가 아니라 오히려 귀하를 높게 평가하기 때문이라는 알아주었으면 고맙겠소."

"또 얼마나 대단한 발차기를 보여줄지 기대가 되는구려."

잠시 이야기를 주고받던 두 사람은 곧 심호흡을 한 번 하고는 상대를 노려보며 천천히 돌기 시작했다.

확실히 이전까지의 상대와는 수준이 달라도 한참 달랐다.

제법 팽팽한 긴장감이 흐르는 시합장 분위기 탓인지 구경을 하던 관중들도 손에 땀을 쥐고 그들의 대결을 지켜보았다.

지루하다고 느낄 정도의 시간이 흐른 뒤 먼저 공격을 시작한 사람은 루미넨이었다. 빠르게 쟌에게 다가들며 주먹을 휘두르던 루미넨은 쟌이 갑자기 공중으로 뛰어올라 빙글 몸을 회전시키는 모습을 발견했다.

봤다고 생각하는 순간 재빨리 그 자리에 주저앉듯 몸을 숙였고, 쟌의 발은 그런 루미넨의 머리를 아슬아슬하게 스치고 지나갔다. 하지만 쟌의 공격은 그것으로 끝난 것이 아니었다. 지면에 내려서자마자 그대로 지면을 박차고는 뒤로 힘껏 발차기를 해 루미넨의 상체를 공격한 것이다.

막 일어나려던 루미넨은 믿을 수 없게도 쟌의 공격이 계속되자 어쩔 수 없이 팔을 가슴 앞으로 교차해 상대의 공격을 방어하는 수밖에 없었다.

퍽!

둔한 통증이 뼛속까지 전해져 잠시 동안이지만 팔에 전혀 힘을 줄 수 없었다. 루미넨이 통증을 참고 있는 동안 쟌은 다시 거리를 좁히며 달려들었다. 옆구리를 향해 날아드는 쟌의 돌려차기, 하지만 루미넨이 옆구리를 방어하자 급격하게 궤도를 틀어서는 그의 허벅지를 공격했다.

퍽!

"큭!"

이번만큼은 루미넨도 지독한 통증을 참기 힘들었다. 허벅지가 순간 마비가 되어 움직일 수 없었다. 쟌에게 그런 내색을 보이지 않으려 했지만 이미 그의 얼굴은 고통으로 인해 엉망으로 일그러져 있었다.

이번에는 왼쪽 발이 오른쪽 허벅지를 노리고 독사처럼 지면을 스치며 날아들었다. 재빨리 뒤로 물러나려 했지만 마비가 된 왼쪽 허벅지가 말썽을 부렸다. 이를 악문 루미넨은 오른발을 축으로 회전을 하며 쟌의 옆구리를 향해 주먹을 날렸다. 하지만 주먹은 쟌과 너무 붙은 상태였기 때문인지 어이없을 정도로 크게 빗나가 버렸다.

하지만 루미넨도 이전 대회에서 준우승을 한 몸, 순발력을 발휘해 쟌의 허리를 부둥켜안고는 팔에 힘을 주기 시작했다.

뜻밖의 반격에 쟌은 판클라치온 시합이 시작된 후 처음 상대의 손에 잡히게 되었다. 허리에서 제법 통증이 느껴지는 것을 보면 루미넨이 얼마나 필사적인지 쉽게 짐작이 갔다.

보통 상대 같았으면 호흡 곤란으로 인해 기절하거나 갈비뼈가 부러지는 중상을 당했을 수도 있었겠지만 이번엔 상대가 나빠도 너무 나빴다.

천천히 발을 들어 올린 쟌은 발뒤꿈치로 루미넨의 허벅지를 공격했다. 그렇지 않아도 통증을 느끼고 있는 부분을 다시 한 번 공격당하자 참을 수 없는 통증 때문에 쟌을 부둥켜안고 있던 팔에서 힘이 풀리고 말았다.

쟌은 지면에 내려서자마자 공중으로 뛰어올라 무서운 속도로 회전을 했다. 한 바퀴, 두 바퀴, 세 바퀴…… 멈출 줄 모르고 회전을 하던 쟌의 몸에서 갑자기 다리가 뻗어 나와서는 루미넨의 목덜미를 그대로 걷어찼다.

순간적으로 루미넨은 멍하니 서 있었고, 그런 루미넨의 목덜미를 향해 다시 한 번 공중으로 몸을 날린 쟌의 돌려차기가 날아들었다.

휘청 하던 루미넨의 몸을 받아 든 쟌은 조심스럽게 그의 몸을 들어 멍하니 자신을 바라보고 있는 진행 요원에게 넘기고는 역시 멍한 표정을 짓고 있는 심판에게 말을 건넸다.

"이봐, 심판. 승패를 선언해야지."

"자, 쟌 가이야의 승리요!"

역시 이번에도 관객들은 한마디의 환호성도 터뜨리지 않았다. 아니, 못했다. 전 대회 준우승자를 단지 발 하나만으로 이겨 버리다니… 직접 보고도 믿을 수 없었기 때문이다.

그렇게 쟌은 8승을 간단히 챙겼고, 셀과 올리비에도 어렵지 않게 8승을 기록할 수 있었다.

오후에 계속된 시합에서 쟌은 시작하자마자 상대의 허리를 뒤에서 잡고는 그대로 뒤로 넘겨 돌 바닥에 처박아 기절시켜 버리면서 예선전을 승리로 마쳤다.

셀도 힘겹게 승리를 거둘 수 있었고, 올리비에 역시 오랜만에 호적수를 만난 듯 오랫동안 상대와 타격전을 벌이고 있었다.

상대는 꽤나 스피드에 자신이 있는 것 같았는데, 어찌나 빠른지 올리비에의 공격은 번번이 빗나가기 일쑤인 데 반해 약을 올리듯 쏜살같이 접근해서는 올리비에의 얼굴이나 옆구리를 공격하고 있었다.

상대의 공격을 허용했다고는 하지만 타격으로 인한 데미지가 누적될 정도는 아니었다. 하지만 약이 오르고 분노가 치미는 것만은 어쩔 수 없었다. 그럴수록 그의 동작은 당연히 커질 수밖에 없었고, 상대는 그런 올리비에를 더욱 열받게 만들려는 듯 간간이 올리비에의 엉덩이를 때리기까지 했다.

분노가 극도로 치민 올리비에는 상대 사내를 어떻게든 잡으려고 그의 뒤를 쫓기 시작했다. 그러던 올리비에의 뇌리에 쟌이 가르쳐 준 산보의 기본형이 떠올랐다.

잠시 어색한 몸 동작으로 상대를 쫓던 올리비에는 얼마 되지 않아 너무나 능숙하고 빠른 동작으로 상대를 쫓을 수 있게 되었다. 그렇게도 올리비에를 약 올리던 사내는 곧 시합장의 구석으로 몰려 버렸고, 그가 몸을 피하려는 순간 올리비에의 주덕이 복부로 날아들었다.

엉겁결에 막으려는 사내의 팔 틈 사이르 주먹을 쑤셔 넣은 올리비에는 시합을 시작하고 처음으로 공격에 성공할 수 있었다. 상대가 토하려는 듯 구역질을 해대는 모습을 보기는 했지만 올리비에는 개의치 않고 재차 주먹을 휘둘렀다.

우두둑!

사내가 비록 두 팔로 복부를 가리기는 했지만 마치 무엇이든 파괴하는 워 해머처럼 올리비에의 주먹은 상대의 두 팔을 부러뜨려 버렸다. 주먹의 위력을 견디지 못한 상대의 몸이 공중에 떠오르자 올리비에는 놀고 있던 왼쪽 주먹을 힘껏 휘둘러 공중에 떠 있던 사내를 공격했다.

퍽! 쿵! 털썩!

시합장의 벽까지 날아간 사내는 벽면에 심하게 부딪치고는 그대로 지면에 쓰러져 일어날 줄 몰랐다. 관객들은 올리비에의 압도적인 파워에 하나같이 놀라면서도 그에게 열렬히 환호를 보냈다.

그렇게 해서 64강전에 진출할 선수 예순네 명이 모두 뽑혔다. 이들은 하루를 쉰 후 본선을 치르게 되어 있었다. 그리고 서른두 개나 되는 시합장은 네 개만을 남겨둔 채 다른 시합을 위해 모두 철거가 될 것이었다.

킬라우림 대회는 아직도 많은 경기가 남아 있었다.

마상 활 쏘기, 무장 격투 대회, 배틀 엑스 던지기, 대거 빨리 던지기, 마상 투창 대회, 무장 전차 대회 등등 10여 가지의 경기가 남아 있었다. 하지만 뭐니 뭐니 해도 판클라치온 시합만큼 사람들의 관심을 모은 것은 없었다.

지금까지 600년 동안 판클라치온 시합이 계속되어 왔지만 여성의 몸으로 본선에 진출한 여자 용병은 단 한 사람도 없었다. 하지만 이번 대회에 새로운 기록이 세워졌으니 여성으로서는 처음으로 셀이 본선에 진출한 것이다.

　　관중들은 그녀의 아름다움에 찬사를 보내면서 그녀가 본선에서도
잘 싸워주기를 열심히 응원했다.
　　그렇게 판클라치온 예선전이 끝났다.

〈5권에서 계속…〉

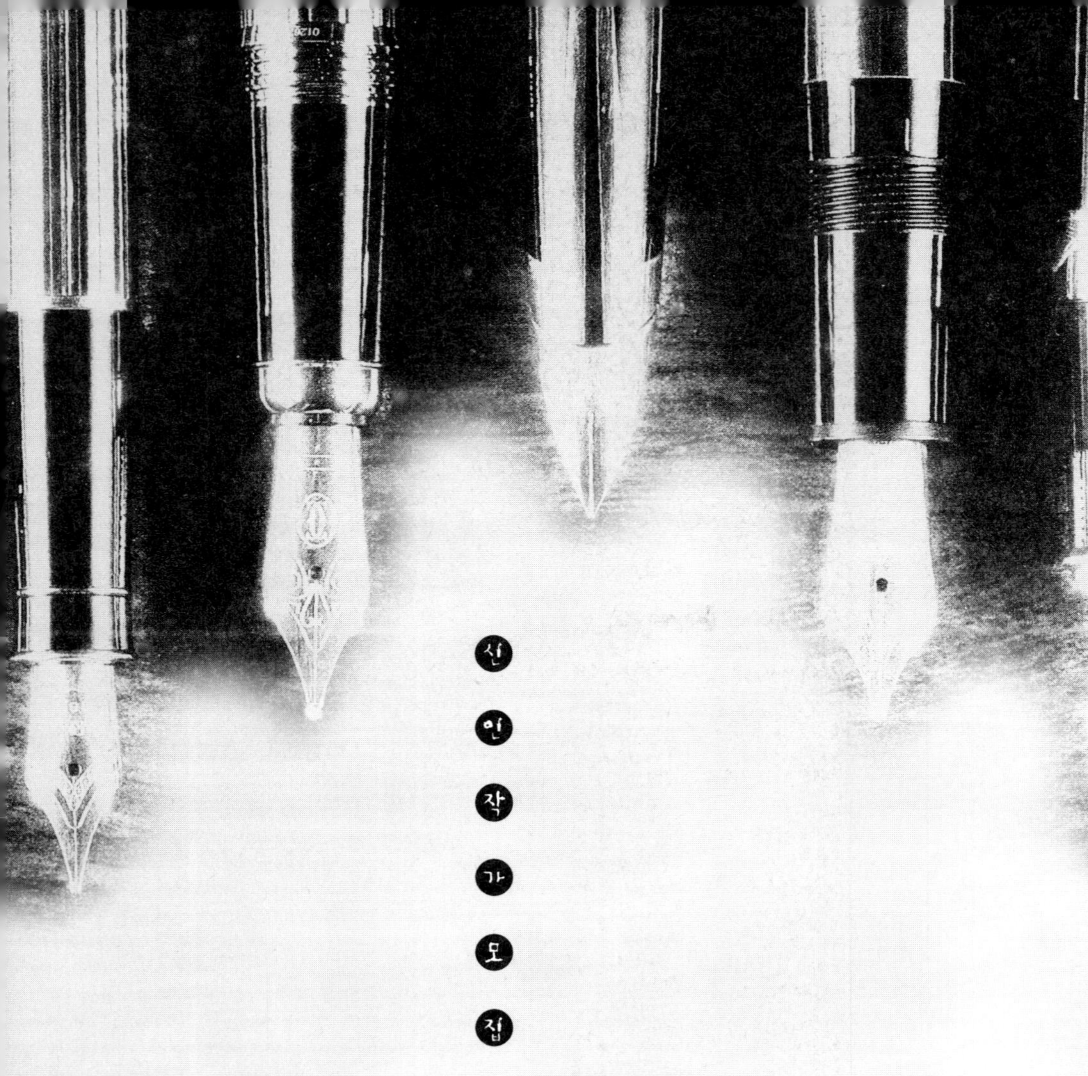

신
인
작
가
모
집